AVEC

OS ARQUIVOS PERDIDOS DE SHERLOCK HOLMES

Volume I

Rodolfo Martínez

A Sabedoria dos Mortos

Tradução de Emanuele Coimbra
& Enéias Tavares

AVEC
EDITORA
Porto Alegre
2019

EDITOR: *Artur Vecchi*

TRADUÇÃO: *Emanuele Coimbra e Enéas Tavares*

REVISÃO: *Gabriela Coiradas*

CAPA E PROJETO GRÁFICO: *Samir Machado de Machado*

Dados Internacionais de catalogação na Publicação (CIP)
(Câmara Brasileira do Livro, SP, Brasil)

M 385
Martinez, Rodolfo
A Sabedoria dos mortos : os arquivos perdidos de Sherlock Holmes : v. 1 / Rodolfo Martinez; tradução de Emanuele Coimbra e Enéias Tavares. — Porto Alegre : Avec, 2019.

Título original: Sherlock Holmes y la sabiduría de los muertos
ISBN 978-85-5447-047-0
1. Ficção espanhola I. Coimbra, Emanuele II. Tavares, Enéias III. Título

CDD 860

Índice para catálogo sistemático:
1.Ficção : Literatura espanhola 860

Ficha catalográfica elaborada por Ana Lucia Merege — 467/CRB7

1ª edição, 2019
Impresso no Brasil/ Printed in Brazil

AVEC Editora
Caixa Postal 7501 • CEP 90430-970 — Porto Alegre — RS
contato@aveceditora.com.br
www.aveceditora.com.br
Twitter: @avec_editora

Índice

PRIMEIRA PARTE:
A SABEDORIA DOS MORTOS

SEGUNDA PARTE:
A BOCA DO INFERNO

PRIMEIRA PARTE:

A SABEDORIA DOS MORTOS

PRÓLOGO

ATÉ HOJE MINHA CANETA vacila diante do papel quando penso em contar o caso em que Holmes e eu estivemos envolvidos no início de março de 1895. Havia me envolvido naquele caso apenas por respeito a um homem que tinha sido meu agente literário e também um amigo, alguém que, por muita infelicidade, havia se envolvido naquele assunto e cujo bom nome eu não podia deixar sob qualquer suspeita. Por mais que o assunto tenha desaparecido, como comprova o fato de que anos depois ele tenha me autorizado a esclarecê-lo, ele continuava sendo para mim muito delicado, pouco animando-me a narrá-lo ou publicá-lo. No entanto, o falecimento deste amigo, há menos de um ano, autoriza que agora nada se silencie, tanto para sua boa ou má fama, e mesmo que se produza a partir desta narrativa qualquer renovado escândalo, este dificilmente poderia atingi-lo. Consideremos também que pertencer a uma sociedade como aquela da qual ele foi membro não é considerado de igual maneira hoje como era no final do século passado. As pessoas cultas desta época o olharão como mais um dos muitos caprichos da classe intelectual e artística dos vitorianos. Opinião essa que, a meu ver, não poderia estar mais afastada da realidade. Suponho que os planos do Senhor Mathers e seus sucessores de legitimar suas assim chamadas práticas tiveram ao menos o êxito relativo de transformá-las, senão em respeitáveis hábitos, então em pitorescos costumes.

No entanto, não é esse o único motivo que me obrigou a permanecer em silêncio. Por mais que durante minha longa associação com o Senhor Sherlock Holmes eu tenha testemunhado eventos de natureza mais que extraordinária, para não dizer grotesca quando não improvável, poucas vezes nos vimos envolvidos em um mistério que colocasse à prova — mesmo que de um modo um tanto estranho e bizarro — nossas próprias concepções do mundo.

Na realidade, tenho por certo que, ao levar tais ocorrências ao papel, os homens desta época as tomarão por devaneios de um octogenário. Afirmo que não se trata disso, mas não afirmaria o contrário, mesmo que o fosse, não? Talvez minha memória possa fraquejar, mas as anotações do caso que naquele momento realizei e que foram muito detalhadas estão ainda a minha disposição — na verdade, tenho-as em frente de mim enquanto escrevo isto — e se as lembranças dos acontecimentos mais próximos se desvanecerem com rapidez, conservo uma imagem nítida e precisa de tudo o que aconteceu durante o século passado. Apesar de tudo o que foi dito, é bem possível que minha caneta tivesse permanecido em silêncio a não ser por um acontecimento aparentemente trivial que, no entanto, se revelará de enorme importância à medida que lerem as páginas que seguem.

Há poucos meses, um jovem médico com o qual criei um forte laço de amizade — ele havia comprado meu consultório em Kensington quando me retirei do exercício da medicina — voltou de suas férias nos Estados Unidos e trouxe com ele vários exemplares de uma publicação barata, impressa em papel de celulose, que continha vários relatos desse gênero chamado horror sobrenatural, torpemente escritos e abundante em termos adjetivados. Pouco admiro esse tipo de narrativa, apesar de ter me sentido atraído por elas em minha juventude, mas nunca a ponto de ficar fascinado por imaginações do porte do Senhor Poe ou pelos vermes primordiais surgidos da pena de um Bram Stoker. No entanto, hoje, quando busco descanso na literatura e nos seus sobressaltos, quando abro um livro, é para percorrer um território familiar e pouco estranhável, não para descobrir que aquilo que eu julgava conhecer não passava de um emaranhado de esquinas e becos inesperados. Sou um velho e, como tal, minha máxima inspiração é passar com tranquilidade — o que inclui aceitar o inevitável gosto do tédio que esta traz consigo — os anos que me restam, sendo eles poucos ou muitos.

No entanto, em vários dos contos presentes naquela horrível revista, me deparei com dados que somente podiam ter sido obtidos de uma única forma. Seu autor os disfarçava como ficção, o que não me impediu de reconhecê-los, horrorizado, como indelével fruto dos acontecimentos que se iniciaram no final de fevereiro de 1895. O sobrenome do autor não é de todo desconhecido, apesar de não ter sido reconhecido por Holmes, a cuja residência em Sussex enviei várias cópias dos relatos em questão. Sua resposta, caracteristicamente breve e imperativa, não demorou: "Creio que já é hora de que o mundo o saiba, Watson", dizia a mensagem que eu recebi, uma mensagem escrita na mesma letra que os anos não transformaram em um estilo mais vacilante ou menos peculiar.

Sim, também acredito que chegou o momento.

Em vista disso, neste mês de maio de 1931, e apesar de todo o meu corpo pedir-me que eu o deixe descansar, que esqueça o assunto, que não mais revisite o passado, dou aqui início ao que, quem sabe, seja a última história de Sherlock Holmes que saia desta minha caneta. Estamos em um século que já não é o nosso, sem a menor dúvida: os coches de cavalo desapareceram das ruas de Londres, os aviões e zepelins cruzam o céu, uma guerra espantosa nos separa de nossa época e o mundo mudou de tal maneira que nada resulta aos meus olhos como reconhecível. Sherlock Holmes e eu pertencemos ao século XIX e creio que também os nossos leitores. Portanto, é possível que não exista ninguém interessado em ler o que me disponho a contar. Não importa. A recompensa do escritor, do cronista e do biógrafo é o seu próprio trabalho. Todo o resto é mero acessório.

Faz tempo que me desvinculei do mundo literário londrino — com a morte do meu agente, tal afastamento se fez ainda maior — e talvez nem mesmo encontre editor para esta história. Isso, no entanto, não fará minha caneta vacilar, como nunca o fez em todos os anos em que tive o privilégio de compartilhar a vida do homem mais extraordinário, inteligente e bondoso que já conheci.

John H. Watson M.D.
Antigamente do V Batalhão de Fuzileiros de Northumberland
Londres, maio de 1931.

I.

O explorador que nunca existiu

QUANDO ME LEVANTEI aquela manhã, Holmes já estava de pé fazia um bom tempo. Sobre a mesa da sala de estar, estava o seu café da manhã, deixado pela metade, e meu amigo se apoiava no descanso da janela, com o jornal dobrado embaixo do braço e aquela expressão, que eu conhecia tão bem, no rosto magro e seco.

— Algo está acontecendo, Holmes? — perguntei, enquanto me sentava para tomar o café da manhã.

— Isso é justamente o que eu adoraria saber, Watson — respondeu, afastando-se da janela e estendendo-me o jornal. — Página três, segunda coluna.

Enquanto untava minhas torradas com manteiga, dei uma olhada na notícia que Holmes assinalara. Era o anúncio de uma conferência sobre os costumes tribais dos bosquímanos africanos por parte do explorador norueguês Sigurd Sigerson, residente em Londres há alguns meses. Não me pareceu um acontecimento especialmente merecedor da atenção de meu amigo, e eu lhe comuniquei isso:

— De fato — respondeu-me Holmes com um sorriso — você tem uma memória frágil. O nome Sigerson não lhe diz nada?

Tratei de tentar recordar. A lembrança veio à minha cabeça de imediato, e eu teria me lembrado logo após ler a notícia caso ainda não me encontrasse no limiar do sonho. Fazia quase um ano que Holmes havia reaparecido em minha vida. Isso depois de três anos, nos quais eu o havia dado por morto. No instante do nosso reencontro, que eu narrei logo depois sob o título de "A Aventura da Casa Vazia", Holmes disse-me que havia passado uma boa parte daqueles anos sob a suposta identidade de Sigerson, um explorador norueguês.

— Isso mesmo — falei em voz alta. — Então existe um Sigerson real, cuja identidade você usou?

Holmes lançou-me um gélido olhar de ferida dignidade. Como de costume, reagia como uma criança malcriada cada vez que, inadvertidamente ou de propósito, alguém feria sua vaidade.

— Meu caro Watson — falou com toda a solenidade de que era capaz —, nunca, até onde sei, existiu qualquer explorador escandinavo com tal nome. Aquele foi um disfarce criado por mim, um entre tantos. Não ache que eu teria sido tão irresponsável a ponto de me disfarçar de alguém existente, correndo o lógico risco de que minha fraude fosse descoberta.

O que meu amigo dizia fazia sentido, pensei, não sem condenar minha incapacidade de dar-me conta daquilo.

— Então? — perguntei, desgostoso, devolvendo-lhe o jornal.

— Eis aí o cerne da questão. Se Sigerson nunca existiu, como é que agora aparece do nada para ministrar uma conferência sobre os costumes bosquímanos?

Não lhe respondi. O assunto me intrigava tanto quanto a ele próprio. Holmes pegou o jornal e voltou a repassar a notícia, enquanto uma fraca luz de emergência começava a piscar em minha cabeça.

— A conferência será dada nesta tarde, às seis. Creio que não seria demais se lá estivéssemos.

— Você acredita que pode haver perigo? — perguntei, dando voz aos meus temores.

— Meu querido amigo, nada há de tão perigoso como a própria vida. Sem dúvida será uma palestra interessante. Mas o que sucederá, não lhe posso dizer.

Terminado o café da manhã, li a resenha com mais tranquilidade. Nela se afirmava que Sigerson era um dos poucos homens brancos que haviam falado com o grande Lama do Tibet, além de ter conseguido, disfarçado de árabe, introduzir-se em Meca e contemplar a famosa pedra negra da Kaaba. Tudo aquilo coincidia ponto a ponto com o que Holmes me havia contado um ano antes sobre suas próprias andanças. Não podia ser, diante desses fatos, uma mera coincidência. Aquele homem, fosse ele quem fosse, havia adotado a personalidade de Sigerson para atrair Holmes. E comuniquei isso ao meu amigo.

— Sem dúvida, Watson. É mais que provável que seja uma armadilha. Se você não quiser vir, entenderei, sem dúvida. — Agora era a minha vez de parecer ofendido.

— Holmes, você me surpreende. Nunca o deixei enfrentar sozinho o perigo e não o faria neste momento.

O rosto afilado de meu amigo se iluminou brevemente com um sorriso.

— Não esperava menos de você, Watson.

Desta forma, a manhã foi passando, enquanto eu me perdia na leitura do último livro do senhor Machen, autor recomendado por meu agente literário, e Holmes alternava um par de experimentos químicos com algumas improvisações musicais no violino. Naqueles dias, meu amigo não tinha nenhum caso a resolver, e mais de uma vez havia-me comunicado sua frustração. Com a perene ironia que o caracterizava, chegou a se lamentar em mais de uma ocasião pela falta de crimes em nossa cidade.

— Entenda-me, Watson — costumava dizer —, não advogo por um aumento de nossa população criminal. Sem dúvida esta cresceu mais que o suficiente nos últimos anos. Não se trata tanto da quantidade de crimes que se cometem e sim de... sua qualidade, poderíamos dizer.

— Mas Holmes — respondi, me divertindo diante da forma que tinha meu amigo de contemplar a delinquência. — Suponhamos que seus desejos se cumpram e Londres se encha de crimes engenhosos, inteligentes e misteriosos. O que ocorrerá quando você se aposentar?

Holmes arqueou a sobrancelha diante da minha pergunta.

— E o que o faz supor que eu algum dia irei me aposentar, doutor?

— Bem — eu disse, cada vez mais perplexo pelo rumo daquela conversa —, mesmo que não deseje fazê-lo, cedo ou tarde terá de se render às forças da natureza. Afinal, todos somos criaturas mortais.

— Será? Talvez você não devesse se apressar tanto a falar pelos demais, meu amigo.

Invariavelmente, eu tomava suas últimas palavras como uma piada. Todavia, não raro permanecia dentro de mim o resquício da dúvida. Obviamente, chegou a hora em que Holmes acabou se aposentando de sua atividade como consultor detetive, mas não me parece difícil me imaginar em anos vindouros, quando já tiver deixado este mundo e estiver desfrutando dos manjares do além, sorrindo com indisfarçada malícia ao me lembrar de minha ousadia ao qualificá-lo de "criatura mortal".

De qualquer modo, nada disso é relevante para o que estou narrando, e peço desculpas ao leitor por isso. Temo que não posso fugir do característico vício da velhice de embarcar em rememorações intermináveis. Tentarei evitá-las nas páginas à frente, apesar de ser incapaz de garantir que terei êxito.

À tarde, chamamos uma carruagem e nos encaminhamos ao lugar da conferência, em um clube não muito conhecido de Pall Mall, do qual não éramos sócios. No artigo que lemos, porém, havia a informação de que a entrada seria livre para todos aqueles que estivessem interessados. Isso nos fez esperar que ninguém colocasse o menor impedimento à nossa entrada.

Às dezessete e quarenta e cinco, cruzámos as portas do Anthropos Club.

Esperávamos uma assistência escassa e composta por indivíduos bastante excêntricos e um tanto desconhecidos, tendo em vista o tema da palestra. Qual não foi nossa surpresa ao encontrar no salão principal um público bem vistoso, que parecia muito interessado na conferência do suposto Sigerson. Vi alguns rostos familiares, sobretudo membros da comunidade literária de Londres, com a qual eu não tinha demasiado trato, mas cujos principais integrantes eu conhecia ao menos de vista. Reconheci também Isadora Persano, o famoso jornalista e espadachim não menos célebre, cuja figura esbelta e esmerada me foi imediatamente reconhecível entre o público. Ia comentar sua presença com Holmes quando este se adiantou me dizendo:

— Veja só, Watson. Se não estou enganado, temos ali seu corpulento agente literário.

Olhei para onde ele apontou com sua vista e, de fato, aquela figura robusta, cujas costas eu contemplava, só poderia pertencer ao meu bom amigo Arthur Conan Doyle. Falava com um indivíduo de meia idade, mantendo ombros imponentes e maneiras ligeiramente pomposas, que não fazia mais do que olhar ao redor como se tudo aquilo lhe pertencesse. Ao seu lado, ligeiramente atrasado, como que adotando uma pose subordinada, quase servil, havia um jovem de olhar esquivo que me pareceu antipático à primeira vista. Havia em suas maneiras algo de sinuoso e astuto, que me fez sentir desgosto só ao olhá-lo.

— Não vai cumprimentá-lo, doutor? — questionou-me Holmes, com um brilho irônico no olhar, tirando-me dos meus pensamentos.

Não pude evitar um sorriso. Arthur Conan Doyle, mesmo que indiretamente devesse boa parte das suas conquistas como agente literário ao meu amigo e às suas portentosas faculdades, não costumava se sentir muito à vontade na presença de Holmes. Vi, em outras ocasiões, pessoas incapazes de trocar com o meu amigo detetive nada mais que meia dúzia de palavras sem começar a gaguejar e ficarem nervosas, mas essa não era a reação de Arthur. Apesar de sempre manter os bons costumes e aparentar cordialidade com Holmes, em mais de uma ocasião, surpreendi em seus olhos um brilho de rancor e ressentimento mal dissimulado direcionado a ele.

Em todo caso, as boas maneiras impunham que eu me aproximasse e fizesse notar nossa presença.

No entanto, tal encontro teve que ser adiado, pois naquele exato momento uma porta se abriu na lateral da sala e entraram por ela dois indivíduos. Um deles, que já havia passado dos cinquenta anos há algum tempo, estava vestido com ridícula afetação e se pavoneava a cada passo, não podendo ser outro senão o presidente ou diretor do clube. Trocamos um olhar com o homem que estava falando com Arthur. Este, depois de um gesto de indecisão, deu a passagem aos outros dois indivíduos. Um era alto e robusto, com feições afiadas, rosto pálido e cabelo loiro escuro, com uma pequena barbinha de bode e dois olhos azuis inquisitivos. Tinha gestos um tanto fechados, como se desconfiasse do que pudesse acontecer no instante seguinte. O outro era parecido com Holmes — apesar de sua maior envergadura física — e me pareceu evidente de quem se tratava: tinha de ser o suposto Sigerson. Finalmente, apertando o passo vinha um homem jovem: não teria mais de 30 anos, se é que havia chegado a eles, e era ligeiramente mais baixo que o explorador norueguês, tendo um cabelo tão loiro que parecia quase branco. Quanto à sua boca, um semissorriso, entre o triste e o mordaz, parecia instalado permanentemente no canto dela.

No mesmo instante em que os três homens cruzaram a porta, estourou uma salva de corteses aplausos por parte do público. O presidente do clube se inflou ainda mais dentro de seu traje afetado e, com uma leve inclinação de cabeça, pediu silêncio. Quando este se fez, disse:

— Cavalheiros, não sabem o quanto me alegra nesta noite ver tantas personalidades do mundo intelectual, científico e artístico de Londres reunidas neste distinto salão. Nosso clube, mesmo modesto, sempre fez questão de promover a mais nobre das atividades humanas, como proclama seu próprio nome. Não foi em vão que falaram entre estas veneráveis paredes músicos, poetas e cientistas. Sei que, neste momento, muitos de nossos sócios lamentam por Lorde Richard Francis Burton ter declinado compartilhar conosco suas experiências no Oriente. Posso dizer-lhes, não sem orgulho, que o homem que hoje aqui lhes apresento nada deve ao senhor Burton e também posso afirmar com tranquilidade, e sem temor de me enganar, que nosso orador chegou tão longe como ele e inclusive esteve em lugares que nosso pátrio explorador não ousou pisar. Assim, pois, nada me resta a não ser expressar que para mim é um prazer apresentar-lhes a um homem excepcional, um homem de provado valor e mais que comprovada erudição, o primeiro europeu que falou com o Grande Lama e um dos poucos ocidentais que pôde ver a pedra negra de Kaaba. Enfim, o mais audaz e exitoso dos exploradores. Cavalheiros, com vocês, Sigurd Sigerson.

Uma nova salva de aplausos e o suposto explorador se adiantou um par de passos enquanto inclinava a cabeça. Sem demora, tomamos assento e a exposição sobre os costumes dos bosquímanos teve início.

Inútil seria que o leitor me pedisse um resumo das ideias que aquele homem de falares pomposos e gestos vacilantes lançou sobre nós durante pouco menos de uma hora. Devemos ter caído no sono um par de vezes e somente uma oportuna cotovelada de Holmes me salvou de despencar do assento. Lembro-me vagamente de ter escutado algo sobre como os supracitados dormiam no chão, de lado e apoiados em seu cotovelo direito, com a cabeça descansando sobre os próprios ombros, aparentemente para evitar que os insetos entrassem nos pavilhões auriculares. Certamente tratava-se da pura verdade. De minha parte, eu jamais vira um bosquímano e não tive ocasião de comprovar por mim mesmo. Era evidente, isso sim, que nosso conferencista não era inglês. Por mais que falasse nossa língua com fluidez, certos floreios me pareciam estranhos, e um ligeiríssimo sotaque o identificava sem dúvida como estrangeiro. Certamente isso era algo ensaiado, sobretudo se o impostor queria levar adiante sua impostura com um mínimo de seriedade.

Terminada a conferência, se iniciou um breve turno de perguntas que pouco pude compreender, e menos ainda as respostas. Subitamente, para minha surpresa, Holmes se levantou e, com voz clara, disse:

— Sem dúvida, o senhor Sigerson, durante suas viagens ao Tibet, assistiu à famosa cerimônia dos Lamas durante a qual o grande incensário do monastério é agitado pelos monges e alcança, em suas oscilações, velocidades verdadeiramente vertiginosas. Eu gostaria de ouvir, se não fosse atacar a simples moléstia, uma descrição de tal cerimônia.

Vi como um dos rostos do público se direcionou para nós e franziu ligeiramente o cenho. Era, sem dúvida, o doutor Doyle, facilmente reconhecível pelo seu enorme bigode de morsa, que tremia de forma ostensiva em momentos daquela natureza. Quase imediatamente, talvez temeroso de que Holmes o reconhecesse, voltou de novo sua vista para frente. O homem que eu acompanhava girou apenas a cabeça e, durante poucos segundos, seus olhos oscilaram entre a via do interesse e o percurso do alarme, cravando-se em seguida em meu amigo. Junto a ele, o jovem de aspecto reptiliano — e me dei conta então de que, na realidade, era pouco mais de um menino, pois dificilmente havia chegado aos vinte anos — permaneceu imóvel e nem sequer reagiu quando o outro homem se inclinou em direção a ele e lhe murmurou algo ao ouvido.

Neste entremeio, o conferencista havia aclarado a garganta e iniciava uma resposta um tanto embrulhada na qual afirmava não haver estado no monastério na época da cerimônia, mas havia visto o incensário e era uma verdadeira obra de arte, que passou a descrever pormenorizadamente até o menor de seus traços e relevos. O jovem loiro sentado ao seu lado esboçou o seu meio sorriso e um fulgor divertido assomou o seu olhar.

Pouco depois de o questionamento público ter alcançado seu fim, o secretário do clube — ou talvez seu presidente, nunca cheguei a saber — nos despediu com um amaneirado e pedante discurso de agradecimento, para logo descer do cenário e encaminhar-se até onde estava o acompanhante do

Doutor Doyle. Notei também como algumas pessoas do público se aproximavam para falar com Sigerson, entre elas meu agente literário. Troquei um olhar com Homes, lhe interrogando em silêncio sobre o que fazer em seguida. Meu amigo encolheu os ombros e me fez um sinal de que abandonássemos o local. No entanto, se deteve na metade do gesto e, durante uns segundos, permaneceu completamente imóvel, com a vista cravada frente a ele, os olhos entrefechados e suas feições absortas de concentração.

Segui a direção do seu olhar. O jovem loiro que havia acompanhado o falso Sigerson se aproximava do rapaz que me inquietou a noite toda e trocou com ele um par de frases, sempre com um meio sorriso ligeiramente sardônico, torcendo o lado esquerdo da boca. Seu interlocutor não reagiu muito bem diante do que o outro lhe dizia, parecendo estar à beira da indignação. Finalmente, ele optou por dar meia volta e aproximar-se do homem pomposo que acompanhava Arthur e do que, pelo visto, supus ser um secretário ou ajudante, apesar de suas maneiras obsequiosas o fazerem parecer um lacaio.

O jovem loiro ficou sozinho e, sem perder o meio sorriso, se dispôs a dar meia volta e retornou ao lado de Sigerson. Pareceu reparar repentinamente em nós e inclinou a cabeça, ao menos foi o que constatei, em direção a Holmes. Meu amigo lhe devolveu a saudação e ambos deixamos a sala. Não demoramos a encontrar um coche e logo voltamos à Baker Street.

— Qual sua opinião, Watson? — perguntou meu amigo.

Ao nosso redor ia surgindo a barulhenta Londres noturna. Os clubes mais importantes de Pall Mall iam ficando cheios, bem como os teatros de variedades, a algumas ruas dali. Os coches de cavalos iam se agitando de um lado para o outro, levando viajantes de todas as classes e circunstâncias aos seus variados compromissos noturnos.

Sabia bem o que Holmes desejava escutar. Todavia, fingi ter interpretado de outro modo a sua pergunta e respondi:

— Não entendi uma só palavra da conferência, caso se refira a ela.

Holmes apenas sorriu.

— Trata-se de um ator — disse. — Talvez seja bom, mas não tão bom assim. Seu sotaque não tinha muito de escandinavo, do pouco que sei dessas coisas. E, com certeza, os Lamas do Tibete jamais usaram um incensário como o que nosso amigo Sigerson descreveu.

— Um impostor, portanto.

— Sim, mas isso já supúnhamos, não? O que não compreendo é o que este homem pretende com isso. Um impostor que finge ser alguém real é algo lógico. Agora, um impostor que se faz passar por outro impostor é algo ridículo.

— E que pensa fazer agora?

— Tenho que falar com o homem logo. E já sei como.

— Como?

— Seu amigo, o doutor Doyle, parecia conhecê-lo. A propósito, o bom doutor parece ter conhecidos no mínimo interessantes.

Evidentemente Holmes se referia ao indivíduo pomposo que se sentou ao seu lado durante a conferência e a seu jovem acompanhante de aspecto reptiliano e gestos obsequiosos. Holmes parecia saber quem eram os dois, apesar de eu saber que naquele momento meu amigo não cogitava revelar-me nada.

— Creio que seria conveniente que amanhã o chamasse e lhe dissesse que estamos interessados em falar com o famoso explorador norueguês.

— Como queira, Holmes. — Fiquei pensativo uns instantes. — O que realmente me intrigou de tudo isto... — Titubeei, pois como disse, parecia-me claro que Holmes não me contaria nada sobre os misteriosos acompanhantes de Arthur. Assim, na metade da frase, troquei o objetivo, tratando de fazê-lo com a maior naturalidade possível — foi o jovem que estava ao lado de Sigerson durante a conferência. Quem será ele?

Havia escolhido aquela pessoa unicamente para desviar do assunto, um tiro às cegas depois de me decidir a não mencionar quem realmente me interessava. Vocês podem imaginar minha surpresa ao ver como os olhos de Holmes brilharam diante das minhas palavras.

— Ah, eis uma excelente pergunta, meu caro Watson. Excelente, sem dúvida.

Nada mais dissemos durante a viagem

II
Uma entrevista e um jantar

NO DIA SEGUINTE, como Holmes havia pedido, chamei um coche e me dirigi à casa do doutor Doyle. A governanta me abriu a porta e, depois de comprovar minha identificação, me levou à sala. Pouco depois entrava nela meu colega — em mais de um aspecto — e agente.

Enquanto respondia a sua saudação e trocávamos as frases de rigor que a cortesia aconselha, não pude evitar a lembrança do curioso azar que colocou Arthur em meu caminho. Pouco depois de eu ter conhecido Holmes, finalizado o manuscrito que se converteria em *Um estudo em Vermelho*, a casualidade fez-me encontrar Arthur. Isso enquanto eu buscava, com pouca sorte, um editor para meus esforços literários. Na época, ele acabava de publicar *Micah Clarke*, muito na linha dos romances históricos de Sir Walter Scott, e gozava de boa reputação nos círculos intelectuais londrinos. Eu o havia encontrado brevemente durante suas práticas de medicina, quando clinicou sob minha supervisão, e parecia guardar uma boa lembrança de minha pessoa.

Doyle concordou em ler meu manuscrito e não só foi educado o suficiente para se referir a ele em termos mais do que elogiosos, mas comprometeu-se a tentar publicá-lo. Na verdade, fez mais do que isso. Foi a mão dele que corrigiu e reescreveu uma boa parcela da segunda parte da minha trama, que narrava a história de Jefferson Hope na comunidade Mórmon. E foi ele também que sugeriu o título sob o qual o livro viria definitivamente à luz, em vez do mais modesto que eu tinha escolhido: *Uma Trama Enredada*. Essa fora a razão de, na capa do livro, ele figurar como coautor. Na verdade, anos mais tarde, voltaríamos a colaborar em um novo romance: *O Vale do Terror*, cuja segunda parte, novamente, ele voltou a se encarregar, narrando com verdadeira maestria as andanças de Edwards, "o impostor", entre os integrantes da comunidade de mineradores, o que deu àquelas páginas um colorido e uma verossimilhança de que eu, confesso, teria sido incapaz. As coisas não iam nada mal, considerando a renda que seu trabalho como agente literário lhe proporcionava, além dos fartos benefícios obtidos de suas próprias obras: seu trabalho como cronista do estrambólico professor Challenger, seus relatos curtos ou ainda seus excelentes romances históricos.

Doyle conheceu Holmes pouco antes da publicação de *Um Estudo em Vermelho* e, praticamente desde o primeiro momento em que viu o grande detetive, reagiu diante da sua presença da forma que comentei.

Desde a publicação nas páginas do *Strand Magazine* dos romances que mais tarde eu compilaria no volume intitulado *As Aventuras de Sherlock Holmes*, pude fazer uso dos serviços de Arthur. Apesar de os relatos de Holmes se venderem praticamente sozinhos e de minhas atividades literárias não serem em tão grande número a ponto de necessitar de um agente, entre nós se forjou uma boa amizade. Desnecessário mencionar o detalhe de que, como minhas esposas comentaram em mais de uma ocasião, não sou um homem muito atento aos aspectos práticos da vida. Em vista disso, decidi deixar que Arthur se encarregasse da parte comercial do meu trabalho literário, tarefa para qual ele estava mais preparado, tornando-se assim meu agente. Isso deu lugar a uma singular confusão: não são poucos os que pensam que tanto Holmes como eu não somos mais que dois personagens saídos da caneta de Conan Doyle. É certo que nunca falei disso em minhas narrativas — afinal o que mais me importava era que o mundo soubesse dos métodos brilhantes e da mente excepcional de meu amigo —, mas, mais de uma vez, Holmes se encontrou com indivíduos que o olhavam com desconfiança quando ele dava seu nome, como se estivessem diante de uma espécie de estranha fraude, talvez um ator a encarnar um famoso personagem.

Mas novamente estou eu divagando em demasia, está na hora de voltarmos ao miolo desta narrativa. Passada a troca de cortesias habituais, Arthur me perguntou o motivo de minha visita:

— Novas histórias do amigo Holmes? — disse-me, com a voz ligeiramente trêmula ao pronunciar o nome do detetive.

— Na realidade, não. Não sei se você nos viu ontem durante a conferência do explorador Sigerson.

— De fato. Recordo que nosso grande detetive fez alguma pergunta ao conferencista.

— Pois é. Holmes está interessado em conhecê-lo. E como vimos que você pareceria ter algum trato com ele...

Arthur fez um gesto com a mão, abrangendo algo indefinido.

— Quase nenhum, na verdade. Compartilhamos certos gostos e algo — como eu diria? — esotérico. No restante, não se pode dizer que tenhamos qualquer relação mais estreita.

Surpreendeu-me aquela imprecisão por parte de Arthur, como se tivesse algo não totalmente correto no seu trato com Sigerson e quisesse marcar as distâncias com ele, mas, ao mesmo tempo, sem se desligar totalmente. Anotei aquilo para, posteriormente, comentar com Holmes. Podia haver algo interessante ali.

— No entanto — disse eu —, tanto Holmes como eu ficaríamos muito agradecidos se pudesse nos colocar em contato com ele. O certo é que Holmes está verdadeiramente fascinado com esse indivíduo.

Arthur trocou de postura na cadeira, como se não conseguisse ficar à vontade.

— Fascinado? Que interessante — disse ao fim, num tom que desmentia suas palavras. — Não pensa ele que o senhor Sigerson seja uma espécie de inteligência arquicriminal, suponho, alguma espécie de herdeiro desse professor de matemática que morreu na Suíça. Como se chamava? Moretti, ou algo assim?

— Moriarty — corrigi.

— Ah, claro, agora lembrei. Fascinado, você diz. Que curioso. Pergunto-me o que pode ter uma pessoa para fascinar alguém como o grande detetive. Não sei... Sigerson pareceu-me um tanto medíocre. Mas algum talento oculto ele deve possuir, um talento que os demais não veem.

Sorriu, com um sorriso que era puro nervosismo. Eu estava surpreso, não posso negar. A reação de Arthur frente ao meu comentário era sem dúvida desproporcional.

— Mas estou divagando, desculpe-me — acrescentou. — Certamente conseguirei um encontro.

— Obrigado, Arthur. Não esperava nada menos de você.

Sorriu de novo, agora mais calmo.

— Como vou negar algo a um amigo que, além de tudo, é meu melhor cliente? De fato, hoje mesmo marquei de almoçar com ele e acredito que poderei providenciar uma entrevista na última hora da tarde. Está bom para você?

— Melhor impossível.

Arthur assentiu. Todo o nervosismo havia desaparecido de seus gestos.

— De acordo. Tratemos agora dos negócios. Diga-me, como anda sua caneta ultimamente?

Contei-lhe, tentando não fazer caso do sentimento de perplexidade que me aturdia, que estava a terminar duas novas histórias protagonizadas por Holmes. Arthur franziu levemente o cenho e disse:

— Nunca ocorreu a você dedicar-se a outras funções? Você é um homem talentoso, John, e, sem dúvida, o gênero ao que se dedica é um desperdício. Você avilta sua caneta servindo como um mero biógrafo.

Sorri, tranquilizado de certo modo, pois o que Arthur tinha acabado de dizer se encaixava melhor com seu comportamento habitual: de fato, era parte de um dos seus discursos mais frequentes. Desde o primeiro dia, como eu disse, houve uma corrente de suspeita em relação a Holmes por parte do meu agente.

Na realidade, havia ocasiões em que Arthur parecia sentir verdadeiro pânico na presença do detetive: ficava nervoso, esfregava as mãos uma e outra vez, e parecia incapaz de elaborar uma única frase coerente, algo verdadeiramente estranho em uma mente como a sua, bastante lúcida e vivaz. Nunca consegui averiguar a que se deveria aquilo, e se o próprio Holmes sabia, nunca me fizera saber. Mas, consciente do efeito que causava no Dr. Doyle, frequentemente gostava de deixá-lo ainda mais nervoso. Havia certa raiva de crueldade infantil no personagem de Holmes, e Arthur parecia trazê-la à luz com grande facilidade.

— Acredito que já tratamos deste assunto em outras ocasiões — disse a ele. — Minha imaginação é quase nula. Posso narrar o que aconteceu, mas inventar... ah, isso é algo de que sou incapaz. Na verdade, invejo-o nesse aspecto, Arthur.

— Ora, John, você se subestima. Sem dúvida, se ao menos tentasse... — ele tocava em um tema antigo e não muito agradável.

— Já tentei. Acredite em mim. Mas o resultado foi desanimador.

Ele novamente se mexeu na cadeira, inquieto, como se não estivesse muito seguro da conveniência do que ia dizer. Por fim, limpou a garganta e se animou a falar:

— Acredito que Holmes o anulou, que fez de você um satélite de suas ações. Você é incapaz de pensar por si mesmo. É como se tivesse fagocitado você — falou, empregando o jargão médico que ambos compartilhávamos.

— Arthur — respondi, com indisfarçada frieza —, como acabei de dizer, já tratamos deste tema em outras ocasiões. Minha associação com Holmes só me trouxe benefícios. E ele é o homem mais extraordinário que já conheci. Lembre-se bem disso se quer que nossa amizade não corra riscos.

Ele fez um gesto com a cabeça, como se estivesse diante de algo evidente.

— Como desejar.

Depois disso, nossa conversa languidesceu rapidamente. Voltamos a trocar algumas frases de cortesia e, finalmente, me despedi.

De volta à Baker Street, não pude deixar de comentar com Holmes o estranho comportamento de meu agente. Meu amigo não pareceu dar muita importância àquilo, como se esperasse por algo assim.

Pouco depois das três da tarde, recebemos um telegrama de Arthur. Marcava um encontro às seis horas no mesmo clube onde aconteceu a conferência no dia anterior e nos convidava para um jantar com Sigerson e seu secretário.

— Secretário? — perguntei.

— Sem dúvida o jovem loiro, Watson. Muito bom, muito bom — acrescentou Holmes, repousando o telegrama no descanso da chaminé.

Não disse nada mais, mas ficou evidente que a presença daquele indivíduo de semissorriso permanente o intrigava. No dia anterior, atacado pela corrente de repulsão que me havia inspirado o menino obsequioso que escoltava o pomposo acompanhante de Arthur, havia apenas reparado nele. Agora, porém, e à medida que revisitava aqueles eventos, não podia deixar de concordar com Holmes de que havia algo não tão correto naquele jovem. Na realidade, pensando bem, nada tinha de estranho que um estrangeiro de posses, como parecia ser Sigerson, contratasse um secretário inglês caso permanecesse em nosso país por uma temporada. Não era essa característica do jovem que me parecia... inquietante — acredito que essa seja a palavra. Na verdade, não saberia definir o que nele me inquietava. Apenas sabia que havia algo em sua aparência que fazia com que me sentisse incomodado e, ao mesmo tempo, fascinado em sua presença.

Às cinco e trinta, vestidos à etiqueta, saímos para a rua e alugamos uma carruagem. Soavam seis horas no Big Ben quando cruzamos o vestíbulo do Clube Anthropos. Arthur estava lá, esperando por nós, espiando por baixo do amplo bigode. Não havia rastro de Sigerson ou do secretário.

Esperamos alguns minutos, e ao ver que não se faziam presentes, decidimos passar ao restaurante, supondo que se uniriam a nós quando chegassem...

Quinze minutos mais tarde, no entanto, ainda não haviam aparecido. A princípio, a conversa não podia ser mais animada: Arthur, como falei, era o cronista oficial do célebre professor Challenger, coincidência ou não, um sujeito que era um parente distante de Holmes. Assim, ao passo que trocávamos anedotas irrelevantes sobre o estrambólico cientista, os primeiros minutos transcorreram de forma agradável. Pouco depois, no entanto, a conversa esvaecia lentamente e Holmes não pôde evitar a tentação de soltar alguns comentários que, mesmo de aparência inócua, não foram bem recebidos por Arthur. Estávamos prestes a chamar o garçom para lhe perguntar se tinha notícias dos homens que esperávamos, quando ele se aproximou de nossa mesa.

— Doutor Doyle — falou. — Há no vestíbulo um cavalheiro que pergunta por você.

Pelo modo com que pronunciou a palavra, vimos que o termo "cavalheiro" não lhe parecia totalmente apropriado para qualificar o visitante. Arthur se desculpou conosco e deixou o restaurante. Voltou pouco depois, acompanhado de um indivíduo não muito alto, com um rosto de furão pensativo que imediatamente reconhecemos como nosso velho amigo, o inspetor Lestrade, da Scotland Yard.

— Senhor Holmes. Doutor Watson — nos cumprimentou. — Não esperava encontrá-los aqui, apesar de que não posso dizer que isso me surpreende.

— O que aconteceu, Lestrade? Tem que ser importante para que tenha saído de forma tão precipitada de sua casa.

Apesar dos muitos casos que Lestrade havia compartilhado com Holmes e comigo, a reação do policial foi de previsível assombro diante do comentário de meu amigo. Eu, mesmo não sendo o mais sagaz dos homens, como o grande detetive me fez notar em não poucas ocasiões, não tive demasiada dificuldade para me dar conta de que Holmes o havia deduzido a partir do desalinhado geral de suas roupas e do fato evidente de que suas botas estavam desatadas.

— Isso mesmo, Holmes — respondeu Lestrade —, ainda que eu ignore como chegou a sabê-lo. De qualquer modo, isso não importa agora. O senhor Sigerson desapareceu. Tememos que possa ter sido assassinado.

III
O impostor assassinado?

NO CAMINHO PARA o hotel onde Sigerson tinha se hospedado, nenhum de nós disse muita coisa. Arthur parecia cada vez mais afetado: a presença de Holmes tinha se juntado àquele estranho assunto, acentuando seu nervosismo. Lestrade, por sua vez, nos contou no clube o que sabia — a sala vazia, os traços de sangue, os móveis derrubados — e agora permanecia em silêncio. Já Holmes se limitava a olhar pela janela do carro, perdido em pensamentos. Eu, um pouco desconfortável, tentei em vão encontrar algum tema para conversa.

Finalmente, olhando para Lestrade, me ocorreu perguntar:

— Como sabia que estávamos no clube, inspetor?

— Eu não sabia, Dr. Watson — respondeu-me o investigador oficial, estalando os lábios. — O secretário do Senhor Sigerson contou-me que tinham um jantar marcado com o doutor Doyle e outros dois cavalheiros. Eu então decidi me aproximar do clube — continuou, parecendo indeciso —, para o caso de ele ou seus convidados poderem me contar algo de útil. Imaginem minha surpresa ao descobrir que se tratava de vocês dois.

— É terrível! — exclamou imediatamente Arthur, como se não estivesse consciente de nossa presença. — Será um escândalo monumental. Alguém com a reputação de Sigerson desaparecido nessas circunstâncias...

— Tolice — disse Holmes, sem deixar de olhar pela janela. — Sigerson não desapareceu, meu bom doutor.

Doyle olhou para ele aterrorizado e furioso. Pela primeira vez, mas não a última, comecei a pensar que o real motivo por trás da hostilidade do meu agente contra Holmes não fosse outro senão ciúmes. Não era uma ideia absurda, afinal Arthur era um detetive mais amador do que competente, como Holmes já me havia apontado — embora seus elogios fossem tingidos de tênue ironia —, e onde há interesses comuns é fácil encontrar espaço para inveja.

— O que você quer dizer, Holmes? — perguntou Lestrade.

— Quem não existe, não pode desaparecer. E Sigerson nunca existiu. — Como não será difícil ao leitor imaginar perfeitamente os rostos estupefatos de Lestrade e meu agente literário, não me estenderei em sua descrição. Arthur murmurou algo incompreensível, enquanto o inspetor da Scotland Yard pedia a Holmes que esclarecesse suas palavras.

— Meu bom Lestrade, sem dúvida você lembrará que durante três anos o mundo pensou que eu estava morto, vitimado na companhia do infame professor Moriarty em razão de uma queda nas cataratas de Reichenbach. O que supõe que eu estava fazendo durante esse tempo?

— Eu desconheço.

— Você desconhece aquilo que supõe? Fascinante confissão, sem dúvida. — Antes que Lestrade pudesse protestar contra o mal-entendido, Holmes balançou a mão, tirando-lhe a importância. — Entre muitas outras coisas, meu caro, conversei com o Grande Lama, falei com o Califa de Jartum e visitei Meca disfarçado de árabe. Também entrei no Vaticano e consegui trocar algumas palavras com o Santo Padre. E, enquanto fazia essas coisas, meu nome era Sigurd Sigerson, famoso explorador norueguês.

O silêncio caiu novamente sobre o carro, até Lestrade quebrá-lo.

— Bem, você tomou emprestada a personalidade de Sigerson, mas...

Holmes sacudiu a cabeça.

— Não havia um Sigerson para eu assumir a personalidade, Lestrade. Não sou nenhum estúpido a ponto de me arriscar com algo assim, como você deveria perfeitamente saber nesta altura. Eu o inventei, dei-lhe vida e forma. E por fim, com o meu reaparecimento há um ano, o sujeito foi tragado para sempre pelas sombras. Ao menos, acreditava que tivesse sido. Isso até a manhã de ontem.

Arthur, que desde que Holmes declarou que Sigerson não existia permanecia petrificado, finalmente abriu a boca.

— Sim. Agora me lembro.

— De quê? — Lestrade perguntou, virando-se para ele.

— A última história que John colocou em minhas mãos... Qual era o título? *A Casa Abandonada.*

— Vazia — resmunguei em voz baixa. — Sim, eu li isso naquela história. Eu deveria ter me dado conta disso. Como...?

De fato, escrevi um conto sobre o reaparecimento de Sherlock Holmes, embora ele ainda não houvesse me autorizado a publicá-lo, e de fato não faria isso por dez anos por causa do escândalo envolvendo as atividades do Coronel Moran e seu relacionamento com algumas das melhores famílias de Londres. No entanto, confiando na discrição de meu amigo Arthur e precisando de uma opinião qualificada para avaliar meu trabalho, deixei o manuscrito com ele há algumas semanas.

Dei-me conta de que Holmes, enquanto concordava com as palavras de Arthur, não afastava o olhar do seu rosto, não sabendo se o que ele encontrava em sua face o divertia ou atraía.

— Isso mesmo, Doutor Doyle — disse ele. — Na época, informei Watson de minha personificação no explorador norueguês, e não há nada de particular no fato de que ele tenha incluído essa informação em sua narrativa. Por outro lado, é compreensível que, com suas inúmeras ocupações, não tenha prestado muita atenção ao nome de Sigerson. — Holmes enfatizou o "inúmeras" de uma maneira tão sutil que eu duvido que alguém, além de mim, tenha percebido sua ironia. — Eu, em seu lugar, não me preocuparia mais com isso.

Mas essas palavras não tranquilizaram Arthur. Ao contrário. O homem parecia cada vez mais nervoso. Em vez de fumar seu grosso charuto por um longo tempo, começou a mastigá-lo freneticamente, com o suor deslizando copiosamente por sua testa.

— Estúpidos — murmurou ele. — Como pudemos ter sido tão estúpidos. Samuel precisa saber...

Ele estacou de repente, como se tivesse acabado de perceber que não estava sozinho. No mesmo instante, um brilho sagaz apareceu nos olhos de Holmes. Mas ele não falou uma palavra, conformando-se em continuar com o escrutínio do rosto agitado do meu agente.

Foi quando chegamos ao hotel onde Sigerson — de que outra forma chamá-lo, já que não conhecíamos o seu verdadeiro nome? — ficara hospedado com seu secretário. Era um edifício de relativa categoria, apesar de não rara exclusividade. Qualquer pessoa com renda média poderia se alojar sob seu telhado.

Nós quatro atravessamos o vestíbulo, flanqueados por vários policiais uniformizados que, sem dúvida, vigiavam a possível saída ou entrada de suspeitos. Subimos até o primeiro andar e, no final do corredor, entramos nos quartos que o suposto explorador e seu secretário haviam ocupado.

O secretário estava nos esperando ali, junto a um oficial da Scotland Yard que eu não conhecia, mas que cumprimentou Holmes efusivamente. O que aconteceu com seu patrão não parecia ter afetado o secretário, cujo semissorriso ainda estava plantado em seus lábios. Lestrade se dirigiu ao policial e lhe perguntou:

— Tomou a declaração dele, Marlowe?

— Sim, senhor. O Sr. Holmes examinará a sala?

Lestrade franziu a testa, como se considerasse inconveniente que um dos homens sob seu comando tratasse com tal deferência um amador, embora ele conhecesse as habilidades de Holmes e ele próprio houvesse se beneficiado delas inúmeras vezes. A verdade era que, com o passar dos anos, Lestrade sentia cada vez mais respeito pelos incríveis métodos e habilidades do detetive, apesar destes ameaçarem sua fama de policial severo que nunca admitia que qualquer amador metesse o nariz nos assuntos da Scotland Yard. Mas, como disse há pouco, em muitas ocasiões, fora ele mesmo que tinha chamado esse amador.

— Se você deseja — respondeu secamente.

— Com muito prazer — respondeu Holmes, com seu sorriso mordaz, sem a menor pretensão de ocultar quão bem estava passando às custas da polícia oficial.

Nós entramos na sala onde tudo havia acontecido. Os móveis estavam com as pernas para cima, alguns deles quebrados, e parecia haver sangue em todos os lugares. As janelas estavam fechadas, embora uma parte do rastro de sangue fosse em direção a uma delas, que dava para um pátio interno.

— Curioso — cantarolou Holmes, enquanto examinava tudo com sua lente de aumento. — Muito curioso.

Por fim, se aproximou da janela onde o rastro de sangue terminava. Ele manipulou o punho alguns segundos e lançou uma breve exclamação de triunfo.

— Muito engenhoso, Watson. Olhe.

Eu me aproximei do lugar que me indicava.

— Aparentemente, a janela está fechada por dentro. Os pinos estão travados, não é?

Ao menos, era isso que parecia. Então, ele me disse:

— Mas não. A janela está aberta. Observe. — Ele abriu sem destravar o parafuso. — Veja os ferrolhos agora. Serrados, mas aparentemente intactos. Sim, muito engenhoso.

Ele se assomou pela janela. Um grupo de trepadeiras deslizava para o pátio interior.

— Elementar — disse Holmes. — Ele saiu por aqui, sem dúvida. Observe as trepadeiras, parcialmente arrancadas. E os rastros de sangue.

— E Sigerson? — perguntei.

Holmes levantou uma sobrancelha. Eu o conhecia o suficiente para saber que fazia tempo que ele não desfrutava tanto de algo. Sem dúvida, sua demanda por um aumento da "qualidade" dos crimes parecia ter obtido resposta.

— Se você busca um cadáver, Watson — disse-me ele —, então você não vai encontrá-lo. Ontem ele possuía as insignificantes habilidades interpretativas de um Sigerson, mas agora vejo que nosso suspeito é mais hábil do que eu pensava. Simulou tudo isso, sem dúvida, virando os móveis da sala para dar uma impressão de luta. Além disso, causou em si próprio uma ferida de pouca importância, mas que sangrasse o bastante, para em seguida, com sua rota de fuga preparada, sair pela janela e se dirigir ao pátio. Sem dúvida, ele já estava fora do hotel bem antes da polícia chegar.

Ninguém disse nada. Evidentemente, Holmes tinha razão. Naquele instante, o rosto sonolento de Lestrade atravessou a porta.

— Encontrou algo?

Holmes indicou a janela e lhe explicou sobre os trincos fechados.

— Entendo — disse o policial, tratando de se adiantar às conclusões de Holmes e, dessa forma, reivindicar o mérito do assunto. Meu amigo e eu quase podíamos ver o giro dos seus pensamentos. — Assim que o assassino preparou tudo, fugiu pela janela, que indubitavelmente havia preparado com antecedência. Talvez no mesmo dia da conferência ministrada pela vítima. Por que não? Ele sabia que Sigerson e seu secretário estariam ausentes por um bom período e teria tempo suficiente para preparar tudo. Quem sabe quais seriam suas intenções. Roubo... Assassinato... Chantagem? O evidente é que lutou com Sigerson, apesar de não sabermos a causa da contenda, mas a averiguaremos. Durante a luta, foi morto. Por um motivo que ainda não compreendo, decidiu levar o cadáver com ele, o que nos leva à ideia de que devia ser um homem de grande força, pois descer por essa parede com um cadáver nas costas não é pouca coisa. E isso implica também que ao menos tivesse um cúmplice o esperando, para ajudá-lo a ocultar o corpo e transladá-lo sem que ninguém reparasse. Um caso complexo, não o considera, Holmes?

— Sem a menor dúvida, Lestrade. Sem a menor dúvida — disse meu amigo, mesmo que não estivesse se referindo ao mesmo que o policial.

Uma expressão de perplexidade tomou conta do rosto de Lestrade.

— Um momento. Se você era o verdadeiro Sigerson e este somente um impostor...

— Sim?

— O assassino é alguém que o conhecia. Neste caso, ele iria atrás de você, Holmes, não atrás deste pobre impostor. Quero dizer...

— Caro Lestrade, sempre sei o que você quer dizer. Suponha que pensa que o assassino era alguém que eu conheci durante minha personificação de Sigerson e que, por algum motivo, desejava a minha morte. Mas não sabemos quanto tempo o falso Sigerson atuou como impostor. Ele bem que poderia ter feito seus próprios inimigos neste período.

Lestrade pareceu considerar a questão por uns instantes.

— Certo, certo. Mas devemos ter em conta a outra possibilidade. Nunca é demais tomarmos precauções.

Ao abandonar o quarto, Holmes me sussurrou numa voz tão baixa que quase não o escutei:

— Às vezes, tem seus momentos de gênio o rapaz.

Sorri diante do comentário, enquanto entrávamos no outro quarto, no qual nos esperavam Marlowe e o secretário de Sigerson. Holmes não perdeu a oportunidade de falar com ele.

— Não fomos apresentados, senhor — disse ele.

Tanto sua voz quanto a expressão de seu rosto eram gélidas, ao passo que seus gestos denunciavam uma educação incomum. Mas conhecia melhor que ninguém aquele homem e pude perceber um indício de desconfiança e temor em seu olhar.

— Não é necessário. Quem não conhece o famoso Sherlock Holmes? E você, sem dúvida, é o doutor Watson — disse o jovem, apontando-me com um gesto de cabeça. — É uma honra conhecê-los, senhores. Shamael Adamson, a seu serviço.

Estendeu-nos sua mão, que apertei brevemente. Foi um aperto curto e firme e não havia o menor sinal de suor em sua palma. Holmes o estudava, com aquele brilho desconfiado no olhar. Finalmente, apertou também a mão do jovem secretário.

— Temo que terei de fazer-lhe algumas perguntas, se a polícia não tiver objeção.

— Certamente não terá, Holmes — disse Lestrade. — Sempre apreciamos toda a ajuda que puder nos prestar.

Agora que Lestrade acreditava ter encontrado a resposta daquele enigma, adiantando-se ao detetive, era todo doce conosco. Holmes nem se quer se deu ao trabalho de responder suas palavras e encarou diretamente Adamson:

— O senhor foi testemunha, ainda que parcialmente, dos acontecimentos?

— Apenas parcialmente — disse Adamson. — Meu quarto é este aqui ao lado — disse ele indicando suas costas — e este salãozinho aqui era comum a nós dois. Eu estava me vestindo para ir jantar com vocês quando ouvi ruídos estranhos, ainda que bastante abafados. Confesso que no início não dei maior importância. Mas eles se prolongaram, e isso me intrigou. Era como se algo muito pesado caísse no chão e se quebrasse. Logo depois, acreditei ouvir um grito. Não estava muito seguro, por isso saí ao corredor. O grito se repetiu e me dei conta de que vinha do quarto do senhor Sigerson. Voltei a entrar no meu quarto e passei a esta sala. A porta do senhor Sigerson estava fechada com chave. Tentei inutilmente abri-la, quando voltei a ouvir um novo grito. Logo se fez silêncio. Lancei-me sobre a porta e depois de duas ou três tentativas, consegui abri-la. Encontrei o quarto tal e qual vocês o encontraram.

— Não tocou em nada?

Adamson pestanejou por alguns instantes.

— Não estou seguro. Possivelmente sim, pois não me encontrava em um estado de ânimo que me permitisse pensar com absoluta clareza, especialmente desde o momento em que vi o sangue. Desde logo entrei e procurei no quarto, mas não encontrei o menor rastro de meu patrão. Desse modo, chamei a portaria e lhes pedi que avisassem a Scotland Yard. Pouco depois viria o inspetor Lestrade. Ao dizer-lhe que tínhamos um encontro marcado com o doutor Doyle, ele decidiu se dirigir ao clube.

Holmes se voltou para Lestrade.

— Considerava suspeito o nosso bom doutor, caro Lestrade, e queria ver se sua desculpa se sustentava? — Sua voz soava tremendamente divertida.

O inspetor pareceu embaraçado.

— Bem, confesso que a ideia talvez me passou pela cabeça. Mesmo que eu já veja que não tem o menor fundamento. Você compreenderá, sem dúvida, doutor Doyle, que meu trabalho, às vezes, implica pensamentos desagradáveis sobre os demais cidadãos.

Arthur lhe deu uma breve inclinação de cabeça, apesar de parecer completamente ausente de tudo aquilo. Holmes, sem dar importância às desculpas de Lestrade, seguiu seu interrogatório.

— Diga-me, senhor Adamson, há quanto tempo trabalha para o senhor Sigerson?

— Uns doze meses, desde que ele chegou à Inglaterra. Ele pôs um anúncio solicitando um secretário. Como meu patrão anterior decidiu ir para o Novo Mundo e eu me encontrava sem trabalho, respondi ao anúncio, coloquei minhas credenciais à sua disposição e obtive o posto.

— Notou algo estranho durante esse tempo?

— Nada. Fora as peculiaridades de um estrangeiro, obviamente. — Seu sorriso se acentuou. — Estes escandinavos são gente curiosa.

— Você não parece muito afetado por sua morte — intervi repentinamente.

Holmes me olhou surpreso, apesar de não parecer considerar minha pergunta inoportuna.

Adamson vacilou uns instantes antes de responder:

— Na realidade, lhes confesso que não. Sentirei deixar de receber meu salário, sem dúvida, mas o senhor Sigerson e eu não chegamos a ter demasiada proximidade. Nós, ingleses, não somos muito dados a expressões de afeto. Mas me parece que os noruegas são menos ainda. Nossa relação era estritamente formal.

Holmes encheu seu cachimbo enquanto Adamson falava. Levou-o até a boca e o acendeu com parcimônia, sem deixar de olhar o jovem. Havia algo estranho na expressão de seu rosto, algo que poucas vezes havia notado nele, como se estivesse na presença de um tipo de criatura completamente nova e não estivesse seguro do que pensar sobre ela.

— Seu patrão provou a você que era quem dizia ser? — perguntou, ao fim, meu amigo.

A pergunta pareceu surpreender Adamson genuinamente.

— Quer dizer que ele podia ser um impostor? Isso é impossível. Quem se incomodaria em personificar um explorador norueguês, pelo amor de Deus?!

Ele parecia achar a ideia ridícula, e falou com tanta naturalidade que eu não pude evitar de lançar um olhar de soslaio a Holmes. Este se mantinha imperturbável.

— Ademais, ele me mostrou... Vejam... Tem que estar por aqui. — O homem se dirigiu a um armário, abriu sua porta e dali tirou várias fotografias. — Vejam vocês mesmos.

Holmes agarrou as imagens e foi olhando uma por uma. Imediatamente, soltou uma longa gargalhada.

— O que ocorre? — questionou Lestrade.

— Suponho que ele exibia esses retratos a todo mundo.

— Certamente — interveio Arthur, saindo do seu ensimesmamento ao ver as fotos. — A mim, ele as mostrou um par de vezes.

— E, certamente, este pretendia ser o Califa de Jartum — acrescentou Holmes, nos mostrando Sigerson junto a um homem corpulento, luxuosamente vestido à maneira oriental e com uma barba curta cinza. Ninguém disse nada. — Acreditam que alguém como o Califa, um homem santo para os muçulmanos, um ortodoxo da fé islâmica, deixaria que tirassem fotos suas, e ainda mais com essa tranquilidade? Isso ofenderia o código básico muçulmano, um código contrário à reprodução da imagem humana.

Estendeu as fotos para Lestrade, que foi olhando uma a uma.

— Se isso não os convence, vocês só têm que recordar a crônica que Sigerson, o "verdadeiro" — disse Holmes sorrindo —, publicou no Times pouco depois de sua entrevista com o Califa: o nobre não era somente corpulento, como enormemente gordo, não sendo nem mesmo capaz de se mover sozinho. Querem mais? — Aproximou sua lente de aumento a uma das fotografias. — Fixem seu olhar no anel que exibe o Califa em sua mão esquerda. Agora contemplem o Grande Lama, com as mãos unidas no gesto budista de oração. Vocês veem algo familiar?

Adamson deu uma olhada.

— É o mesmo anel — disse o secretário, a contragosto.

— Isso demonstra o que sempre pensei: não importa quão grande ou grosseira seja uma mentira desde que se a sustente com serenidade suficiente. Muito interessante desde já.

Lestrade me estendeu os retratos e eu fui passando as fotografias. Depois das duas primeiras, com o Lama e o Califa, havia uma com um indivíduo vestido de brâmane, outra com um enorme negro, outra mais com um personagem cujo traje à fantasia devia ser chinês, e, ao fim, vários mais do mesmo aspecto. Devolvi os retratos a Adamson, que, pela primeira vez, pareceu ir perdendo seu eterno meio sorriso.

— Então, estive trabalhando todo este tempo para um impostor?

— Temo que sim, senhor Adamson. Espero ao menos que suas libras fossem autênticas.

— Oh, eram, sem dúvida. Pelo menos, ninguém nunca as devolveu.

Não havia o que fazer naquela noite. Holmes falou por alguns instantes com Lestrade e lhe pediu acesso a todos os papéis que se pudessem encontrar entre os objetos pessoais de Sigerson. Depois de ter acesso a eles, saímos dali e voltamos à Baker Street. Pareceu-me estranho que o próprio Holmes foi quem insistiu em registrar a bagagem e as roupas do falso explorador, mas sem dúvida já havia forjado uma teoria e acreditava nela a ponto de fazer a polícia registrá-la oficialmente. Parecia tremendamente animado a caminho de casa. Sorria de vez em quando e me lançava olhares de soslaio, como se participasse de uma piada secreta que eu ignorava.

— Ah, Watson — falou quando chegamos a nossos quartos. — O mundo é um lugar sem dúvida interessante. O impostor de uma impostura. Curioso, não é? E além disso, ele se dá ao trabalho de fabricar retratos que atestem que ele é quem diz ser: alguém que jamais existiu.

— Mas com que propósito? — perguntei. — E o que explica seu súbito desaparecimento?

— Isso é o melhor de tudo, certamente. Seu propósito? Evidentemente, me atrair para ele, afinal, quem mais poderia atestar que se trata de um impostor? Quanto ao desaparecimento, confesso que ele me desconcerta. Sem dúvida me reconheceu ontem durante sua conferência. Talvez tenha entrado em pânico e fugido. Mas não acredito nisso. Não, há algo além do que conseguimos ver, por ora, de tudo isso. Magnífico. Sim, magnífico. Desde o meu retorno ao mundo dos vivos, há apenas um ano, que eu não encontrava nada digno de meus esforços. Você bem o sabe, Watson. Pouco mais de um par de casos e nenhum deles eram sequer dignos da minha atenção.

Na realidade, eram um pouco mais que "um par de casos" e nem todos eles careceram de interesse, mas preferi não comentar nada sobre o assunto.

— Isto, no entanto... Ah, isto é bem diferente. A isca foi ofertada. Que comece a caça!

Interrompeu-se imediatamente. Holmes apoiou-se na chaminé e afundou o rosto afilado, com a testa apoiada na sua mão ossuda e magra. Alçou o olhar no término de um instante e murmurou, como se falasse consigo mesmo:

— E talvez, sim, talvez... Mas não. Ainda é demasiado rápido para considerar algo assim.

Depois dessas intrigantes palavras, se despediu de mim e desapareceu em seu quarto.

IV

Uma mensagem enigmática

LESTRADE VOLTOU A nos visitar na manhã seguinte, como Holmes esperava. Como não parecia muito satisfeito com o rumo que as investigações estavam tomando, nos fez saber.

— Suponho que se lembram de Marlowe, o jovem que lhes apresentei ontem — disse ele, enquanto dividia conosco um cigarro, passado o café da manhã.

Holmes assentiu.

— Um rapaz muito vivaz, que possivelmente chegará ao topo da Yard assim que essa mania de teorização desaparecer — continuou. — Pois bem, ontem, depois que vocês saíram, ocorreu-lhe de ir ao pátio interior do hotel e tirar um molde das pegadas que o nosso misterioso assassino havia deixado. Suas conclusões foram — como dizer? — surpreendentes.

Holmes apenas sorriu, enquanto respondia em tom indiferente:

— Permita que eu me aventure numa suposição? As pegadas não afundaram o suficiente para justificar o peso de dois homens.

— Isso mesmo — falou Lestrade. Inútil dizer que o homem quase saltou do assento ao ouvir as palavras de Holmes. — Mas você não chegou a examinar as pegadas.

— Não foi necessário, inspetor. Na verdade, essa conclusão é bem fundamental. Nunca houve outro indivíduo naquele quarto além do suposto Sigerson: o resto era apenas uma montagem preparada para nosso benefício. — Holmes assentiu vigorosamente duas vezes. — Sim, sem dúvida, o jovem Marlowe chegará longe na polícia.

Lestrade moveu-se em seu assento, incomodado. Holmes nunca lhe dedicou um elogio semelhante em todos os anos em que se conheciam.

— Isso não é tudo — disse o policial, tratando de se recompor. Na bagagem de Sigerson, escondidos no fundo duplo de uma de suas malas, encontramos vários papéis. O primeiro era uma carta bastante inócua, pelo menos é o que parece. Do resto, temo que careça de qualquer sentido.

Ele nos mostrou um punhado de papéis, que Holmes foi lendo com parcimônia. Ele me entregou o primeiro, que eu agarrei, enquanto ele se detinha no exame do resto. Era uma breve carta mecanografada que dizia o seguinte:

Providence, Rhode Island,
20 de dezembro de 1894

Prezado Sr. Sigerson,

Não duvido que você achará demasiadamente utéis as páginas que acompanham a presente missiva. Como um homem cujas explorações o levaram a meio mundo, tenho certeza de que as considerará deveras interessantes.

Não se trata apenas da transcrição direta das inscrições que foram encontradas recentemente em um antigo cemitério indígena perto de uma importante cidade americana. Estou certo de que seu estudo se revelará de grande importância, para não dizer transcendência, com o passar do tempo.

A fama que lhe creditam moveu-me a realizar uma cópia das inscrições e enviá-las ao senhor. Desejo-lhe a melhor das sortes.

Atenciosamente,
Winfield Scott Lovecraft

Quando terminei a leitura, Holmes seguia concentrado no exame de outros papéis. Finalmente, ele me alcançou as folhas com sua mão ossuda e eu as segurei com as minhas. Eram três, do mesmo tamanho que a anterior, e cobertas de enormes caracteres de traço esquemático que aqui reproduzo ao leitor:

Apenas dei uma olhada por cima do inscrito. Apesar de não ser um paleógrafo experiente, não me foi difícil reconhecer os signos daquela mensagem.

— Pela vida de... São runas, Holmes!

— Muito bem, Watson. E o que isso significa?

— As supostas inscrições do cemitério indígena só podem ser uma falsificação. Os nativos da América nunca usaram runas.

— A menos que a Vinland dos daneses seja, na verdade, o norte do continente americano, como proclamam alguns excêntricos, como o meu primo Challenger — disse Holmes em tom sarcástico. — Mas mesmo nesta remota suposição, não vejo por que um cemitério indígena deveria estar decorado com runas nórdicas. Eu diria que as supostas inscrições não são mais que uma mistura estranha. E, por isso, devemos supor que esta carta tão "inócua", de que nos falou o bom Lestrade, quem sabe não o seja tanto assim. A partir dela, não é difícil supor que o senhor Lovecraft, se é que existe alguém com esse nome, enviou uma mensagem em código para o nosso amigo Sigerson. Não é arriscado supor que cada runa corresponda a uma letra do alfabeto latino e que, como a mensagem não é lá muito longa, não teremos o menor problema em decifrá-la, seguindo a técnica que já usei no caso dos bailarinos. A mensagem é clara o suficiente para que a tarefa seja coroada com êxito, parece-me.

Holmes fazia referência precisamente a um caso em que eu trabalhava, dando-lhe forma literária. Havia ocorrido há cerca de seis meses e tudo começou com o que pareciam desenhos infantis que representavam diversos homenzinhos em diferentes posições. Holmes se deu conta de que, na realidade, os supostos homenzinhos não passavam de uma mensagem cifrada, em que cada posição representava uma letra. Não demorou a decifrá-la, apesar de, infelizmente, nao ter conseguido evitar uma terrível tragédia.

Enquanto eu me lembrava dos detalhes do caso, meu amigo pegou papel e lápis e, lenta e laboriosamente, começou a desentranhar aquela mensagem. Lestrade o contemplava assombrado. Eu acredito que o policial nunca havia visto Holmes daquela maneira, cantarolando enquanto ia obtendo sucessivas versões da mensagem, com seu rosto iluminado por uma expressão que quase poderia ser definida como infantil. Na verdade, meu amigo reagia como uma criança diante dos enigmas e, embora estivesse seguro de que este lhe seria quase trivial, nada daquilo o impedia de entregar-se à tarefa com autêntico entusiasmo.

— Vejamos — disse-nos, na sequência. — Os caracteres similares a pontos são, sem dúvida, separadores de palavras. Trata-se do equivalante a nossos espaços, fazendo com que não sejam pronunciados. Além disso, é evidente que ᛖ seja a letra "e", uma das mais frequentes em nosso idioma, assim como na mensagem. Assim, a palavra que a inicia seria formada por uma letra apenas: neste caso um "e" ou talvez um "é". Também é digno de nota que o mesmo símbolo ᛖ se repete sozinho várias vezes isoladamente. Poderíamos então pensar que se trata de uma conjunção aditiva? Acredito que sim. Com isso, podemos ter um primeiro rascunho do que seria a mensagem cifrada. E, quem sabe, poderíamos até nos aventurarmos em algum outro signo. Dado que o caractere ᛋ se repete com certa frequência no decorrer da mensagem, e a forma plural ser comum em qualquer língua, poderíamos supor que se trata de um "s". Podemos ir testando-o ou substituindo-o e ver que resultados podemos obter. Outro aspecto que podemos ressaltar é a repetição de ᚩ. Não seria arriscado supor que se trata de um artigo definido, uma das partículas mais comuns em qualquer língua. Se aceitarmos então que ᚩ é "o", por exemplo, podemos supor provisoriamente que ᛋ é "s" e continuar trabalhando na decifração. Também é possível notarmos que "a" seja uma letra menos comum que "e", o que nos faz atentar ao fato de que o caractere ᚨ se repete com frequência na mensagem, além de em algumas ocasiões aparecer sozinho. Não seria absurdo supor, portanto, que ele estaria formando a preposição "a", isso quando não for usado também como artigo feminino. Bem, acredito que com isso tenhamos material suficiente para começar a decifrar algumas palavras. Concretamente, observemos ᛖᛋᛏᚩ, palavra da qual somente nos falta um caractere. Parece quase fundamental supor que ᛏ é "t". Uma vez que temos esta letra, nos damos conta de que a palavra ᛖᛋᛏᚨᚱᚨ se decifra praticamente sozinha e que seu penúltimo caractere tem amplas probabilidades de ser o nosso "r", se bem que não podemos descartar que possa ser também um "b". Se checarmos a primeira possiblidade e substituirmos essa letra em ᛋᛖᚱᚨ, facilmente obteremos a palavra "sera" ou "será". Creio que já tenhamos suficientes letras para nos arriscarmos a decifrar parcialmente a mensagem:

E ᚲERTO O PERᛁᚷO PASSOᚢ O PRᛁᚾᚲᛁᚹE AᛒᛞᛁᚲOᚢ E ᛞESTA VEᛉ
ᚾAO ᛗEᚾTE O AᛗAᚾᚺEᚲER SERA AᚷORA ᛞOᚢRAᛞO E POᛞERAS
AᚹROVEᛁTA-ᛚO ᚹARA TE AᚹROᚴᛋIᛗARES ᛞA SAᛒEᛞORIA ᛞOS
ᛗORTOS E ᚹOR ᚠIᛗ OᛒTE-ᛚA MARᚲᚺARAS ᚾA VIA ᚠᚢE ᛚEVA AO ᛗᚢᚾᛞO
ᛁᚾVERTIᛞO O ᛗᚢᚾᛞO ᚠᚢE ᛗE VIRA ASEᚷᚢRA-TE ᛞE ᚠᚢE EᛚA ᛚEVE A
SAᛒEᛞORIA ᚲOᚾSIᚷO A IRᛗAᚾᛞAᛞE ᛞE ᛃEᛗI·TE SERA ETERᚾAᛗEᚾTE
AᚷRAᛞEᚲIᛞA

— Eu diria que nossa misteriosa mensagem está deixando de sê-la. Por exemplo, é evidente que ᛖᛏᛖᚱᚾᚨᛗᛖᚾᛏᛖ tem que ser a palavra "eternamente", o que nos dá letras que nos serão úteis, como "m" e "n". Substituindo-as em ᛁᚱᛗᚨᚾᛞᚨᛞᛖ, seria acertado supor que se trata de "irmandade"? Eu acredito que sim. Uma vez que entendemos que ᛞ é "d", ᛞᛖ pode ser perfeitamente a preposição "de". Além disso, e levando-se a substituição até a última instância, signos como ᚹ, ᛒ e V, além de serem muito próximos dos nossos "p", "b" e "v", se adequam às palavras que possivelmente a mensagem contém. Eu diria que, com isso, a mensagem está praticamente decifrada. No entanto, ainda faremos uma nova substituição geral, para que vocês possam vê-la com mais clareza:

E ᚲERTO O PERᛁᚷO PASSOᚢ O PRINᚲIPE ABDIᚲOᚢ E DESTA VEᛉ
NAO MENTE O AMANᚺEᚲER SERÁ AᚷORA DOᚢRADO E PODERAS
APROVEᛁTA-ᛚO PARA TE APROᚴᛋIMARES DA SABEDORIA DOS
MORTOS E POR ᚠIM OBTE-ᛚA MARᚲᚺARAS NA VIA ᚠᚢE ᛚEVA AO
MᚢNDO INVERTIDO O MᚢNDO ᚠᚢE ME VIRA ASEᚷᚢRA-TE DE ᚠᚢE
EᛚA ᛚEVE A SABEDORIA ᚲONSIᚷO A IRMANDADE DE ᛃEMI TE SERA
ETERNAMENTE AᚷRADEᚲIDA

— Como podem ver, amigos, será questão de minutos para decifrar o que nos resta. Menos ainda quando nos damos conta de que vários outros signos ficam agora às claras, como ᚲ, ᚢ, I, ᚷ e ᚠ, por exemplo, que correspondem aos nossos "c", "u", "i", "g" e "f". Eu diria, pois, que o resultado obtido seria então...

Holmes começou a escrever rapidamente e, em seguida, levantou a vista e nos mirou. Era evidente que a decepção assomava o seu rosto.

— Enfrentamos alguém verdadeiramente engenhoso. Consegui decifrar esta mensagem apenas para encontrar abaixo dela e de suas runas um outro enigma. E temo que este seja ainda mais difícil de decifrar, embora sem dúvida não impossível.

E passou à leitura em voz alta do que havia conseguido:

— "É certo. O perigo passou. O príncipe abdicou e desta vez não mente. O amanhecer será agora dourado e poderás aproveitá-lo para te aproximares da Sabedoria dos Mortos e por fim obtê-la. Marcharás na via que leva ao mundo invertido que então virá a mim. Assegura-te de que ela leve a sabedoria consigo. A irmandade de Jemi te será eternamente agradecida". Evidentemente, a pontuação das frases e a acentuação das palavras é produção minha, uma vez que no original não há rastro algum dela. No entanto, pareceu-me a forma mais lógica de separar o texto e marcar a acentuação das palavras. Mas digam-me, o que acham?

— Sinceramente? Uma bagunça incompreensível — respondeu Lestrade.

Não pude evitar de concordar com ele.

— É o que parece — disse Holmes. — No entanto, um exame mais atento pode nos dar algumas pistas. Hmmm. Preciso refletir sobre isso. Não gostaria de parecer a vocês pouco sociável, meus amigos, mas você conhece meus métodos, Watson. Creio que terei de retirar-me ao meu quarto. Esse problema necessitará de vários cachimbos.

Ergueu-se sem mais preâmbulos, agarrou seu cachimbo e tirou o tabaco do chinelo persa onde tinha o costume de guardá-lo. Com isto, e com a mensagem parcialmente decifrada, entrou no seu quarto e não soubemos mais dele durante toda a manhã.

Lestrade, que já havia tido oportunidade de ver o grande detetive exatamente neste estado em outras ocasiões, compreendeu que seria inútil tentar tirar dele qualquer outra coisa e se despediu de nós em seguida. Permaneci o resto da manhã na tentativa de continuar, inutilmente, a leitura do livro de Machen, livro que Arthur havia me recomendado semanas atrás.

A extraordinária cadeia de acontecimentos na qual nos víamos envolvidos não deixava minha mente descansar. Um homem que fingia ser alguém que não só jamais havia existido, como também sido inventado por Holmes para preservar a ficção de sua morte. Um homem que também mantinha uma correspondência secreta e enigmática com alguém dos Estados Unidos e que, finalmente, fingia sua própria morte e desaparecia de cena. O que podia significar aquilo tudo? E que propósitos avivavam seu espírito?

Na primeira hora da tarde, Holmes abriu a porta de seu quarto, da qual escapava uma fumaceira tão espessa que parecia impossível que um ser humano estivesse vivo no seu interior.

— Nada ainda — disse-me ele. — No entanto, há algo terrivelmente familiar nesta nota. Sim, terrivelmente familiar. Creio que o melhor é que eu ocupe a minha mente em outros assuntos e a deixe descansar um pouco. Tentarei chegar a algo mais à tarde. Enquanto isso, não desistiremos de buscar nosso amigo Sigerson. Antes que você se levantasse, fiz chegar uma mensagem ao meu querido tenentezinho Wiggins. Ele deve chegar em instantes.

De fato. Ouvimos passos nas escadas e a voz irada da senhora Hudson. Pouco depois, se abria a porta e um rapazola sujo e esfarrapado entrava em nossos aposentos. Era Wiggins, chefe do que Holmes chamava com certa ironia de "as forças irregulares de Baker Street", um verdadeiro exército de garotos que, em mais de uma ocasião, como certamente recordará o leitor, lhe haviam sido de enorme utilidade.

Nos últimos anos, eu apenas havia mantido contato com eles e, com o passar do tempo, Wiggins se transformou em um magnífico rapaz de uns dezesseis ou dezessete anos. Segundo Holmes me havia falado — e como eu mesmo pude comprovar pouco depois —, ele dirigia seu antigo bando, nutrido regularmente com novos membros, com verdadeira mão de ferro, quase como se de fato se tratasse de uma agência oficial de detetives ou então de um corpo do exército.

O aspecto que apresentava Wiggins naquela tarde, nos aposentos de Baker Street, não era nada agradável, me pegando de surpresa. Um lado de seu rosto estava parcialmente desfigurado por causa de um grupo gêmeo de cicatrizes que, afortunadamente, pareciam estar se curando bem.

Meses antes, na resolução de um caso do qual Holmes nunca quis me dar os detalhes e enquanto acompanhava meu amigo e a polícia em uma batida no interior de um fumadouro de ópio de Limehouse, me encontrei com o rapaz, esgotado e sangrando, e com o olhar perdido num ponto fixo que somente ele parecia ver. Perguntei-me então quem havia sido capaz de marcar a face daquele pobre rapaz. "Foi um diabo", disse Holmes enigmaticamente e, enquanto eu limpava suas feridas e as curava da melhor maneira possível, não pude evitar um estremecimento. É certo que eu vi, ao longo de minha vida, mutilações e feridas suficientes para estar mais do que calejado, mas a crueldade com os jovens ainda seguia me comovendo.

Durante a cura, Wiggins havia balbuciado algo desconexo sobre uma criatura a que chamava, uma e outra vez, de "o mandarim". Eu reprimi minha curiosidade, pois minha prioridade naqueles momentos era a saúde do jovem e, sobretudo, sair daquele infame fumadouro de ópio no qual nos havíamos encontrado. Sabia por Holmes — mesmo que ele nunca tivesse chegado a me contar os detalhes — que Wiggins e outros dois membros de seus irregulares haviam se envolvido em uma estranha trama que envolvia dois poetas e que tinha como elemento principal um misterioso doutor oriental. Ele havia sido o responsável por marcar o rapaz daquele modo.

Alegrou-me ver que as cicatrizes se curavam bem e que, mesmo que aquele lado do seu rosto ficasse para sempre deformado, não deixariam sequelas físicas mais sérias. Sabia, no entanto, que as verdadeiras lesões estavam na mente de Wiggins e, em vista disso, não podia evitar de me perguntar até que ponto ele se recuperaria das consequências psíquicas daquelas feridas.

Wiggins me cumprimentou com uma leve inclinação de sua cabeça e não pude deixar de notar que havia um brilho rude em seu olhar, algo que eu jamais havia percebido antes. Holmes, como se nem o olhar de Wiggins ou suas cicatrizes tivessem importância, foi direto ao assunto:

— Bem, Wiggins — disse ele. — Aqui você tem o seu pagamento por hoje. Reparta-o com os demais, como de costume. Eis aqui o retrato do indivíduo que terá de encontrar. Lembre-se de que o homem pode ter se barbeado, mudado o corte de cabelo, ou inclusive figurar mais alto, mais baixo, mais gordo ou mais magro. Como ensinei vocês a olhar além das aparências, não me desapontem.

Wiggins sustentou entra suas mãos sujas o retrato de Sigerson, retrato que Holmes mesmo havia feito a lápis.

— Não o desapontaremos, senhor Holmes.

— Assim espero. Leve também isso: é o texto e os códigos para um telegrama. Certifique-se de que ele seja enviado ainda hoje. Agora, ao trabalho. Reporte-se unicamente a mim ou, em minha ausência, ao doutor Watson. Pode ir.

Wiggins vacilou uns instantes e me olhou de um modo que parecia quase tímido.

— Tudo bem? — perguntou Holmes. — Deseja algo mais?

O jovem pigarreou.

— Queria agradecer ao doutor Watson — disse finalmente. — Por ter me... Enfim, já sabem ao que me refiro.

Holmes deu de ombros, como se tudo aquilo não lhe dissesse respeito. Esforcei-me em não censurar o comportamento de meu amigo, marcado pela falta de empatia e compreensão para as necessidades dos demais. No entanto, naquele momento, Wiggins me importava mais.

— Não teve a menor importância — eu disse. — Alegra-me ver que as feridas se curaram de forma satisfatória.

— Graças ao senhor — acrescentou Wiggins.

Holmes acendeu seu cachimbo, ligeiramente impaciente diante da cena que se desenvolvia diante de seus olhos e que não lhe afetava de forma alguma.

Entretanto, me aproximei do jovem e contemplei mais de perto a parte deformada de seu rosto. As cicatrizes haviam se fechado bem, ainda que Wiggins conservasse uma impressão pálida e tensa. Mas pareceu-me que, apesar das marcas, o rosto do rapaz não havia perdido os atrativos. De modo sinistro, inclusive, se podia dizer que ele havia ganhado. Claro que era Wiggins quem tinha que pensar isso, não eu.

Terminei o exame de seu rosto e assenti.

— Sim, sem dúvida fecharam magnificamente — comentei.

Wiggins não respondeu nada. Limitou-se a assentir. Logo, deu meia volta e começou a correr escadas abaixo enquanto eu me virava em direção a Holmes, mais que disposto a reprovar sua falta de consideração com relação aos sentimentos do rapaz.

— Não sou o monstro que você acredita, Watson — disse meu amigo, adiantando-se às minhas palavras. — Mas, se queremos que Wiggins chegue a se curar, quanto menos atenção prestarmos a seu estado, melhor.

Eu não estava totalmente de acordo com aquelas palavras, mas me abstive de comentar qualquer coisa a respeito.

Sempre me pareceu surpreendente a influência que Holmes tinha sobre aquelas crianças que, com qualquer outro adulto, teriam se mostrado insolentes e arrogantes. Meu amigo, no entanto, parecia fasciná-los e eles obedeciam às suas ordens sem resmungar, como se viessem da mais alta autoridade que pudessem conceber. Assim, é bem possível que a atitude de Holmes, o fingir que não havia nada estranho no rosto de Wiggins, fosse benéfica para o rapaz, considerando o modo com que ele e todos os irregulares aceitavam a palavra do detetive quase como lei sagrada.

Com o tempo, ficaria sabendo que a relação de Sherlock Holmes com aqueles jovens era mais profunda do que eu podia pensar e que, de fato, o detetive havia instituído um fundo destinado à sua educação. Wiggins — certamente não com esse nome — foi sem dúvida o caso mais notório: primeiro como funcionário de Scotland Yard e, depois, no campo privado, ele empreendeu a carreira de detetive, seguindo os métodos que Holmes lhe ensinara. Seus êxitos maravilharam o mundo, embora seja verdade que seu único e notório fracasso o tenha atormentado privadamente. Temo que Wiggins herdou de meu amigo sua obsessão pela perfeição, embora não seu caráter desapaixonado.

— Bem, Watson — disse-me Holmes, uma vez que considerou que a conversa havia chegado ao seu fim. — Agora atentemos aos excelentes manjares que nos preparou a senhora Hudson.

V

Jornalista e espadachim

DEPOIS DA COMIDA, Holmes se entreteve em uma de suas experimentações químicas.

Algo, se não me recordo mal, referente a um novo tipo de anestésico. Cantarolava em voz baixa enquanto combinava ingredientes tão variados como fedorentos, e parecia completamente distante do resto do mundo. Eu não duvidava, no entanto, que enquanto trabalhava naquela tarefa trivial, sua mente se adentrava na resolução do mistério no qual nos envolvemos. Enquanto isso, minha memória se entreteve em repassar outros casos nos quais a chave se encontrava em uma troca de identidades: delas, quem sabe a mais interessante e a mais terrível em aparência, apesar de, no final das contas, não passar de algo trivial, era, sem dúvida, a do homem do lábio retorcido. Havia também o caso que havia sido narrado precisamente com o título de *Um caso de identidade*.

Por outro lado, eu tinha notas referentes a casos de Holmes nos quais determinadas pessoas haviam simulado sua morte, como o espantoso crime da herença dos Smith-Mortiner, cujos detalhes temo não poder dar hoje nem sequer à luz pública, ou ainda o do construtor de Norwood, no qual nos envolvemos no final do ano anterior. No entanto, eu tinha a estranha sensação de que nenhum daqueles casos tinha comparação com aquele que agora investigava o meu amigo, de que havia algo que fazia deste caso um crime completamente diferente de tudo o que já havia visto ao lado de Holmes.

Fazia tempo que não via meu amigo tão fascinado diante de uma tarefa, se é que essa é a expressão correta. Seus olhos brilhavam, seu corpo borbulhava de atividade; em alguns momentos, parecia a ponto de arrebentar de pura alegria, como se alguém acabasse de lhe deixar sobre o colo o mais encantador dos quebra-cabeças ou como se ele próprio estivesse dando os primeiros passos em direção ao interior do mais intrincado dos labirintos. Naqueles tempos, o que hoje se conhece como psiquiatria era pouco mais que uma protociência que buscava seu caminho apalpando no escuro entre o empirismo e a pura superstição. Freud e outros se aproximaram da verdadeira ciência, mas ainda havia muito caminho a percorrer. Não duvido que, com o passar do tempo, ela se revelaria tremendamente útil ou então perigosa, como ocorre com todo o descobrimento de importância. Estou seguro de que os psiquiatras atuais se sentiriam fascinados com uma personalidade como a de Holmes, com aparência distante, com seu ego praticamente inabarcável, seus raptos de entusiasmo quase infantil, entrecortados vez ou outra pelos breves e intensos momentos nos quais sua verdadeira personalidade, afetuosa e leal, vinha à luz. Sempre me perguntei como o catalogaria Freud se o tivesse conhecido. Na realidade, sempre me perguntei se Freud poderia catalogá-lo, se a personalidade transbordante de meu amigo não teria sido, talvez, demasiado inclassificável para se acomodar com facilidade nas caixinhas de personalidade nas quais tratava de nos meter a todos o alienista austríaco.

Sem dúvida, os anos fizeram-me uma desfeita. Sempre fui um narrador direto e conciso, mas, à medida que transcorro a narrativa, é mais difícil sustentar minha própria mente e impedir que ela divague. Eu não gostaria de parecer um daqueles romancistas horríveis, tão na moda atualmente, que consideram o argumento e a trama como trivialidades que não merecem sua atenção. Voltemos, pois, à nossa história.

Em torno das quatro e meia, ouvimos tocar a campainha da porta principal. A senhora Hudson abriu e trocou algumas palavras com o recém-chegado, que, em seguida, subiu as escadas para nossos aposentos. A porta se abriu para dar passagem a um indivíduo baixo e magro, com vestes elegantes, mas austeras, e gestos medidos, que imediatamente reconheci como o jornalista Isadora Persano. Sua mão direita segurou com descuido o bastão cujo interior oco ocultava a lâmina afiada que tinha feito sua fama como esgrimista, fama apenas superior a que ele construíra como repórter. Cumprimentou-nos com uma vozinha aguda que, no entanto, tinha certo poder oculto, e olhou para nós como se nos desafiasse a rir de sua voz, de sua aparência, ou até mesmo de seu estranho nome, mais apropriado a uma mulher do que a um homem.

— Suponho que esteja investigando o desaparecimento do senhor Sigerson — disse ele, depois das apresentações.

Holmes assentiu, enquanto o convidava a sentar.

— Isso mesmo, senhor Persano. E vejo que você também está interessado no assunto.

O jornalista sentou-se e esboçou um sorriso sem vontade.

— Sem dúvida o senhor viu-me no outro dia, na conferência. Com efeito, entre outros motivos, interessa-me o caso porque nunca existiu ninguém chamado Sigerson.

Holmes recostou-se em seu assento, entrelaçou as mãos e apoiou o queixo sobre elas.

— Continue, por favor — disse ele.

— Sigurd Sigerson apareceu do nada há quatro anos e tornou-se famoso repentinamente por ter conseguido entrevistar o Grande Lama, no Tibet. Mais tarde, desceu à Índia e falou com alguns brâmanes e beatos muito importantes. Não contente com isso, o homem se atraveu a visitar o mundo árabe, contemplar a pedra negra de Meca e ter algumas palavras com o Califa de Jartum. Finalmente, voltou ao Ocidente e, se meus contatos não se equivocaram, teve acesso ao Vaticano e à pessoa do Papa. Depois, entretanto, desapareceu de repente. Não há dados sobre ele há mais de um ano e meio. Minhas fontes me disseram sobre alguém com o mesmo nome que esteve nos laboratórios de Montpellier investigando assuntos relacionados à fabricação de alcatrão. Mas, sem dúvida, deve tratar-se de outro homem. Em qualquer caso, há cerca de uns onze meses, ele apareceu em Londres, saindo de parte alguma e proclamando que estava investigando os costumes dos bosquímanos da África. A verdade, no entanto, é que nenhum dos barcos que chegam em nossas costas procedentes do continente negro o incluíam em suas listas de passageiros. Ele até poderia ter feito uma escala prévia na Europa, mas também não havia rastro dele nos navios que cruzaram o canal. Em outras palavras, ninguém, simplesmente ninguém com esse nome entrou na Inglaterra durante o ano passado, ao menos não pelos canais habituais e legais.

— Tudo isso é muito interessante, mas não vejo no que se baseia para afirmar que Sigerson é um impostor.

Persano sorriu com um canto da boca.

— É bem mais do que isso, senhor Holmes, como sabe muito bem. Os primeiros rumores sobre o suposto explorador escandinavo chegaram à nossa cidade seis meses depois do senhor ter sido dado como morto. Ficaria surpreso se eu lhe contasse que os rumores surgiram em um estranho clube de Pall Mall chamado Diógenes, do qual Mycroft Holmes é um membro fundador?

Persano assentiu solenemente e deixou escapar um risinho quase imperceptível.

— Não, vejo que isso que não o surpreende, no mínimo. Durante quase dois anos, as notícias sobre Sigerson chegaram de todo o mundo, sempre estimuladas, como já disse, por seu irmão. De repente, o sujeito desapareceu. O senhor reaparece aqui onze meses atrás e, por essas mesmas datas, um suposto Sigurd Sigerson chega a Londres. A conclusão, como o senhor mesmo me diria, é elementar. Você inventou Sigerson e o usou para manter a ficção de sua morte. Mas o explorador norueguês que chegou à Inglaterra há um ano, ou melhor dizendo, quem afirmou ter chegado, não era você, não tinha a menor relação com você, e eu me atreveria a arriscar que você até mesmo desconhecia sua existência até o anúncio da conferência sobre os bosquímanos no Anthropos Club.

Holmes olhava para Persano com um assomo de admiração nos olhos. Eu mesmo estava surpreso com a profundidade de suas conclusões. Tinha ouvido falar daquele jovem jornalista e tive oportunidade de ler alguns de seus artigos incisivos, mas sua personalidade e inteligência, apesar de sua aparência infantil e um pouco afetada, superaram tudo o que eu esperaria dele.

— Como disse, senhor Persano, suas conclusões foram elementares. Agora, me faria um enorme favor se me dissesse por que você está tão interessado no nosso explorador desaparecido?

Persano sorriu novamente e, sem responder ainda, pegou papel e tabaco e começou a enrolar um fino cigarro. Ele acendeu um fósforo com a unha do dedo polegar, enormemente longa, e depois de expulsar a fumaça com evidente satisfação, disse:

— Ultimamente me vi envolvido em uma série de acontecimentos que não vêm ao caso, mas que despertaram meu interessse por algumas seitas ocultistas, principalmente pela chamada Aurora Dourada, já que ela tem a particularidade de reunir algumas das nossas melhores e mais conhecidas mentes literárias, entre outras não tão — como diríamos isso? — inofensivas. Pesquisando essa organização, descobri que o nosso amigo Sigerson havia entrado em contato com eles, revelando-se como membro de uma irmandade afim — que eu ainda não consegui descobrir qual. Ele tinha iniciado uma grande amizade com o grão-mestre da seita, o senhor Mathers, um indivíduo extremamente curioso, uma espécie de eminência cinzenta que, mesmo assim, chegou à liderança, apesar de permanecer incógnito ao público. Como não duvido que já saiba, ele foi o criador da Aurora Dourada junto com o doutor Woodman. Quanto ao homem que até pouco tempo era o seu Grão-Mestre, William Wynn Westcott, este não passava de um fantoche vistoso, cheio de ambição, mas destituído de um cérebro que o permitisse atingir seus objetivos. No entanto, tanto Woodman como Mathers tiraram dele sua utilidade. No final das contas, é sempre conveniente ter uma figura de fachada bem visível a quem possam ser dirigidas as iras do público ou o braço da lei. Assim, muito me surpreendeu que, há quatro anos, em Paris, Mathers decidiu tornar-se uma figura pública e tratar de ganhar o controle efetivo da Aurora Dourada, coisa que não demorou muito para conseguir. Como disse, isso foi há quatro anos, em 1891, e talvez não lhe surpreenda, senhor Holmes, se lhe dissesse que naquele mesmo ano começou a circular um rumor bem inquietante nos bastidores do mundo ocultista. Ou isso o surpreende?

Holmes levantou uma sobrancelha.

— Nada do que você disse até agora me surpreende, senhor Persano.

O repórter sorriu.

— Claro, e não poderia ser de outro modo. Nos últimos meses, o poder de Mathers na ordem cresceu cada vez mais, até o ponto em que praticamente todos aqueles que se opunham a ele foram silenciados ou expulsos. De certa forma, isso é surpreendente. Como já disse, Mathers não é uma pessoa que gosta da luz pública. Assim, deve ter havido algo que o obrigou a atuar dessa maneira. Na verdade, nem sequer tenho certeza de que ter o controle tenha sido sua ideia.

— E você suspeita que, assim como foi Westcott na sua época, Mathers agora seja um homem de fachada.

— Não, senhor Holmes, não chegaria tão longe. Seu caráter é muito forte para considerar algo assim. No entanto, eu me atreveria a dizer que ele pode estar sendo... Eu ia dizer manipulado, mas vamos dizer influenciado, por alguém externo. Alguém que, curiosamente, ainda não pertence à Aurora Dourada e que, mais surpreendentemente ainda, era pouco mais que uma criança quando Mathers foi a público quatro anos atrás.

— Talvez não tão surpreendente se a pessoa de quem estamos falando for o senhor Crowley — arrematou Holmes.

Persano assentiu, mas vi que ele o fez a contragosto, porque o detetive havia se adiantado.

— Exatamente. Como eu disse, ele ainda não é um membro da seita, mas está rondando Mathers como as rêmoras rondam o tubarão, e eu não me surpreenderia se ele acabasse assumindo o controle de Aurora Dourada, ou pelo menos tivesse tentado fazê-lo por meio de um golpe bem audacioso. O jovem senhor Crowley é, eu me atreveria a dizer, um indivíduo quase tão extraordinário quanto você. E tão enigmático quanto, se me permite o comentário. De qualquer modo, tudo isso não vem ao caso, ou pelo menos tem pouco a ver com o motivo pelo qual vim vê-lo, senhor Holmes.

O detetive olhou para Persano com certo ceticismo. O jornalista, sem alteração, continuou falando:

— Como compreenderá, não pude deixar de me perguntar quais seriam os motivos de um explorador como Sigerson para se interessar por atividades ocultistas. Por que alguém que dedica sua vida a descobrir novos territórios para que nós, europeus, possamos colocar nossos pés sobre eles e explorar o que eles tenham de valor poderia se sentir atraído pelas... "potências", como o senhor Mathers as define tão pomposamente? Então tentei investigar o passado de Sigerson. As conclusões que cheguei já foram expostas por mim, cavalheiros.

— Você tem uma mente aguda, sem a menor dúvida, senhor Persano — falou meu amigo. — Mas eu lhe recomendaria que nos dissesse tudo.

O jornalista pareceu ofendido. Sua mão apenas se contraiu ao redor da empunhadura de sua bengala.

— Não sei a que se refere — disse friamente.

— Meu querido jovem, você se ilude se pensa que poderia vir até aqui com a pretensão de arrancar de mim quaisquer informações sem dar-me nada em troca. A associação de Sigerson com a Aurora Dourada não me era absolutamente desconhecida. Se você quiser que eu o ajude em sua investigação, terá que me dizer alguma coisa a mais.

Persano sentou-se em seu assento, enquanto, com raiva, lançava a ponta do cigarro nas chamas da lareira.

— Ajudar-me em minhas investigações? Sou eu quem pode colocá-lo no caminho certo, senhor Holmes, o grande detetive de detetives. Mas vejo que é muito orgulhoso para aceitar a ajuda dos demais.

— Mesmo? Eu poderia dizer o mesmo de você.

— Creio que essa conversa seja inútil. Boa tarde, cavalheiros.

O jovem chegou à porta quando a voz de Holmes o deteve:

— Senhor Persano, lembre-se de que é muito perigoso procurar a sabedoria dos mortos.

Suas costas esquálidas se estremeceram ligeiramente.

— Talvez não seja, senhor Holmes — respondeu ele.

Em seguida, sem acrescentar uma palavra, deixou o aposento. Quase não pude esperar para me dirigir a Holmes e interrogá-lo.

— Você realmente sabia que Sigerson tinha relação com essa seita?

— Certamente, Watson. Suspeitei durante a conferência. E você mesmo, para não mencionar o doutor Doyle, foi tão amável em confirmar minhas suspeitas.

— Eu? Não entendo.

— Muitas vezes eu disse que você olha, mas não observa, querido amigo. O que o doutor Doyle lhe disse quando falou com você na outra tarde? Que Sigerson e ele compartilhavam certos passatempos comuns de natureza esotérica. O que ele murmurou quando soube que Sigerson era um impostor? "Estúpidos. Como poderíamos ter sido tão estúpidos. Samuel precisa saber..." foram as palavras, não? A quem ele poderia se referir senão aos membros de sua seita, que abriram as portas a Sigerson sem suspeitar de sua fraude. E, é claro, Samuel não é outro senão Samuel Liddell Mathers, como o senhor Persano apontou, e lembre-se de que o vimos ao lado do doutor Doyle durante a conferência, sempre acompanhado do servil senhor Crowley, sem dúvida tramando nas sombras e tratando de ocupar um espacinho no topo.

— Eu confesso que nenhum desses nomes me era conhecido.

Holmes encolheu os ombros.

— Isso eu supunha, Watson. Apesar da notoriedade recente do senhor Mathers, esta ainda não transcendeu os círculos ocultistas. Pelo que pude saber, ele foi um dos fundadores da Aurora Dourada — ou talvez eu devesse dizer um dos refundadores da ordem, uma vez que ela já existe, com um nome ou outro, há séculos. Isso ao lado de William Wynn Westcott, antigo franco-maçom, e do doutor Woodman. No princípio, Westcott foi a cabeça visível da seita, mas, em 1891, Mathers afirmou em Paris que entrou em contato direto com as "potências" no Bois de Boulogne e que estas lhe transferiram certos segredos, além de grande poder.

Holmes sorriu ao ver meu cético levantar de sobrancelhas.

— Sim, Watson, eu sei que tudo isso parece ridículo a você. Mas asseguro-lhe que são muitos aqueles que, cada vez mais, levam tais assuntos a sério. E aqui incluo alguns dos representantes mais renomados da nossa classe intelectual. Em todo caso, Mathers afirmou que as potências o investiram de suprema autoridade e lhe confiaram a direção inteira da Aurora Dourada. Westcott segue pertencendo à ordem, embora eu não acredite que demorará muito para se demitir ou ser expulso. Quanto ao Dr. Woodman, morreu. Assim, não há obstáculos dignos de menção na ascensão de Mathers. Exceto no que diz respeito a Crowley. Bem, haveria muito a dizer sobre este jovem notável. Ele ainda não tem vinte anos, mas seu nome, embora desconhecido para quase todos, está começando a soar com força nos ouvidos certos. Eu não acredito que sua passagem em Cambridge tenha sido fugaz. Não. Suas ambições o levarão a outros caminhos. Parece-me que Persano está certo quando afirma que é a sua influência que fez Mathers deixar as sombras e liderar os destinos da Aurora Dourada, o que é notável se considerarmos que naquele momento Crowley não contava mais de dezesseis anos. Desconheço a natureza exata de sua relação com Mathers, mas, em todo caso, duvido que seus propósitos sejam altruístas e não me surpreenderia se, em alguns anos, o jovem e talentoso Crowley tentasse substituir seu mentor como dirigente da seita.

Como Holmes havia dito, tudo isso parecia ridículo a minha sensibilidade. Um homem culto como Arthur, um cientista, imerso em uma besteira como aquela? Eu mal podia acreditar. Anos mais tarde, eu compreenderia melhor o fundo da irracionalidade oculta no caráter de Arthur quando, após a morte de seu filho, ele se tornou um apaixonado pela comunicação com a vida pós-morte e um defensor ardente de qualquer autoproclamado médium que surgisse, por mais evidente que fossem suas superstições, para não mencionar suas ridículas pretensões de fotografar o mundo das fadas. Naquele momento, porém, eu só podia experimentar incredulidade nas palavras de Holmes.

— Arthur... Em uma seita ocultista?

— Como já lhe disse, é o passatempo da moda de toda a nossa pretensa classe intelectual, Watson. Yeats, esse Machen que você tanto leu ultimamente, Stoker... Todos eles são membros da Aurora Dourada. E o mesmo posso dizer do seu agente literário, creia-me. Há tempos que eu suspeitava disso. Eu iria dizer que seu amigo, o doutor Doyle, mantém apenas uma fachada de racionalidade por trás da qual se esconderia uma criatura irracional e faminta de misticismo, mas seria injusto se afirmasse algo assim. Tal aparência de raciocínio rigoroso e lógica implacável é real, sem a menor dúvida. Seus êxitos na ciência da detecção, por mais modestos que sejam, assim o atestam. Mas eu temo que seu agente literário seja uma pessoa contraditória, talvez até demais para seu próprio bem. E não me atrevo a supor qual de suas facetas dominantes acabará por vencer.

Se Holmes disse isso, certamente era verdade, e não só sobre Arthur como também sobre a fascinação da nossa classe intelectual pelo ocultismo. Mesmo assim, não conseguia aceitar. A vida após a morte é um passatempo adequado a crianças, criados ou cocheiros, não a homens esclarecidos e racionais.

— Parece difícil de acreditar.

Holmes olhou-me com simpatia, antes de encolher os ombros e dizer:

— As evidências são incontestáveis, Watson.

— Eu as aceito se você as defende tão firmemente, é claro. Mas, na verdade, me surpreende também que lhe interessem esses assuntos, Holmes.

O detetive ergueu uma sobrancelha, divertindo-se com o meu comentário. Com parcimônia, esvaziou o cachimbo e procedeu a limpá-lo.

— Você sabe, meu querido amigo, que minha profissão de detetive consultor fomenta o meu interesse pelas mais diversas coisas. E, se você pensar um pouco, perceberá que uma seita ocultista pode ser a cobertura perfeita para uma organização criminosa. Até onde averiguei, não é o caso da Aurora Dourada, mas, para chegar a essa conclusão, tive que primeiro investigar.

Permaneci em silêncio por alguns minutos, tratando de assimilar tudo aquilo. De repente, uma ideia se prendeu à minha mente.

— Persano falou sobre o ano de 1891 várias vezes. Você mesmo o mencionou ao falar comigo sobre como Mathers assumiu o controle da seita. E esse foi o ano em que você acabou com a organização de Moriarty.

Holmes assentiu vigorosamente.

— Aí está, Watson! Ainda não perco a esperança de fazer de você um detetive. Na verdade, durante os meses em que me empenhei para conhecer a fundo a organização de Moriarty, também estive ocupado pesquisando seus vínculos com outros entornos. A pista do ocultismo mostrou-se improdutiva para o que eu investigava na época. Por outro lado, ela me permitiu adquirir certos conhecimentos que, como você está vendo, não são totalmente inúteis.

Assenti, tentando ocultar o prazer que me produzia a adulação de Holmes. De repente, lembrei-me das palavras com as quais Persano se despediu.

— O que você quis dizer com a "sabedoria dos mortos"? Estava na mensagem cifrada que nos chegou ontem, não é?

— Exatamente, Watson. E o que eu queria dizer é que chegou a hora de visitarmos o doutor Doyle para que ele seja finalmente franco conosco. Como você conhece seus hábitos, acredita que ele nos receberia neste momento?

Eu consultei meu relógio. Passavam apenas das cinco e dez da tarde.

— Um pouco intempestivo: Arthur não gosta de receber ninguém depois da hora do chá. Mas se for realmente importante, não acredito que haja problemas.

— É bem importante, Watson. Vamos ao trabalho.

VI
Um livro desconhecido

O DR. DOYLE estava trabalhando em seu estúdio, absorvido em um de seus escritos, quando sua criada nos fez passagem. Ele sorriu ao me ver e conseguiu manter o sorriso nos lábios ao ver Holmes. Apertou nossas mãos e nos ofereceu charutos e *brandy*, chegando inclusive a nos perguntar se queríamos acompanhá-lo no jantar. Holmes não aguardou e imediatamente se lançou ao ataque.

— Vejo que ele já foi instruído por seus superiores a nos bajular e a arrancar toda informação que possa. Não que me surpreenda. O Sr. Mathers já demonstrou outras vezes que sabe ser um homem de ação quando necessário, além de ter os reflexos necessários para reagir adequadamente ao imprevisto. Então, não duvido que suas instruções tenham sido detalhadas e cuidadosas. Diga a ele, meu bom doutor, que Sherlock Holmes não é um pássaro fácil de depenar.

Arthur começou a suar quase instantaneamente.

— Não... eu não sei do que você está falando.

— Eu falo sobre seu pertencimento à Aurora Dourada, é claro.

A risada de Arthur foi tão ostensiva quanto falsa. Confesso que, até aquele momento, não havia aceitado plenamente o que Holmes me havia contado. Mas a reação de Arthur às acusações do detetive não me deixavam outra opção a não ser acreditar nele.

— Eu? Em uma seita ocultista? Pelo amor de Deus, Holmes, não seja ridículo.

— Por favor, Doutor Doyle, não brinque comigo. Não gosto que insultem minha inteligência. Você pertence à Aurora Dourada, bem como seu amigo Stoker e aquele poeta irlandês enviesado. Sigerson chegou a vocês, eu ainda não sei como, e afirmou ser um membro da franco-maçonaria egípcia, com a qual sua seita, por meio de seu fundador, mantém certas relações de afinidade há muito tempo. Como ele conhecia seus símbolos e rituais, vocês lhe abriram as portas e o admitiram como integrante. Suponho que, inclusive, estavam orgulhosos disso. A Aurora Dourada não apenas incluía as plumas mais férteis e brilhantes da Inglaterra, como também os exploradores e pesquisadores mais famosos do mundo. Que golpe de sorte, não? Até me atreveria a afirmar que Sigerson firmou grande amizade com o Grande Mestre, estando muito interessado em seu grimório.

Arthur tirou um lenço do bolso e enxugou o suor, cada vez mais copioso, que deslizava pela sua face. Engoliu a saliva, o que lhe custava um grande esforço. Por fim, só pôde dizer:

— Grimório? Eu não sei o que...

— Vejo que está me obrigando a fazer todo o trabalho, doutor. Pois bem. Eu falo do livro escrito por Abdul Yasar Al-Hazrid, o *Al Azif*, em árabe; o *Necronomicon* em grego e latim; o *Libro de lo que dicen los Espíritus del Desierto*, de acordo com a tradução castelhana mais famosa; ou o *Livro dos Mortos*, na nossa língua corrente. Precisa de mais dados?

— Isso é ridículo, Holmes. Você sabe que não existem provas da existência desse livro, que se trata de pouco mais que um rumor descabido que vem crescendo descontroladamente ao longo dos séculos. E mais, mesmo aceitando que o livro não fosse uma quimera — o homem ia ganhando forças à medida que falava —, como poderíamos nós ter acesso a ele?

— Gostaria de apontar que quando você fala de nós, está reconhecendo tacitamente sua afiliação com a Aurora Dourada. Quanto a como tiveram acesso ao livro, eu diria que foi legado por seu fundador, o doutor John Dee. Suponho que tenha passado de Protetor a Protetor durante todos esses anos. E não, não me venha — arrematou Holmes, levantando uma mão — com a mentira de que a Aurora Dourada é criação recente. Seu nome pode ter mudado ao longo dos séculos, mas seus propósitos, sem dúvida alguma, não.

A respiração de Arthur era de um ofegar descontrolado. Cheguei a temer por seu coração. Lentamente, ele se acalmou, embora tenha ficado evidente sua grande dificuldade. Ele se levantou de sua poltrona e começou uma caminhada frenética e indecisa, de um lado a outro da sala, como se estivesse decidindo o rumo a empreender. Por fim, parou. Inspirou profundamente, sentou-se novamente e, sem se atrever a olhar cara a cara para Holmes, falou:

— Vejo que é inútil. Conheço bem suas habilidades, por meio dos escritos de Jonn e por experiência própria. Não deveria me surpreender que tenha podido averiguar tantas coisas. — Na verdade, Doyle não parecia surpreso, mas havia um assomo de rancor em sua voz que ele não conseguia esconder totalmente. — Mas isso não importa agora. Tudo o que você disse está essencialmente correto, mas saiba que negarei ter tido essa conversa, caso seja necessário. O que você quer de nós?

No momento do triunfo, Holmes decidiu mostrar-se magnânimo. Ele tinha obtido o que desejava: agora chegava a hora de curar as feridas.

— Nada mais que ajudá-los, acredite em mim. Se eu estiver certo, o propósito de Sigerson é se apoderar do seu grimório e levá-lo aos Estados Unidos, de onde vem, sem dúvida, o nosso falso explorador. Não estou interessado nas práticas ocultistas de vocês, mas tenho razões para acreditar que nada deterá o desejo de Sigerson de obter este livro. O que eu desejo é evitar as mortes que tudo isso poderia ocasionar. E você e eu sabemos que se nosso homem quer este livro, só pode ser por um motivo. Convém a você e sua seita me ajudarem em tudo o que possam, doutor.

Arthur balançou a cabeça lentamente, como se esse gesto lhe custasse um esforço terrível.

— Certo. Diga-me o que deseja.

— Uma entrevista com seu Grão-Mestre, o Sr. Mathers. Na realidade, é com o seu Protetor que eu quero falar, mas é melhor que façamos as coisas passo a passo. Devemos manter as formalidades e a cortesia.

— Agora mesmo?

— O mais breve possível.

Arthur refletiu por alguns instantes. Por fim, assentiu vigorosamente.

— Muito bem. De acordo. Hoje será difícil, mas tentarei ver o Sr. Mathers depois do jantar. Creio que isso poderei arranjar. E providenciarei que nosso Protetor o receba amanhã pela manhã. Isso o satisfaz?

— Completamente. Não o deteremos mais, doutor Doyle. Voltemos à Baker Street, Watson.

Saímos da casa, deixando Arthur lá. Vislumbrei sua figura abatida quando estávamos saindo, acendendo um cigarro grosso que levou à boca trêmula.

— Como soube de tudo isso? — perguntei a Holmes, enquanto o coche nos conduzia de volta à nossa casa.

— A mensagem, a mensagem que eu decifrei parcialmente, Watson. Nela temos a chave para pegar o nosso homem, sem dúvida. Foi um descuido de sua parte deixá-la em um lugar que eu poderia ter acesso. E, francamente, é um descuido surpreendente porque, em todo o resto, nosso amigo tem sido tremendamente cuidadoso. Hmmm. É algo que vale a pena pensar com mais cuidado. Mas, em todo caso, a primeira pista estava muito clara: "A aurora agora será dourada", uma evidente referência à seita do doutor Doyle. Nosso homem entrou em contato com ela buscando a "sabedoria dos mortos". Isso somente poderia ser o grimório da ordem, que eu sabia que era Al Azif, entregue à Aurora Dourada pelo homem que a fundou há três séculos.

— John Dee? O astrólogo da rainha Elizabeth?

— O próprio, Watson. Voltemos à mensagem, que finalizava afirmando que "a irmandade de Jemi" estaria eternamente agradecida. Essa irmandade somente poderia ser outra seita ocultista, e a referência a Jemi, um dos muitos nomes do Egito, trouxe-me imediatamente à memória a franco-maçonaria egípcia, uma divisão da maçonaria tradicional que teve um grande auge nos últimos anos, sobretudo nos Estados Unidos, e que se voltou para certas formas de misticismo e ocultismo. Se a isso unirmos o fato de que Westcott, um dos refundadores da Aurora Dourada, era franco-maçom, você verá que seria trivial chegar às conclusões a que cheguei.

— Então você já decifrou completamente a mensagem.

— Ainda não. Existe a referência de que o nosso amigo marchará até alcançar o mundo invertido. Sem dúvida, está falando sobre o modo que Sigerson usará para fugir da Inglaterra ou, pelo menos, o que fará com o livro, uma vez obtido, quando chegar à América do Norte. Mas ignoro ainda qual poderia ser essa utilização. Mas não se preocupe, vou descobrir.

Não duvidava disso. Eu vi meu amigo, em outras ocasiões, enfrentando problemas com pior aspecto e sempre solucionando-os ao fim. Estávamos quase na Baker Street quando me lembrei de algo.

— E essa referência ao príncipe que abdicou e que já não mente? Você também a decifrou?

Algo brilhava na profundeza de seus olhos. Holmes permaneceu em silêncio por alguns instantes, como se duvidasse do que deveria me revelar.

— Ah, Watson. Aí você colocou o dedo na chaga. Decifrá-la? Talvez sim. Quanto a acreditar no que ela diz... Essa ja é outra questão.

Eu ia perguntar o que ele quis dizer com isso quando percebi que alguém estava nos esperando na frente do 221B. Não foi difícil reconhecer Marlowe, o jovem policial com quem fizemos contato nas habitações de Sigerson.

— Senhor Holmes, Doutor Watson. Eu os esperava — nos disse ele quando deixamos o coche. O inspetor Lestrade me enviou até aqui. Foi encontrado no rio o cadáver de um homem que pode ser Sigerson.

VII
Um caso de identidade

LESTRADE NOS ESPERAVA no necrotério. Parecia sério e pensativo, mas havia em seus olhos um mesquinho olhar de triunfo que não conseguia esconder. Na verdade, assim que nos viu, não pôde evitar de dizer:

— Parece que desta vez você e Marlowe se equivocaram, Holmes. Sigerson foi assassinado naquele quarto e seu assassino levou o corpo com ele. Sem dúvida, teria de haver outra explicação para que as pegadas no jardim fossem tão leves.

— É possível, Lestrade. Ninguém está livre de erros. Posso ver o corpo?

O policial assentiu e nos conduziu para dentro do necrotério. O médico legista saía naquele momento e Holmes o interrogou brevemente. A causa da morte foi a substancial perda de sangue ocasionada por uma ferida no pulso que abriu a artéria de forma longitudinal.

— Mas isso não é o mais curioso — disse ele ao meu amigo. — Você mesmo poderá ver.

Com essas palavras enigmáticas, ele se despediu, colocando o chapéu e saindo para a noite úmida.

Ainda não haviam guardado o corpo, que permanecia sobre a mesa de operações, coberto por um lenço não muito limpo. Ao seu lado, na outra mesa, havia uma pilha de roupas e objetos pessoais que seguramente pertenciam ao cadáver. Holmes se aproximou deles.

— Eles foram identificados? — perguntou.

— Sem a menor dúvida, Holmes — respondeu Lestrade, cada vez mais satisfeito. — Fizemos o senhor Adamson vir e ele reconheceu a roupa que Sigerson usava na noite do seu desaparecimento. Além disso, os anéis, a carteira e o relógio também pertenciam a ele.

— Hmmm. Interessante. Olhe isso, Watson.

Ele segurou em seus dedos um anel que encerrava uma pedra verde, na qual, em seu relevo, notava-se um escaravelho. Recordando o que ele me havia contado sobre a franco-maçonaria egípcia, não pude deixar de relacionar ambos. Eu ainda estava rindo mentalmente, orgulhoso de minha sagacidade, quando Holmes deixou o anel sobre a mesa e puxou o lençol que cobria o cadáver.

O espetáculo que surgiu diante dos meus olhos era qualquer coisa exceto agradável. Como antigo cirurgião militar, vi mutilações de todos os tipos e ainda mais, pois minha longa associação com Sherlock Holmes preparava-me para encontrar qualquer coisa. Apesar de tudo, não pude evitar um estremecimento. O corpo estava pálido e consumido, e o longo rasgão que cruzava quase todo o comprimento da artéria cubital era claramente visível. No entanto, o que realmente chamou a atenção foi o rosto do cadáver. Ele tinha sido reduzido a uma polpa sangrenta e dificilmente reconhecível como pertencente a um rosto humano. Toda característica distintiva de sua pessoalidade e individualidade havia desaparecido.

Holmes, sempre sem alterar-se, examinou aquela massa disforme que um dia fora um rosto.

— Um disparo. Com um fuzil, sem dúvida, e a uma distância muito curta. As queimaduras de pólvora são claramente visíveis. Possivelmente uma escopeta com os canhões fechados. Um método bastante comum na América do Norte, como você seguramente se recordará, Watson.

Certamente me recordava. Holmes se referia ao caso de Birlstone, ocorrido há cerca de seis anos, quando, com toda a clareza, meu amigo pôde ver a extensão da mão infame de Moriarty.

Holmes virou o corpo e examinou suas costas com tanta atenção como havia feito com a parte anterior. Finalmente, ele terminou sua exploração e se virou para nós.

— Ele não esteve na água por mais de um dia. Eu diria que foi jogado no Tâmisa nesta mesma manhã ou, mais tardar, ontem à noite.

— Sem dúvida. O legista afirmou o mesmo.

— E, sem dúvida, as feridas em seu rosto foram produzidas depois de sua morte. Ou o médico não teria afirmado que a causa de seu falecimento foi a perda de sangue. Isso não lhe diz nada, Lestrade?

— Com certeza. Seu assassino não queria que quem encontrasse o corpo pudesse reconhecê-lo como Sigerson.

Holmes sorriu brevemente.

— Você me surpreende, Lestrade. Certamente, você, às vezes, tem arroubos de verdadeira genialidade.

O inspetor se pavoneou diante de nós, ainda sem compreender o verdadeiro propósito das palavras de Holmes.

— É uma lástima que, neste caso, ela não tenha se apresentado. É certo que seu assassino não queria que reconhecêssemos o cadáver, mas não como você sugeriu. Evidentemente, se ele não queria que nós o identificássemos como Sigerson, ele teria se livrado das roupas ou, ao menos, de objetos como relógio, carteira ou anéis que, examinados pela pessoa adequada, nos levariam à pista correta. Não acha?

— Bom, sem dúvida, o homicida se deixou levar pelo nervosismo e esqueceu esses detalhes.

— Não, Lestrade. Nós temos um homem que, em todos os momentos, atuou com um notável sangue frio. E esse assassinato é mais um exemplo. Seu rosto está desfigurado até o ponto de ser irreconhecível simplesmente para que não possamos afirmar com certeza que esse homem seja ou não Sigerson.

— Mas tudo coincide, Holmes. Incluindo a ferida, de um tipo que sangra abundantemente. Com certeza ela é a causa da trilha de sangue no quarto do hotel.

— No hotel não havia sangue o bastante para algo assim. Tenha isso em mente e conecte essa informação ao molde das pegadas que tirou Marlowe e verá como é fácil chegar à conclusão de que nunca houve duas pessoas naquele quarto. Não, Lestrade. Vou lhe dizer o que aconteceu. Sigerson feriu a si mesmo, jogou os móveis no chão e fugiu pela janela. Logo ele localizou sua vítima, a matou e a desfigurou. Então vestiu-a com suas roupas e, depois de atirar o cadáver no Tâmisa, tomou seu lugar. Justo o que eu temia e tratava de evitar.

Lestrade sacudiu a cabeça, cada vez mais incrédulo.

— Vamos, Holmes, acredita que você esteja fantasiando excessivamente esse crime.

— Eu nunca fantasio, Lestrade. E isso é algo que, a esta altura, você deveria saber bem. — Sua voz soava excepcionalmente fria. — Bem, parece que não podemos fazer nada aqui. É tarde e amanhã nos espera um dia agitado. Boa noite, cavalheiros.

Saímos para a rua e chamamos um coche. Subíamos nele quando ouvimos alguns passos agitados vindo em nossa direção. Viramos e demos de cara com o jovem Marlowe.

— Senhor Holmes — disse ele, respirando nervosamente. — Eu só queria dizer-lhe que compartilho suas conclusões e que é um verdadeiro prazer trabalhar com o senhor. Boa noite.

Ele estava prestes a entrar na Yard novamente quando Holmes o chamou.

— Você me faria um favor, Marlowe, mesmo que isso pudesse indispô-lo com seu chefe?

O jovem policial não hesitou nem por um momento.

— Diga-me o que deseja e eu o farei, senhor.

— Eu gostaria que você ou algum dos homens sob suas ordens vigiasse o senhor Adamson.

Marlowe piscou, surpreso diante do pedido.

— O secretário de Sigerson? Acredita que ele pode estar envolvido?

— Ainda é cedo para acreditar em qualquer coisa, mas é melhor esgotarmos todas as pistas.

— Assim farei, senhor Holmes. Pode confiar em mim.

Ele se despediu novamente e subimos no coche, enquanto Holmes comentava elogiosamente sobre a atitude de Marlowe.

— Sim, um rapaz de grandes possibilidades — murmurou.

Pouco depois, chegavámos aos nossos aposentos.

— Bem, Watson, desejo-lhe boa noite.

— E eu a você, meu amigo.

Parei de repente, lembrando-me de algo. Era realmente um assunto em que eu estava dando voltas o dia todo, mas não tinha encontrado a forma de expor minha questão a ele.

— Holmes, temo que amanhã eu não possa acompanhá-lo. Eu tenho assuntos pessoais a tratar.

Ele me olhou estranhamente e com um ligeiro assomo de hostilidade. Eu já disse, em mais de uma ocasião, que, apesar de sua lógica inflexível e comportamento frio, havia algo de infantil nas maneiras de Holmes e ele não suportava que alguém o contrariasse ou considerasse seus próprios assuntos mais importantes do que os dele, como eu tinha notado, em mais de uma ocasião, quando falava de meus esboços literários.

— A que se refere? — Ele quis saber.

Fiquei um pouco abalado.

— Amanhã é primeiro de março, como você sabe. E...

Ele pareceu repentinamente envergonhado.

— Por Deus, Watson, me perdoe. Às vezes eu sou uma mula. Com tudo isso, havia me esquecido do quão perto estava o aniversário da morte de sua esposa. Peço-lhe perdão, meu amigo. Claro que compreendo que não me acompanhe.

Ele parou de repente, como se algo o tivesse golpeado.

— Primeiro de março! — exclamou. — Março. Como não pensei nisso? Isto é, isto é, claro, temos menos tempo do que pensava.

Parecia ter esquecido por completo de minha presença. Antes que eu pudesse interrogá-lo sobre o significado de suas últimas palavras, havia desaparecido no interior de seu aposento. Eu dei de ombros e entrei no meu. Não dormi muito naquela noite.

VIII
Um guarda-chuva e seu dono

NO ANO DE 1891, Sherlock Holmes desapareceu da minha vida e eu acreditava que para sempre. Meus leitores facilmente lembrarão a dor que me invadiu naqueles momentos, como descrevi em *O Problema Final* ao falar de seu confronto com o professor Moriarty e a fatal queda dos arquinimigos nas Cataratas de Reichenbach. Dois anos depois, a tragédia voltaria a me golpear novamente. Uma epidemia de gripe caiu sobre Londres e levou minha esposa com ela. Parecia a mim que, ao desaparecer o homem que me permitiu conhecer a mulher que eu amava, esta estivesse também condenada. Em primeiro de março de 1893, Mary entregou sua alma ao Criador, deixando-me sozinho no mundo.

Não completamente sozinho, como eu soube depois, porque, apenas um ano mais tarde, Holmes voltava a minha vida, e a alegria que me inundou naquela ocasião é suficientemente conhecida por todos. No entanto, nem mesmo essa alegria fez-me esquecer a dor de perder a mulher que amei com toda a minha alma: linda, inteligente, culta, infinitamente paciente com minhas excentricidades e com as de Sherlock Holmes. Nada do que eu possa falar sobre ela poderia fazer com que vocês tivessem a mínima ideia sobre o que Mary havia signifcado a um solteirão de hábitos desordenados como eu.

Na época, quando voltei a relatar as aventuras de Sherlock Holmes após o seu reaparecimento em *A Casa Vazia*, não julguei conveniente falar sobre minha recente viuvez. Se por um lado duvidava que interessaria ao público os detalhes de minha vida pessoal, por outro, a dor ainda era muito recente. Assim, foram muitos os que se surpreenderam quando viram que voltei a viver na Baker Street e que qualquer menção da minha esposa simplesmente havia desaparecido de minhas histórias. Com o tempo, isso chegou a ser contraproducente: as especulações e rumores se sucederam, cada um mais disparatado que o outro, e chegara o tempo de eu finalmente colocar um ponto final neles. É por isso que agora, enquanto conto o ocorrido na primavera de 1895, não escondo o que aconteceu, quando os anos se passaram e um novo casamento atenuou minha dor, embora não a lembrança do anterior.

Quanto à minha esposa atual, a história de como a reencontrei e acabamos nos unindo em matrimônio talvez merecesse um romance só para ela. E eu digo reencontrei porque a havia conhecido na primavera de 1889, quando ela chegou aos aposentos de Holmes em Baker Street, para envolvê-lo no caso que mais tarde eu narrei sob o título de *O Caso dos Copper Beeches*. Pouco imaginava que aquela adorável e inquisitiva mulher sardenta e com cabelos castanhos se tornaria, quase treze anos depois, minha esposa. Eu falo, claro, da senhorita Violet Hunter, de quem meus leitores, sem dúvida, se lembrarão. Como já disse, a maneira pela qual nos encontramos novamente seria digna de ocupar sozinha uma história de comprimento considerável. Temo, entretanto, que meu público fiel terá que se contentar apenas com essas palavras neste momento. Devo apenas adicionar que o assunto no qual Holmes e eu nos vimos envolvidos por causa de seu reencontro nada tem a fazer inveja a outros casos que já narrei. As maquinações terríveis de Abergaveny, o cuteleiro, e o assassinato aparentemente insolúvel do pavilhão vazio colocaram em um verdadeiro aperto as incríveis capacidades analíticas e dedutivas de Sherlock Holmes. Algum dia, espero narrar tudo isso com a calma que o assunto merece.

Assim, naquele primeiro de março, me levantei antes de Holmes e, sem tomar o café da manhã, saí para a rua e chamei um coche para que me levasse ao cemitério católico de Londres. Permaneci ali quase toda a manhã, junto ao túmulo de Mary, rememorando a maneira como nos conhecemos e os anos que compartilhamos. Nunca poderei esquecer a valentia com que ela enfrentara a morte de seu pai, ou a intriga espantosa dos irmãos Sholto que, mais tarde, constituiria o embrião da narrativa à qual eu coloquei o título de *O Signo dos Quatro*. Também jamais se apagaria de minha memória o momento, único e precioso, em que nossas mãos se encontraram como duas crianças ansiosas e se consolaram mutuamente, sem que uma única palavra mediasse nosso contato. Ela estava morta, mas sua recordação seguia viva dentro de mim, e ela não deixaria de estar aqui enquanto meu pobre coração seguisse impulsionando sangue por minhas veias.

Às doze e meia, abandonei o cemitério e voltei para Baker Street ansioso, confesso, pelas novas informações que Holmes poderia ter descoberto durante sua entrevista com o Grande Mestre da Aurora Dourada.

Para a minha surpresa, encontrei Holmes em nossos aposentos, passeando de um lado para outro da sala e com uma evidente contrariedade esboçada em seu rosto anguloso.

— O que houve, caro amigo? — perguntei. — Sua entrevista não deu os frutos esperados?

Ele se deteve em seu passeio frenético e olhou para mim.

— Algo que não aconteceu não pode dar fruto algum, Watson.

— Como?

— Esperei inutilmente toda a manhã por qualquer notícia do seu amigo, o doutor Doyle. Cheguei a enviar-lhe um telegrama, mas ele não estava em casa. Você sabe o quanto detesto a inatividade, Watson, ainda mais quando estou no meio de um mistério. Isso me mata. Estou prestes a ir à casa do Protetor, sem esperar a intervenção de seu agente literário ou de Mathers.

— Então, você sabe quem ele é?

— Por Deus, Watson, você nunca deixará de me surpreender. Você acredita mesmo que eu poderia ter averiguado tudo o que sei dessa curiosa ordem ignorando quem são seus principais dirigentes? Seu Protetor não é outro senão o Senhor James Phillimore, o antiquário.

Era-me um nome conhecido, como seria a qualquer outro londrino. O Senhor Phillimore tinha fama de excêntrico e, ao longo de sua vida, foi acumulando, graças à dispersão gradativa de sua extensa fortuna, uma série de objetos antigos e curiosos que eram o assombro e a admiração de toda a Inglaterra. Além disso, que fosse, além de membro, também um dos principais integrantes de uma ordem ocultista não me surpreendia totalmente, dado seu caráter peculiar.

Naquele momento, chamaram à porta. Era um rapaz com um telegrama para Holmes. Ele deu ao menino uma gorjeta e rapidamente leu o texto.

— Bem. Parece que pelo menos algumas coisas deram certo. Leia, Watson.

Peguei o telegrama que ele me estendia:

WINFIELD SCOTT LOVECRAFT. MORENO, UM METRO E OITENTA, FEIÇÕES ANGULOSAS, VASTO BIGODE NEGRO. INTERNADO EM INSTITUIÇÃO MENTAL EM BOSTON EM 1893. SOB A TUTELA DE ALBERT A. BAKER, ADVOGADO. PARADEIRO DESCONHECIDO DESDE ENTÃO.

— É a resposta ao telegrama que enviou no outro dia?

— Precisamente. Foi dirigido à polícia de Boston e pedia uma descrição do Senhor Winfield Scott Lovecraft, além de perguntar sobre o seu paradeiro. Como você pode ver, faz dois anos que ele está fora de circulação e sua descrição, com poucas mudanças na coloração do cabelo e nos pelos faciais, poderia se encaixar perfeitamente com nosso amigo Sigerson.

Meu rosto devia expressar com total clareza minha absoluta estupefação.

— Mas eu não entendo isso. Se o que você diz está correto, Lovecraft escreveu uma carta para si mesmo. E mais, pelo visto você sabia disso. Ou então não teria enviado esse telegrama. Como isso é possível?

— Eu não sabia, Watson, mas era uma possibilidade a considerar, afinal, este não é um truque pouco habitual. E você sabe que eu nunca descarto qualquer caminho possível, ao menos não até eliminá-lo do cenário. De certa forma, o próprio Sigerson me deu uma pista sem pretender. Lembra-se do sotaque do homem, Watson, da sua peculiar maneira de falar? Desde o primeiro momento, ela chamou minha atenção. Em vista disso, ficou imediatamente claro que não se tratava de um inglês. Por outro lado, pareceu-me alguém que falava nosso idioma como um nativo, apesar de seus esforços para demonstrar o contrário. Isso, juntamente com uma carta de um americano entre seus pertences, me deu algo com que trabalhar. E como você vê, valeu a pena.

Eu balancei a cabeça. Algo não se encaixava naquilo tudo.

— Desculpe, mas não vejo sentido nisso, Holmes — falei, cada vez mais perplexo. — O que estava na mensagem cifrada pareciam ser as instruções sobre o que o destinatário deveria fazer na Inglaterra. Que sentido haveria em dar instruções a si mesmo? Isso não passa de um absurdo.

Holmes sorriu.

— É claro que é, Watson, e esse é o cerne do assunto. Tão absurdo que ninguém em seu juizo perfeito consideraria nem por um momento essa hipótese. Assim, caso a mensagem fosse encontrada, tal como aconteceu, e fosse decifrada, ninguém poderia supor que Lovecraft e Sigerson seriam a mesma pessoa. E as investigações, se existissem, se encaminhariam de um lado à procura de Sigerson na Inglaterra e, por outro, a de Lovecraft na América. Evidentemente, nenhum dos dois seria encontrado, ao menos não nos lugares onde estariam procurando por eles. Você ainda não entendeu? Ainda não está claro para você, Watson? Alguém deu essas instruções cifradas a Lovecraft, possivelmente seu superior na seita a que pertence. Disso não tenho a menor dúvida. Ele poderia tê-las destruído, afinal elas não são tão complexas nem tão difíceis de memorizar. Todavia, está claro que ele decide conservá-las. Por quê? Não sabemos, embora possamos arriscar algumas hipóteses. Por exemplo, é possível que a mensagem escrita em runas, além de funcionar como instruções, também funcione como um passaporte, como um meio para que outro membro da franco-maçonaria egípcia reconheça o portador como um afim, um irmão.

— Sim, é possível — reconheci.

— Bem, uma vez que decide conservá-las, pelo motivo que for, está claro que são uma faca de dois gumes: sua utilidade vai de mãos dadas com o perigo que podem representar para a missão de nosso amigo, especialmente se forem lidas e decifradas por aqueles que não deveriam. Assim, para fazê-las parecerem inócuas, nosso homem escreve essa carta sobre as inscrições do cemitério indígena. Por outro lado, ele não pode assinar com o nome daquele que deu a instrução a ele, porque se ela cair nas mãos erradas, estaria envolvendo seu superior. Nosso desaparecido poderia ter inventado um pseudônimo, qualquer um. Mas não, em uma pirueta quase genial em sua construção enviesada, ele decidiu usar seu próprio nome. É brilhante, Watson, você não percebe?

Ainda aturdido e sem dizer palavra alguma, eu só pude assentir.

— Eu lhe disse muitas vezes, Watson, que a genialidade é somente a habilidade de se esforçar, o que significa não deixar nenhum ponto por investigar, por mais trivial que ele possa parecer. A meada somente tem uma única conclusão, mas, frequentemente, para encontrá-la, há de se percorrer todos os falsos caminhos. Agora tenho poucas dúvidas sobre a verdadeira identidade do nosso amigo Sigerson. No entanto, isso não nos deixa mais perto da solução. Wiggins esteve aqui esta manhã, e nem ele ou nenhum dos meus irregulares encontraram o menor rastro do desaparecido. Esse homem deve pelo menos ser tão habilidoso quanto eu no uso do disfarce.

Sentei-me enquanto ele voltou a olhar pela janela, sem resultados positivos. Durante os últimos dias, uma ideia estava rondando minha cabeça e tomou forma naquele momento.

— Diga-me, Holmes, por que você não pediu a seus irregulares que vigiassem o senhor Adamson, se conformando em encarregá-lo a Yard? Ou você estava apenas tentando despistar a polícia e considera bem pouco importante a participação de Adamson em tudo isso? — Acrescentei, como se falasse a mim mesmo.

Ele se virou para mim com o rosto brilhante de satisfação.

— Ah, Watson, eu lhe disse isso ontem e o repito hoje: ainda não perco a esperança de fazer de você um investigador detetivesco. Sua capacidade de colocar o dedo na ferida não cansa de me surpreender. Sim, o Sr. Adamson teve sua participação neste assuntinho, e deixarei isso claro antes chegarmos ao final. No entanto, também acredito que é desnecessário controlá-lo de perto: seu papel nisso é pouco mais do que o de mero observador ou de uma testemunha, parecendo-me improvável que se envolva mais nos acontecimentos, apesar de não o ter abandonado completamente. Você de fato percebeu como eu pedi a nosso amigo Marlowe para mantê-lo sob vigilância. Sem dúvida, meus irregulares seriam mais efetivos, mas não espero nenhum movimento surpreendente de Adamson. Claro que, se eu esperasse, não seria de um todo surpreendente — acrescentou, com um sorriso irônico. — Esse Marlowe é um rapaz brilhante e receio que seu talento esteja sendo desperdiçado na polícia oficial.

Enquanto isso, a manhã se aproximava do fim e a hora do almoço estava cada vez mais próxima. O dia, que amanheceu sem nuvens, estava ficando nublado, com o céu anunciando uma tempestade.

Em torno das treze e quinze, tocou a campainha de nossa porta. Ouvimos a porta abrir e alguém corpulento e agitado subiu as escadas.

— Afinal — disse Holmes, no momento exato em que Arthur entrou na sala —, o que aconteceu, doutor Doyle? Vejo que passou toda a manhã fora de casa.

— Isso mesmo, senhor Holmes. Não tenho certeza do que aconteceu, mas eu preciso desesperadamente de sua ajuda. O senhor Phillimore...

— Sim, seu Protetor.

— Já vejo que é impossível esconder-lhe qualquer coisa. Isso mesmo, o senhor Phillimore desapareceu. Sumiu sem deixar rastro, como se já não estivesse mais neste mundo. Temo... Temo que as forças estejam atuando... — parou de falar, indeciso.

— Forças que vocês acreditavam estar desaparecidas.

Arthur pareceu repentinamente cansado.

— Também isso? Não há nada oculto para você?

— Muito mais do que você poderia supor, meu bom doutor. No entanto, voltando ao assunto, se, como você diz, estão atuando forças dessa natureza, pouco posso fazer neste caso. Mas me conte o que você descobriu e veremos se há algo de substancial para nos prendermos.

— Já verá que não, Holmes. Isso será demais até para um homem como você.

Apesar de sua agitação, deixou escapar aquelas palavras terrivelmente satisfeito, o que corroborou minha opinião de que era a inveja diante do brilhante intelecto de Holmes que originava a hostilidade de Arthur contra ele. E, no entanto, quando penso nisso hoje, essa explicação não me satisfaz completamente.

— Eu falei com os criados e o cocheiro de Phillimore, e o que aconteceu foi bastante extraordinário. Esta manhã, por volta das dez horas, ele saiu de sua casa em direção ao clube, onde eu esperava encontrá-lo, já que no dia anterior nem Mathers nem eu conseguimos contatá-lo. A manhã começava a nublar-se, mas ainda estava bastante clara, e ele decidiu não sair com nenhum guarda-chuva. No entanto, assim que chegou ao coche, pareceu mudar de ideia. Ordenou ao cocheiro que esperasse um momento, enquanto voltava para a casa e pegava seu guarda-chuva. O cocheiro o viu ir e desaparecer atrás do muro que rodeia a casa. O serviçal esperou e esperou, mas

Phillimore não aparecia de parte alguma. Finalmente, ele se aproximou da casa e perguntou por seu senhor. Seus criados pareceram surpresos. O Senhor Phillimore não havia voltado para a casa, não havia entrado nem pela porta principal nem pela porta dos fundos. Tinha desaparecido e não havia o menor vestígio dele. Agora, Holmes, explique-me como isso poderia ter acontecido?

Mas Holmes não parecia escutar Doyle. Ele olhava pela janela como se estivesse mergulhado em seus próprios pensamentos. De repente, se virou para nós com a urgência pintada em seu rosto.

— Vamos, não há tempo a perder! Temos que chegar à casa de Phillimore antes que o pior aconteça. Rápido, não há tempo!

Ele procurou por algo em sua mesa de produtos químicos e por fim pegou um saco de gesso e várias ferramentas que guardava em uma maleta. Saímos para a rua, Arthur com respiração ofegante, e conseguimos localizar uma carruagem nos levasse. Phillimore morava nos arredores de Londres, em um bairro residencial e um pouco exclusivo, e sua casa era bem diferente das demais. Por fim, chegamos lá quando faltava muito pouco para as duas horas. O céu se tornava mais e mais sombrio e a tempestade não demoraria muito a descarregar sua fúria em nós.

— Por favor, deixem-me ir sozinho. A grama já estará bastante confusa sem que a maculemos com mais pisadas.

Holmes saiu do coche e o vimos desaparecer atrás do muro que levava até a casa. Cinco minutos desconfortáveis passaram, durante os quais Arthur foi incapaz de fitar-me diretamente nos olhos. Ambos fumávamos em silêncio, conscientes da parede de desconfiança que se erguia entre nós dois nos últimos dias. De vez em quando, lançávamos olhares de soslaio para o lugar onde Holmes havia desaparecido. De repente, o vimos surgir e sinalizar que nos aproximássemos.

— Vejam. Agora vocês compreenderão por que eu queria chegar antes da tempestade começar. Estas são suas pegadas, doutor, facilmente reconhecíveis. E estas outras, sem dúvida, as do cocheiro. Tivemos sorte. Ninguém mais, além do senhor Phillimore, passou por aqui esta manhã. Observe, aqui sai da casa, se dirige ao coche, dá meia volta e regressa para a casa. Agora chegamos à parte realmente interessante. O homem cruza a cerca e, de repente, suas pegadas desaparecem. Ou ao menos é isso que parece. Como vocês podem comprovar, o lugar onde as pegadas desaparecem é muito curioso: nem do lado de fora da propriedade nem de dentro da casa este ponto pode ser observado. Trata-se do lugar perfeito para um desaparecimento, quase poderíamos dizer. Observemos com mais atenção as pegadas de nosso amigo que foram da casa para o coche. Veem algo estranho? O calcanhar, sem dúvida, está mais marcado que a ponta do pé. Como explicam isso? Simples. Ele saiu da casa, chegou ao coche e deu meia volta, mas, ao chegar aqui, se virou e começou a caminhar de costas, aproveitando suas pisadas anteriores. Até chegar a este ponto. É fácil ver que os passos estão mais marcados do que os anteriores, um sinal de que ele parou aqui por algum tempo. Observem a borda direita das pegadas, um pouco confusa, como se ela tivesse pulado, o que nosso homem de fato fez. Vejam esta árvore ao lado do caminho. Sua casca está parcialmente rasgada. O Senhor Phillimore saltou e se agarrou na árvore. Então, saltou novamente e caiu aqui, onde a grama é mais esponjosa e quase não deixa vestígios. Agora, observando atentamente, podemos ver que as pegadas são retomadas, dessa vez em direção à parte de trás da casa, onde finalmente desaparecem pela porta traseira do jardim na direção da calçada.

— Mas por que ele faria tudo isso? — perguntou Arthur.

— Pergunta interessante, doutor. Acredito que poderemos sanar nossa dúvida quando secar o molde que tirei de uma das pegadas. Acredito até que ela já está pronta. Aqui está, de fato. Agora, vamos levá-la à Scotland Yard e a compararemos com outro molde que um certo jovem e sagaz policial tirou, dias antes, de outras pegadas.

— Você quer dizer o que eu acho que quer dizer? — perguntei atropeladamente.

Holmes sorriu.

— Meu caro Watson, embora alguma vez eu consiga ler seus pensamentos, não consigo lê-los sempre. Se você se refere a eu acreditar que o Sr. Phillimore, que desapareceu esta manhã, não era senão o nosso amigo Sigerson, então minha resposta é sim: quero dizer o que você acredita que eu queira dizer. Vamos, voltemos ao coche.

Naquele momento, a tormenta despencou e chovia como se o próprio mundo estivesse prestes a acabar. Subimos rápido no coche e, durante o trajeto de volta para a cidade, nenhum de nós disse grande coisa, mas as perguntas não formuladas pareciam preencher o ar entre nós. Finalmente chegamos à Scotland Yard. Não demoramos para encontrar o jovem Marlowe, que se mostrou enormemente satisfeito por ver Holmes.

— Eu segui o nosso homem, como você me pediu — disse. — Até agora ele não parece ter feito nada suspeito, nem contatado ninguém. Ainda está no quarto de hotel que Sigerson alugara.

Holmes o felicitou por seu trabalho e pediu-lhe para ver o molde que ele tirou das pegadas no pátio do hotel. Ele o trouxe imediatamente.

Holmes o comparou com o que acabava de fazer e produziu uma exclamação de triunfo.

— Vejam. O calcanhar desgastado no interior, o dedo quadrado, o desenho da sola. São as pegadas do mesmo homem! Evidentemente, ao disfarçar-se como Phillimore, ele manteve seus próprios sapatos que, sem dúvida, eram mais confortáveis para ele do que os de sua vítima.

— Sua vítima — repetiu Arthur.

— Sim, sua vítima. Não acredito, doutor Doyle, que a esta altura tenha qualquer dúvida de que o senhor Phillimore esteja neste momento no depósito de cadáveres da Yard, com o rosto desfigurado e sem uma gota de sangue nas veias. Embora talvez nunca possamos comprová-lo.

Meu rosto devia ser a própria imagem de perplexidade. Confesso que não sabia muito bem aonde Holmes queria chegar. Arthur, por outro lado, parecia ter compreendido perfeitamente.

— Eu não entendo — eu disse.

— Ora, é bem simples, quase trivial, uma vez que todos os fatos sejam levados em consideração. Sigerson desaparece fingindo sua morte. Ele se aproxima de Phillimore, que não suspeita de nada, mata-o e o veste com suas próprias roupas, desfigurando seu rosto e jogando-o no rio, onde logo encontrarão o corpo e o identificarão como o do desaparecido explorador norueguês. Então, ele se disfarça como Phillimore e se prepara para atingir seu objetivo. Como já o alcançou, o disfarce de Phillimore não lhe é útil, e ele se livra do homem de uma maneira tão dramática como efetiva. Para todos, Phillimore desapareceu no meio do ar sem deixar vestígios, como se um demônio o tivesse levado.

Ele disse essas palavras olhando para Arthur, que desviou o olhar, inquieto.

— Esse homem é um gênio, sem a menor dúvida, embora sua meta seja pervertida. Bem, Marlowe, agradeço sua ajuda. Diga a Lestrade que a resolução deste caso está próxima. Embora algo possa ainda estar nos escapando. Nosso amigo é tão hábil se disfarçando que dificilmente poderemos encontrá-lo, a menos que possa decifrar a tempo a forma como ele pretende fugir da Inglaterra com seu saque. Em qualquer caso, nada mais temos que fazer aqui. Boa tarde.

Nós três saímos da delegacia de polícia. A tempestade não havia parado, embora o céu voltasse parcialmente a clarear. Pelo sul vinham nuvens escuras e densas que, pouco a pouco, se aproximavam de Londres. Arthur parou de repente, como se algo o tivesse golpeado.

— Você falou de um saque — disse ele, e eu temia a resposta que ele receberia.

— Falei ontem, doutor Doyle. Sigerson veio à Inglaterra disposto a tomar para si o Al Azif. E acredito que ele tenha alcançado seu objetivo.

— Isso é terrível, terrível. Eu tenho que checar isso — disse Doyle. Em um estado completamente febril, chamou um coche e pouco depois o vimos se afastar rua abaixo.

— Receio que seu amigo descobrirá que ontem pela tarde alguém que afirmava ser James Phillimore entrou no Anthropos Club. E eu também temo que ele descubra que um certo livro que eles lá guardavam já não se encontre entre suas paredes. Eu não preciso dizer, Watson, que o Anthropos Club é a sede não oficial da Aurora Dourada, ou, para ser mais exato, uma das muitas espalhadas por Londres, todas com aparência inofensiva. Era algo elementar. Você reparou também na atitude sibilina do Senhor Mathers: enviando seus peões para fazer o trabalho — neste caso, seu amigo doutor Doyle — e sempre permanecendo em um confortável e discreto segundo plano, o que coincide com o que Persano nos contou sobre ele, o que torna ainda mais estranho o fato de ele decidir se tornar a cabeça visível da seita. Assim, temos de supor que ele teve uma razão poderosa para dar esse passo. Em qualquer caso, não importa. Antes ou depois... — disse ele, agora reparando na minha presença. — Agora, voltemos para casa. Embora a hora do almoço já tenha passado, espero que a senhora Hudson tenha guardado algum alimento para repor nossas forças.

Ele não estava equivocado. Quando chegamos a nossos aposentos, um esplêndido almoço frio, que nossa patrona havia preparado, nos aguardava. Nunca houve uma mulher mais abnegada do que ela, e durante todos os anos em que vivi com Holmes em Baker Street, jamais recordo de ouvi-la reclamar das evidentes excentricidades do meu amigo. Na verdade, quando ele decidiu se retirar para Sussex, anos mais tarde, ela decidiu acompanhá-lo e seguir cuidando no campo da comodidade do detetive, como já havia feito em Londres. A última vez que a vi, na véspera da Primeira Guerra Mundial, ela me confessou que, enquanto a vida em Sussex era pacífica e agradável, não podia evitar sentir saudades de algumas coisas.

— Sobretudo, doutor — confessou-me ela —, sinto falta das visitas intempestivas em horas pouco prováveis.

IX
História necromante

O TEMPO FOI SE tornando mais inclemente à medida que passava o dia, ao ponto de, ao anoitecer, Londres parecer afundada em uma cortina líquida que impossibilitava ver qualquer coisa além de alguns passos. Nós não recebemos nenhuma outra notícia de meu amigo Arthur, mas Holmes não tinha a menor dúvida de quais teriam sido suas descobertas ao chegar ao Anthropos Club. Enquanto isso, mergulhou em seus experimentos químicos, apesar de os resultados não terem sido satisfatórios, pois os abandonou com um grunhido pouco antes do jantar. Passei a tarde fingindo ler Machen, mas, na realidade, não deixava de dar voltas em minha cabeça aquele extraordinário assunto. Eu sabia que havia algumas partes dele que Holmes conhecia e me ocultava, como demonstravam algumas de suas observações mais enigmáticas. Contudo, conhecedor do caráter teatral do meu amigo, eu também sabia que não esclareceria tais mistérios até que todos os fios da meada estivessem em sua posse.

Apesar de tudo isso, havia algo em particular que me deixava tremendamente intrigado. Esse grimório árabe em torno do qual todo o caso parecia circular, e do qual eu nunca tinha ouvido falar até o dia anterior, me atraía poderosamente. Então, eu não pude deixar de perguntar a Holmes, depois do jantar, sobre o assunto.

— Meu querido Watson, não estranhe não ter ouvido falar de Al Azif. Poucas pessoas no mundo sabem de sua existência e a maioria delas o considera uma lenda destituída de qualquer valor, apenas um rumor alimentado ao longo dos séculos, tal como seu amigo, o Doutor Doyle, queria que acreditássemos. Mas vou lhe dizer o que consegui descobrir sobre esse livro ao longo dos últimos anos. Seu texto foi escrito ao redor do ano setecentos por um árabe chamado Abdul Yasar Al-Hazrid, referido em muitas crônicas como o Poeta Louco. Seu nome, com o tempo, foi se ocidentalizando até ser conhecido como Belaçar ou Abdelésar. Parece que, insatisfeito tanto com a fé islâmica que seu pai professava como pelo culto egípcio antigo ao qual sua mãe era secretamente fiel, ele se dedicou a investigar o desconhecido e o misterioso. Com o tempo, chegou a formular uma curiosa teologia em que falava de seres inteligentes anteriores ao homem que tinham usado nosso mundo como campo de batalha. Nada demasiado original, se você conhece o *Maharabata* ou muitos dos poemas épico-religiosos das culturas primitivas. Com base nessas crenças, o homem compilou um grimório chamado *Al Azif*, um título enigmático de difícil de tradução em qualquer língua ocidental, embora uma tradução aproximada poderia ser "O Sussurro do Diabo". Com o tempo, ele seria traduzido para o grego. O que temos de concreto é que, em Constantinopla, Theodorus Philetas teria feito uma tradução secreta que circularia entre vários fiéis sob o título de *Necronomicon*. Seu patriarca, o sábio Miguel, o proibiria pouco tempo depois e tentaria destruir todas os exemplares do grimório, tarefa na qual, sem dúvida, fracassou. Isso eu soube ao descobrir que, em 1228, Olaus Wormius o traduziu para o latim. Mais uma vez o livro seria proibido, desta vez pelo papa Gregório IX. Com a chegada da imprensa, várias edições foram feitas: uma na Alemanha no século XV e outra na Espanha no XVII. A versão grega também seria impressa por volta de 1550, na Itália, embora essa edição tenha desaparecido sem deixar o menor rastro. Pouco tempo depois, o Doutor John Dee teria acesso ao volume, possivelmente por meio de um manuscrito espanhol, que ele traduziu para o inglês e imprimiu em 1571, sob o título de *Necronomicon* ou *Livro dos Mortos*. As autoridades religiosas de todo o mundo tentaram proibi-lo e destruí-lo, embora com pouco êxito. Que se saiba, existem três cópias no mundo ocidental, embora a possibilidade de que circulem secretamente outros exemplares não seja descartada. Há uma na Universidade de Harvard, em Massachusetts, outra na Espanha e uma terceira na Inglaterra. Neste caso, nada mais, nada menos do que o manuscrito original de John Dee, já que a versão impressa não sobreviveu ao anátema que o arcebispo de Canterbury lançou sobre ele. Basicamente, essa é a história do livro, Watson, até onde eu pude investigá-la.

Durante um bom tempo, fiquei sem palavras. Como um bom católico, parecia absurdo para mim que alguém estivesse atrás de um manuscrito antigo que falava de *djinns*, golens e outras fantasias macabras de similar natureza. Parecia ser mais fruto da imaginação febril do capitão Burton ou de algum desses exploradores com ar de estrangeiro do que algo a ser levado a sério. Talvez, numa espécie de estranha absorção de *As mil e uma noites*, na qual o narrador tivesse se direcionado ao macabro em vez do obsceno. Não pude evitar de perguntar a Holmes:

— Mas por que vir a Londres em busca do livro? Se há uma cópia em Harvard, e se a memória não me falha, o estado de Rhode Island não está longe de Massachusetts, onde acredito que a Universidade está localizada. Em qualquer caso, eles estão no mesmo país. Ou seja, nosso amigo não precisaria cruzar o oceano para obter uma cópia do grimório.

— Sua memória é excelente, meu amigo. No entanto, das cópias que circulam pelo mundo, a do Doutor Dee é a única completa, ou pelo menos isso é o que se acredita, já que ninguém de nosso século pôde ver o original.

— Concordo, mas não consigo entender o porquê de tanto interesse.

— Vejo seu ceticismo nessa pergunta, caro amigo. E o compreendo, acredite. Como uma criatura racional, é desconfortável admitir a possibilidade de outros reinos que não estariam sujeitos à mesma lógica que este. Em qualquer caso, não se trata de interesse. Ou melhor, até recentemente, digamos, há uns quatro anos, era justamente o contrário, pelo menos nos círculos mais especializados. Para os ignorantes, *Al Azif* pode ser uma quimera, e para os estúpidos, uma maneira rápida de obter poder. Para aqueles que realmente têm conhecimento, entretanto, trata-se de uma ferramenta perigosa. O livro foi guardado com zelo e os poucos com acesso a ele não se sentiam muito impelidos a consultar suas páginas. Era um livro que inspirava temor, não interesse. Mas algo aconteceu. Há algum tempo, circula um rumor pelo mundo ocultista que alterou substancialmente a visão que se tinha do livro. Ele já não é mais uma fonte de perigo como também de poder.

Estava morrendo de vontade de perguntar-lhe o que seria aquele rumor. Mas a expressão em seu rosto me indicava claramente que ele ainda não estava disposto a me comunicar aquilo.

— Não entendo — me conformei em dizer.

— Suponho que ainda não, Watson. No entanto, asseguro-lhe que esclarecerei tudo antes que este assunto termine.

Eu assenti. Tal promessa não era necessária. Minha confiança em Holmes nunca se viu frustrada e eu sabia que aquela não seria a primeira vez. Uma nova pergunta rondava minha cabeça.

— Vejo que mudou de ideia — eu disse.

Aquilo pareceu pegá-lo de surpresa, algo que me agradou enormemente. Não havia muitas coisas no mundo que pudessem surpreender Sherlock Holmes.

— Com respeito a quê?

— Você afirmou que o falso Sigerson tinha tomado essa identidade para atraí-lo. No entanto, agora parece claro que seu propósito não era outro senão roubar esse livro e que o atrair foi uma consequência inesperada de seu disfarce.

— Sim, isso é o que parece, não é? — Ele disse isso como se pensasse outra coisa. — E agora, que tal alguns minutos de música antes de irmos para a cama e ao nosso merecido descanso?

Eu assenti com entusiasmo e, durante meia hora, Holmes me deu uma rápida sucessão de peças alegres e melodiosas que apaziguaram meu ânimo. Meu ouvido musical é bastante nulo, reconheço, então eu não saberia dizer se se tratavam de temas já conhecidos ou se eram improvisações de meu amigo. Eu me sentia atraído pela música, como qualquer outra criatura sensível. Ela despertava ecos estranhos em meu peito, emoções nem sempre cômodas ou agradáveis. No entanto, parecia-me muito difícil distinguir uma peça de outra, nomeá-la ou mesmo associá-la a um compositor ou outro. Indiferente disso, o resultado contribuiu para alegrar meu ânimo. Logo dissemos boa noite e cada um entrou em seu quarto. Com a alma tranquilizada pela música que Holmes interpretara, deixei-me cair quase que imediatamente nos braços do sono.

Sonhei que era um califa árabe e que escrevia um livro cujas páginas eram rostos humanos. De repente, amanhecia e meu quarto se enchia de uma luz dourada que o tingia todo de um tom insuportavelmente nauseante. Da escuridão surgiu uma garra com muitos dedos enquanto o rosto de Samuel Liddell Mathers me olhava com zombaria e me ameaçava com um guarda-chuva, do qual despencavam pálidos signos. Ouvi uma gargalhada. Era o riso de Holmes, vestido de fraque e usando um turbante, que trazia uma enorme gema incrustada nele. Eu o ouvi dizer: "Lanif ues o oãn airodebas ad oipicnirp o é acigól a", palavras que ele repetiu várias vezes, como um conjuro. De repente, a tempestade caiu sobre nós e o livro que eu escrevia transmutou-se em uma polpa pegajosa.

Acordei nesse momento. Permaneci com os olhos abertos por alguns minutos, mas logo o sono voltou a vencer-me. Desta vez, não fui perturbado por nenhum pesadelo.

Curiosamente, no dia seguinte, ainda recordava dos murmúrios que Holmes repetia em meu sonho.

X

O doutor Watson investiga

QUANDO ME LEVANTEI na manhã seguinte, Holmes já tinha saído. Na mesa, ao lado do café da manhã, me esperava um breve recado em sua caligrafia, tão esmerada quanto peculiar, na qual me informava que finalmente decidira deixar de bancar o preguiçoso para se lançar ao que estava há dias farejando. "Talvez eu tenha êxito onde meus irregulares fracassaram", concluía a nota. Assim, não foi difícil imaginar que naquele momento Holmes percorria as ruas de Londres disfarçado com maestria e irreconhecível até para mim, que o conhecia melhor que ninguém.

Após o desjejum, passei o resto da manhã percorrendo minha imaginação em busca de respostas às questões mais diversas, embora todas relacionadas com aquele caso, cuja pista era agora perseguida por meu amigo. Se havia entendido bem suas explicações dos últimos dias, o falso Sigerson — de acordo com Holmes, aquele Lovecraft cuja mensagem cifrada ainda lhe dava dores de cabeça — tinha vindo à Inglaterra há mais de um ano, adotando a personalidade do explorador norueguês. Ele entrou em contato com a Aurora Dourada, identificando-se como um membro da franco-maçonaria egípcia, a que talvez pertencesse realmente. Depois de fazer amizade com o Senhor Mathers, o Grande Mestre da ordem, e com o Protetor James Phillimore, descobriu onde se guardava o grimório da seita, o *Necronomicon*, tão famoso entre os círculos ocultistas como desconhecido para o público em geral, entre o qual eu me incluía.

Ali se abriram várias possibilidades. A que mais me atraía era que, achando-se descoberto por Holmes durante sua conferência, ele decidiu adiantar seus planos: fingiu sua morte e logo depois assassinou Phillimore, cuja identidade suplantara em seguida. Com isso feito, não foi difícil para ele entrar no Anthropos Club, onde a ordem tinha sua sede, e apoderar-se do infame livro.

Mas havia algo que não se encaixava. Se Lovecraft desejava contatar a Aurora Dourada, ele não precisava se passar por Sigerson. Ao contrário, tal impostura era um erro, pois o colocaria, mais cedo ou mais tarde, sob a mira de Sherlock Holmes. A menos, claro, que Lovecraft ignorasse que Holmes fosse Sigerson e o tomasse por personalidade real. Mas, mesmo nesse caso, ainda havia o risco de que o verdadeiro Sigerson o denunciasse como impostor. Era absurdo. Quanto mais eu pensava nisso, mais me dava conta de que Lovecraft só podia ter adotado essa personalidade com um único propósito: atrair Holmes. Mas, por qual motivo? Seu trabalho era perigoso e arriscado, e quanto mais anônimo fosse, melhor. Não tinha sentido alertar a mente mais afiada da Inglaterra.

Quanto mais voltas eu dava nesse assunto, menos claro o via. A tudo isso se somava seu curioso secretário, o jovem Adamson, cuja presença intrigava tanto a Holmes quanto a mim. E, no entanto, aparentemente ele não estava preocupado com ele, como se ele não tivesse a menor importância em tudo aquilo, deixando-o nas mãos da polícia oficial, que mais de uma vez os classificava como desleixados e lerdos. E foram esses os comentários do meu amigo. Sim, havia decifrado aquela alusão da mensagem ao príncipe que havia abdicado, mas ele não estava seguro de poder acreditar nela. Pelo que eu sabia, em nenhuma das casas reais europeias tinha algum príncipe que havia abdicado. Possivelmente, aquela frase era outra chave, como as referências à "sabedoria dos mortos" ou à "irmandade de Jemi", que meu amigo havia decifrado, mas não queria compartilhar comigo. Eu estava acostumado a esse procedimento por parte de Holmes, mas, apesar dos anos transcorridos, não deixava de doer-me cada vez que ele ocultava de mim qualquer informação. No entanto, ele não era alguém com quem se pudesse discutir, sendo inútil tentar alterar seu modo de se comportar. Somente tinha que aceitá-lo ou rejeitá-lo, sem mais alternativas.

Além disso, parecia-me ridícula aquela intriga em torno de um suposto livro proibido, cheio de conhecimentos arcanos sobre os poderes ocultos. Também não era o tipo de caso em que Holmes costumava se envolver. O mais próximo que já estivemos de um caso em que as forças do oculto pareceram envolvidas — embora não tão próximos quanto chegaríamos a estar como no caso do Lorde Robert Saville, que ainda levaria anos para alcançar minhas reflexões — tinha sido na investigação da maldição dos Baskerville e, no final, foi revelado como uma hábil fraude destinada ao propósito mundano de garantir uma herança. Holmes nunca tinha manifestado o menor interesse pelo mundo do ocultismo. É verdade que ele lia com autêntica voracidade a literatura sensacionalista, mas sempre aquela referida a crimes violentos. As obras de pessoas como Arthur Machen, Bram Stoker ou Edgar Allan Poe o entediavam e ele sempre achou a novela gótica insuportavelmente cansativa. Mas aqui, de repente, descobria que ele conhecia de cor os membros de Aurora Dourada, ou que era capaz de recitar para mim sem hesitar a história bibliográfica do que parecia ser o mais famoso dos grimórios. A explicação que o próprio Holmes me havia dado, a de que ele adquirira todos os seus conhecimentos enquanto investigava a organização criminosa de Moriarty, não me convenceu. No final das contas, ele próprio havia reconhecido que o único interesse que o havia levado a investigar o mundo do ocultismo era comprovar suas possíveis relações com o falecido professor, e para tanto não era necessário se tornar um especialista em todas as manobras e meandros da Aurora Dourada.

De repente, lembrei-me do que ele me contou sobre suas andanças, quando personificou Sigerson: ir ao Tibete e falar com o Grande Lama, cruzar a Pérsia, chegar a Meca, entrevistar o Califa de Jartum e, finalmente, introduzir-se no Vaticano para trocar opiniões com Sua Santidade. Por que aquele repentino interesse pelo místico e pelo religioso? Fazia mais de treze anos que eu conhecia Holmes e nunca tinha visto tal particularidade sua até poucos dias antes.

O ano-chave parecia ser 1891, o ano em que Holmes começou a personificar Sigerson, e o ano em que Mathers tinha começado seus planos para assumir o controle da Aurora Dourada. E Holmes, na noite anterior, havia me dado uma nova informação ao dizer-me que, há quatro anos — ou seja, novamente em 1891 —, um rumor começou a circular pela Europa, um rumor que mudou a natureza das relações que os ocultistas mantinham com o misterioso grimório árabe. Sim, estava claro. Algo havia ocorrido pouco antes da morte de Moriarty, algo que levara Holmes a se interessar pelo mundo do oculto e suas lendas. E esse algo, dissesse o que dissesse o meu amigo, não tinha nada a ver com o professor e sua organização criminosa.

Meus pensamentos foram interrompidos no meio da manhã pela visita intempestiva de Arthur Conan Doyle. Ele apenas se deteve na Baker Street o suficiente para me informar de que o Necronomicon havia sido roubado, isso antes de sair novamente. Mas não sem antes dizer-me que os membros do Aurora Dourada estavam dispostos a pagar a Holmes o valor que fosse para recuperar o livro. Eu o tranquilizei o quanto pude — o que não foi muito, confesso — afirmando que meu amigo estava colocando todo o seu empenho nesse assunto. Depois disso, eu o vi descer as escadas de dois em dois degraus, algo realmente incomum para um homem de sua corpulência.

Almocei, apesar de não me recordar no que consistia aquela refeição. Minha mente borbulhava de ideias, cada uma mais disparatada que a anterior, e o mistério me surgia mais e mais insondável. Só havia uma conclusão a aceitar: o que Holmes tinha feito durante os três anos em que o mundo o tinha dado por morto estava relacionado ao caso cuja pista ele seguia agora, mesmo que de uma forma que eu não conseguiria imaginar. Foi quando recordei, como se a luz me cegasse no caminho de Damasco, de nossa entrevista com Isadora Persano e de sua afirmação de que as primeiras notícias sobre as andanças de Holmes sob a personalidade de Sigerson se originaram no Diógenes Club, o clube do qual o membro fundador era Mycroft Holmes.

Preso de excitação, olhei meu relógio. Eram quase quatro e meia, e Holmes ainda não havia retornado. Não podia esperar mais. Eu sabia que às quatro e quarenta e cinco, pontual como um relógio, Mycroft Holmes cruzaria as portas de seu clube para passar a tarde e lá ficaria até às sete e quarenta. Eu me lavei, me vesti rapidamente e fui para a rua. Pouco depois, eu conseguia um coche e dirigi-me à Regent Circus, chegando à Pall Mall e finalmente parando em St. James, não muito longe do Hotel Carlton. Eu paguei o cocheiro e atravessei as portas do clube mais estranho de Londres, onde era possível a expulsão de um membro simplesmente por dirigir a palavra a outro.

Eu já o conhecia, então me dirigi ao salão de convidados e disse ao mensageiro que queria ver o Senhor Mycroft Holmes. Pouco depois, o irmão do grande detetive entrava na sala, ainda mais corpulento que a última vez que eu o havia visto.

— Ah, doutor Watson, que prazer. Vejo que deve ser um assunto importante que o trouxe até aqui, ou não teria saído tão depressa de casa.

Eu não comprendi como ele podia ter chegado a essa conclusão até que, olhando para baixo, reparei que um dos meus sapatos tinha os cordões meio desatados.

— De fato, é importante.

— E também vejo que não é uma ordem do meu irmão. Eu me atreveria a dizer que ele até mesmo ignora o fato de sua vinda até mim.

— Isso mesmo, embora eu não saiba como...

— Ler rostos é uma tarefa interessante. O senhor, por exemplo, tem a expressão de um caçador furtivo. E por trás de quem poderia estar fazendo algo, senão de seu melhor amigo? Mas sente-se e tomaremos uma taça de brandy.

Certamente ele era um homem extraordinário, cujos poderes dedutivos eram iguais, senão superiores, aos de seu irmão. Na verdade, Holmes me contou em certa ocasião que Mycroft tinha vantagem sobre ele, embora fosse algo que eu mal pudesse acreditar, sobretudo depois de tantos anos assistindo como um espectador privilegiado aos dotes portentosos de meu amigo.

Claro, menos crédito lhe daria pouco depois da afirmação de Holmes de que seu irmão era, nada mais e nada menos, que o próprio "governo britânico". E, no entanto, sua participação no assunto dos planos do submarino de Bruce-Parlington, em novembro daquele mesmo ano, me demonstraria amplamente que Mycroft se movia a níveis insuspeitosamente altos e que o que ele sabia ou ignorava podia abalar os alicerces do Império. Nesse dia, não compreendi isso, mas hoje vejo claramente que Mycroft não era outra coisa senão parte — talvez a única naquele momento? — do que hoje chamaríamos de Serviço Secreto.

— Não sei se você sabe no que Holmes e eu estamos metidos agora...

— Na verdade, há muito tempo perdi a pista de Sherlock, quase desde seu retorno. Mas espere um momento, doutor.

Enquanto eu bebia lentamente meu copo de brandy, Mycroft Holmes aproximou-se de uma pilha de jornais atrasados e os folheou rapidamente.

—Eu já vejo — ele disse, voltando a sentar-se na minha frente. — Forçosamente, ele tem de estar investigando o assunto do falso Sigerson e seu vínculo com a Aurora Dourada. Um tema interessante. E o que o trouxe até aqui, Senhor Watson?

O fato de que ele tenha deduzido aquilo das informações vagas que os jornais davam sobre o assunto era uma nova prova dos dotes portentosos daquele homem.

— Tenho razões para acreditar que este caso tem raízes mais profundas do que parece. Acredito que Holmes, talvez sem dar-se conta, começou a trabalhar nele enquanto todos nós o dávamos por morto. Se a memória não me falha, você era o único que estava a par de seu segredo. Neste caso, pensei que pudesse me dizer algo.

Mycroft Holmes parecia assombrado, como se de repente um animal de estimação previsível e pouco brilhante tivesse feito algo inesperadamente inteligente. Imediatamente, ele recuperou sua atitude imperturbável habitual, estalou a língua e disse:

— Eu sinto muito por isso, Doutor Watson. Eu sempre me deleitei com as narrativas das façanhas de meu irmão e nunca escondi o fato de que via a relação com alguém honrado, cálido e, me perdoe, ingênuo como você, como benéfica ao caráter frio de Sherlock. Mas, neste caso, receio que meus lábios estejam selados. O segredo não pertence a mim. Se Sherlock não quis colocá-lo a par de seus antecedentes, não acredito que eu posso fazê-lo. Sinto muito de verdade, doutor.

Eu procurei dissimular minha desilusão, embora, desde o início, não tivesse podido enganar a mente afiada que me contemplava da outra poltrona. Findei a taça de brandy e, depois de trocar algumas trivialidades com Mycroft Holmes, me despedi.

Lá fora, a noite já havia caído há um bom tempo. O inverno terminava e pouco faltava para a chegada da primavera, e no céu, parcialmente sem nuvens, as estrelas brilhavam timidamente. Não estava frio e minha antiga ferida de guerra não me incomodava, o que me fez ir andando para casa.

Quando cheguei à Baker Street, com a noite bem avançada, Holmes ainda não havia regressado. Na lareira, o esperava um telegrama que havia colocado ali, sem dúvida, a boa senhora Hudson. Normalmente, eu nunca teria me atrevido a abrir um telegrama destinado a Holmes, mas se por um lado pressentia que podia ser algo urgente, por outro, minha frustrada entrevista com Mycroft Holmes tinha irritado meu ânimo. Então, rasguei o papel e li a breve nota:

ESTOU NO CARLTON. QUARTO 112. EU JÁ O TENHO.
ESPERO POR VOCÊ. PERSANO.

Era incrível aquilo. Eu acabara de passar ao lado do Carlton ao voltar para casa, sem imaginar que este jornalista astuto nos esperava em um de seus quartos. Estive tentado a sair de novo e ir sozinho ao encontro. Mas logo percebi de que pouco teria obtido ao confrontar um intelecto que me ultrapassava amplamente, como era o caso daquele jovem.

Assim, contentei-me em sentar, de frente para a lareira, com o telegrama em mãos, esperando enquanto as horas passavam e Holmes não voltava.

Devo ter adormecido naquela posição.

XI
Um verme desconhecido para a ciência

ACORDEI COM A inquietante sensação de que alguém me vigiava. Quando abri os olhos, vi diante de mim um rosto envelhecido e estragado pelo álcool que me examinava inquisitivamente.

— Muito bem, Watson — disse a voz de Holmes, saindo daqueles lábios embriagados. — Seus costumes estão se tornando mais peculiares com a idade.

Ainda desorientado, não soube o que dizer. Finalmente, depois de piscar meia dúzia de vezes, pude me levantar da poltrona e esticar minhas sofridas articulações. Todo o meu corpo doía.

— Holmes! — falei. Ele finalmente havia voltado.

— Sim, e a tempo de tirá-lo de um sono não muito reparador, ao que parece.

Ele falava com uma voz alegre, enquanto se desprendia dos últimos vestígios de seu disfarce com a ajuda de uma esponja úmida. Eu me lavei um pouco e, ainda com os meus ossos tremendo de dor, sentei-me para tomar o café da manhã ao seu lado.

— Você encontrou alguma coisa?

— Absolutamente nada, meu querido amigo, nada de nada.

No entanto, o tom festivo de suas palavras parecia desmenti-lo. Ele atacou com verdadeira ânsia o bacon e os ovos e, sem parar de mastigar, explicou:

— Perdi um dia inteiro. Ou talvez não, dependendo de como você olha para isso. Eu usei nada menos do que três disfarces e entrei em todos os hotéis, hospedarias e pensões de Londres em busca do nosso amigo Lovecraft. Nada, nem rastro. Como se a terra o tivesse tragado, como se já não estivesse na Inglaterra, o que poderia muito bem ser, se considerarmos que estamos em três de março. Embora eu não acredite. De algum modo, tenho a sensação de que nosso homem ainda está na cidade. No entanto, enquanto eu continuava com minhas investigações mal sucedidas, ocorreu-me que, na realidade, eu tivesse tomado o caminho errado. Um homem como o que perseguimos não alugaria um quarto e definharia nele. Não, todos os meus instintos dizem que estamos enfrentando um homem de ação, e se o que eu suspeito é certo...

— Santo Deus! — exclamei de súbito. — O telegrama!

Holmes me olhou estranhado.

— Que telegrama? Não havia nenhum na bandeja.

— Não. Eu estava com ele. Chegou ontem à noite. Acho que adormeci com ele na mão.

Levantei-me e comecei a andar na direção da lareira. Não demorei a encontrá-lo. Ele havia caído entre as cinzas quando adormeci. Por sorte, a noite anterior havia sido quente e não julguei necessário acender a lareira. Caso contrário, essa mensagem importante teria virado cinzas.

Alisei o papel amassado e o entreguei a Holmes. Ele leu brevemente e, sem terminar o café da manhã, levantou-se, pegou seu sobretudo e sua capa de chuva e foi em direção à porta.

— Vamos, Watson, o que você espera? Pode ser que seja tarde demais.

Chamamos um coche e Holmes prometeu uma generosa gorjeta para o cocheiro se os cavalos se apressassem e nos fizessem chegar ao Carlton em quinze minutos. Por sorte, Londres estava quase deserta naquela hora da manhã e, treze minutos depois, descemos em frente ao hotel. Holmes atravessou o saguão com rapidez, passou diante de um mensageiro que cochilava ao lado dos elevadores e começou a subir as escadas de dois em dois degraus. Eu o segui como pude, e pouco depois chegava ofegante à porta do quarto 112. Holmes a esmurrava sem piedade, mas também sem resposta.

— Watson, fique alerta para o caso de alguém aparecer.

Eu dei meia volta e vigiei o elevador e as escadas, enquanto Holmes extraía de sua carteira o que só poderia ser uma gazua. Eu o ouvi inseri-la na fechadura e, logo depois, ouvi o estalo familiar que indicava que a porta estava aberta.

— Em frente.

Nós entramos no quarto, que tinha as persianas fechadas, apesar da hora, o que deixava o cômodo parcialmente escuro. Holmes fechou a porta nas suas costas, iluminou o quarto e, com um passo determinado, se encaminhou ao dormitório. Ouvi seus passos pararem e o segui.

Deitado no chão estava o homem que um dia tinha sido Isadora Persano, já incapaz de lembrar seu nome ou qualquer outra coisa. Ele respirava entrecortadamente e seus olhos pareciam fixos no infinito, perdidos num além do qual não voltariam. Em sua mão direita estava uma caixa de fósforos parcialmente aberta. Sua boca se abria e fechava, balbuciando incoerências.

Holmes se abaixou e aproximou o rosto da boca do jornalista. Eu fiz o mesmo e pude ouvi-lo sussurrar:

— Jabberwocky... Jabberwocky...

Aquelas quatro sílabas não tinham sentido para mim, mas Holmes seguia escutando, cada vez mais interessado. Eu me sentia mais atraído, sem saber muito bem por que, para a caixa de fósforos meio aberta que a mão do jovem segurava. Eu me aproximei dela. No interior da caixa, se movia algo pequeno, esbranquiçado, de uma consistência leitosa e palpitante. Meus olhos contemplaram fascinados uma criatura vermiforme que se ondulava, arrematado por uma boca sem lábios e dois olhos que pareciam me olhar, hipnóticos, dois olhos em que havia uma expressão que só podia ser definida como inteligente, astuta, diabólica. Senti que o mundo ao meu redor desaparecia, com tudo ficando borrado e girando, mais e mais rápido...

Voltei de repente à realidade, como se tivessem me golpeado na boca do estômago. Eu estava no chão, piscando, enquanto Holmes pisoteava várias vezes o que tinha sido a caixa de fósforos e seu conteúdo horrível. Terminado o seu trabalho frenético, se virou para mim, com preocupação e medo intenso, tudo pintado naquele rosto anguloso e reservado que eu tão bem conhecia.

— Você está bem, Watson? Diga-me que está bem, pelo amor de Deus, eu suplico. Eu não me perdoaria se...

— Eu estou perfeitamente bem, Holmes — respondi.

Eu vi o alívio que surgia em seu rosto, um alívio substituído imediatamente por sua habitual expressão de frieza. Outro homem poderia ter se arrependido ou se envergonhado de seu súbito estalo emocional. Holmes se limitou a apagá-lo, a fazê-lo desaparecer da existência com um simples gesto — até o ponto em que seu interlocutor poderia pensar que havia imaginado tudo.

— Fui um estúpido ao deixar você se aproximar. A primeira coisa que eu deveria ter feito ao entrar no quarto era esmagar essa caixa e seu conteúdo imundo. Por sorte, nada de grave ocorreu.

— E Persano? Perguntei, me levantando.

— Você é o médico, Watson. Eu diria que ele está além de toda a ajuda humana. Persano enlouqueceu completamente.

Eu me abaixei, não precisando de um exame muito cuidadoso para perceber que Holmes não estava errado. O olhar do jovem ainda estava perdido no infinito e um fiozinho de baba escorria do canto dos lábios parcialmente abertos. Ele havia parado de balbuciar.

Enquanto isso, Holmes chamou o zelador e o colocou a par do ocorrido, pedindo-lhe para avisar a polícia. Enquanto a esperávamos, Holmes fez desaparecer qualquer rastro da caixa de fósforos e efetuou uma busca rápida, porém minuciosa, pelo quarto e pelo objetos pessoais do jornalista. Finalmente, dentro de sua jaqueta, encontrou um pequeno caderno escuro que não podia ser outra coisa senão sua caderneta de anotações.

— Odeio ocultar provas da polícia oficial. Mas temo que, neste caso, seja o melhor. Vamos dar uma olhada nela em Baker Street.

— Holmes — perguntei. — O que era aquilo... que havia na...?

— Digamos que um verme, Watson, um verme desconhecido pela ciência.

Ele não acrescentou nada à conversa. Pouco depois, a polícia apareceu. Holmes lhes explicou que recebemos um telegrama de Persano marcando um encontro e que, ao chegarmos, encontramos a porta aberta e o jornalista no estado em que os policiais viam agora. Eles nos fizeram mais algumas perguntas, que respondemos com laconismo, e, depois de garantirmos que estavámos à disposição deles, saímos do hotel. Quando subimos no coche, lembrei-me da visita de Arthur no dia anterior. Contei a Holmes o que eu estava pensando, mas ele apenas parecia prestar atenção.

— Sim, isso era lógico — murmurou.

No caminho de volta à Baker Street, sentia-me atordoado. Lembrei de meu comportamento no dia anterior e de minhas investigações infrutíferas no Diógenes Club. Fiquei envergonhado por duvidar de Holmes, mas, ao mesmo tempo, não podia evitar certo ressentimento pelos fatos que ele mantinha ocultos de mim. Eu olhava para o meu amigo e imediatamente desviava o olhar, num gesto que ele não parecia reparar, fumando languidamente seu longo cachimbo. Logo me lembrei da expressão em seu rosto quando acreditou que algo havia de fato acontecido comigo no quarto do jornalista e não pude deixar de me amaldiçoar por duvidar desse homem notável.

Tudo isso desapareceu, no entanto, quando me veio à memória uma frase que Holmes tinha deixado escapar durante o café da manhã, referente ao fato de que talvez o indivíduo que perseguíamos já tivesse deixado a Inglaterra, pois estavámos em três de março. Perguntei-lhe o que ele quis dizer com aquilo.

— É muito simples, Watson. Lembra-se da mensagem? Sempre acabamos voltando a ela, mais cedo ou mais tarde. "Marcharás até alcançar o mundo invertido". Ainda não sei o que ou quem pode estar referido nesta última parte, mas a primeira parte agora está clara. Pense, Watson, Marcharás ou You shall march. Trata-se de um verbo que raramente usamos com um sentido diferente do militar, e ainda menos no tempo futuro. Nós costumamos dizer "irás", "chegarás", "caminharás", até mesmo "partirás", mas concordará comigo que "marcharás" é pelo menos estranho. Não seria mais lógico que eu estivesse aludindo de forma velada ao mês de março em inglês? Portanto, é elementar supor que o nosso amigo Sigerson, Phillimore, Lovecraft ou como quisermos chamá-lo, usando um meio que ainda não consegui descobrir, nos deixará durante o mês de março. Ainda ignoro o dia, e é por isso que eu disse que é bem possível que ele já tenha partido. Desde logo, só tem uma opção, de barco, porque, afortunada ou desgraçadamente, a Inglaterra segue sendo uma ilha e somente se pode sair dela por mar. No entanto, enquanto não soubermos quem ou o que irá "alcançar o mundo invertido", desconhecemos em que barco ele embarcará ou em que nau já embarcou.

— Suponho que você tenha os portos controlados.

— Certamente, Watson, meus irregulares os vigiam dia e noite. No entanto, se eles não conseguiram encontrá-lo na cidade, eu não acredito que eles terão êxito no porto — disse ele, dando uma profunda tragada em seu cachimbo. — Não, acho que sei onde o nosso homem pode estar escondido: em um lugar onde sua habilidade de disfarçar-se deve passar despercebida. Mas isso não é o que me preocupa agora e sim o que Persano dizia quando entramos em seu quarto.

— Não pareceu fazer o menor sentido.

— Talvez não, mas acreditei captar algo parecido com "Jabberwocky". E por algum motivo essas sílabas tão extravagantes são familiares para mim.

— Sim, eu também ouvi algo semelhante. Não poderia ser o nome do... do verme? — Sherlock Holmes lançou uma gargalhada longa e franca no ar.

— Não, embora, por algum motivo, não me pareça uma ideia completamente descabida. É curioso, muito curioso. — Ele pareceu ensimesmado por alguns instantes. — Não, Watson, nunca ouvi falar desse tipo de... verme sendo chamado assim. Mas quem sabe?

Naquele momento, chegamos à Baker Street. Enquanto subíamos as escadas, Holmes não deixava de me olhar. Assim que entramos em nossos aposentos, ele disse, de modo indiferente:

— Percebi que, na tarde de ontem, você se ausentou de casa.

— É verdade — eu disse, voltando a inquietar-me.

— Sim, e seu casaco jogado de qualquer maneira na cadeira proclamava alto que você voltou um pouco agitado. Eu não acredito que esteja incorreto ao supor que esteve com meu irmão.

— Sim, Holmes — respondi, sem me atrever a olhar em seus olhos.

Ele sentou-se na frente da lareira.

— Entendo. Eu deveria ter previsto isso. Mas você sempre me surpreende, Watson. Toda vez que eu acredito que posso prever inequivocamente suas reações, você aparece com algo inesperado. Talvez seja a forma que o universo encontre para me dizer que nem tudo é tão mensurável quanto gosto de acreditar e que há coisas que continuarão me escapando.

Ele sorriu, e havia um calidez surpreendente em seu sorriso. Não pude deixar de devolver-lhe outro sorriso.

— Então você chegou à conclusão de que, durante a minha suposta morte, investiguei algo relacionado a este caso. É o único motivo que você teria para ver Mycroft, já que ele era a única pessoa que sabia que eu estava vivo. Além disso, talvez você suponha os verdadeiros motivos de minhas investigações.

— Acredito que sim.

— Às vezes você é capaz de uma sagacidade que me enche de espanto. E, certamente, me agrada. — Ele sorria enquanto enchia novamente seu cachimbo. — Tudo será esclarecido em seu tempo, Watson, eu prometo. Confie em mim.

— Eu sempre fiz isso.

— Mas às vezes você tem dúvidas, não é? Não seria humano se não as tivesse. Bem, temo que, depois de comer, terei de deixá-lo mais uma vez sozinho. Já lhe disse que tenho uma nova pista nas mãos. Agora, vamos dar uma olhada no caderno do nosso desafortunado amigo Persano.

Ele o abriu com mãos nervosas e começou a ler em voz alta.

— Vejamos. Três de fevereiro. Nada que tenha a ver com isso, pelo menos por enquanto. Não... Aqui está. Cinco de fevereiro: *curioso indivíduo relacionado à Aurora Dourada*. Eu sigo sua pista. Seis de fevereiro: *Sigerson é uma fraude*. Impressionante, em um único dia. Oito de fevereiro: *origem Diógenes Club, Mycroft Holmes*. Nada até doze de fevereiro: *Sherlock Holmes = Sigerson. Relacão atual?* Passamos para treze. *Sigerson é um franco-maçom egípcio. Seus propósitos, sem dúvida, objetivam o "Necronomicon"*. A mente desse jovem é impressionante, gostaria que ele tivesse confiado em mim enquanto ainda havia tempo. Mas é inútil se lamentar sobre o que já aconteceu. Sigamos. Quase não há anotações importantes até o dia da conferência: *Holmes na conferência. Sigerson atuará?* No dia seguinte: *Sigerson matou Phillimore. Ele ocupa seu lugar. Segui-lo*. No mesmo dia, um pouco mais tarde: *Baker Street. Tirar informações*. Bom, já viu como nesse aspecto ele ficou desapontado. Sigamos. A anotação seguinte é de ontem: *eu o encontrei. Aproximar-me quando a farsa acabar*. O resto está em branco... não, espere, há algumas páginas no final. A letra mudou, sem dúvida, ele estava em um estado de agitação extraordinária quando as escreveu. *Telegrama enviado para Baker Street. Espero que ele chegue a tempo e me ajude. Eu o vi e falei com ele. Eu sei como ele planeja fugir da Inglaterra. Ele me disse com absoluta frieza: Jabberwocky. Está muio claro, certamente. Quando nos separamos, ele me entregou a caixa de fósforos: "Você achará seu conteúdo interessante". Cheguei ao hotel e a abri. Acreditei que eu só a havia olhado por alguns segundos, mas já era quase noite quando voltei e me dar conta de onde estava. Fechei a caixa, mas era tarde demais. Espero que venha depressa.*

Eu não consigo resistir mais. Terminarei estas anotações e abrirei de novo a caixa. Tenho que vê-lo outra vez, tenho que vê-lo de novo. Jabberwocky, é claro, ele fugirá. Espero que Holmes possa encontrá-lo. Cuidado com o pássaro Júbaro! Não consigo resistir. Eu tenho que olhar para ele novamente. O último é quase ininteligível. Receio que não possamos tirar nada mais disso.

— Não entendi nada, Holmes.

— Eu diria que parece bastante simples. Ele entrevistou nosso homem e este lhe revelou a forma como fugirá da Inglaterra, sob a forma dessa palavra estranha, "Jabberwocky". Então, ele lhe entregou a caixa de fósforos. Diabólico. Certamente, ele sabia que uma vez que ele visse o que estava palpitando dentra dela, estaria perdido. Ou seja, na realidade, confessar seu plano de fuga não foi outra coisa senão uma brincadeira demoníaca e terrível. Lovecraft tem que ser um homem com uma vontade férrea para ter resistido à tentação de olhar o conteúdo da caixa de fósforo.

Engoli a saliva com dificuldade.

— Eu poderia...

— Sem dúvida, se continuasse a olhar para ela por mais alguns minutos, você teria acabado como nosso jovem jornalista. Mas você não precisa mais se preocupar com isso. — Ele bateu o joelho suavemente com a borda do caderno. — Hmmm. *Aproximar-me quando acabar a farsa.* Isso confirma minhas suspeitas. Mas o que pode ser esse Jabberwocky? E, no entanto, essa palavra não me é completamente desconhecida.

Ele permaneceu o resto da manhã ensimesmado. Na hora do almoço, comeu mecanicamente e, pouco depois, desapareceu dentro de seu quarto. Quando voltou a sair, era um homem completamente diferente: dez centímetros mais baixo, com um rosto ligeiramente corado e vestido com um fraque que não lhe caía nada bem.

— Bem, Watson. Aqui está o Grande Johnson, o maior mago que já pisou num palco e que percorrerá toda a Londres em busca de trabalho. Ou algo dessa natureza.

Ele piscou para mim e, pouco depois, saiu para a rua.

XII
Teatro de variedades

NÃO SOUBE NADA de Holmes durante toda a tarde. Eu imaginava que estivesse visitando diferentes teatros de variedades em seu disfarce de ilusionista, na tentativa de descobrir algo com seus olhos penetrantes. Mas o que exatamente? Eu não tinha a menor ideia.

Às seis da tarde, Billy, o jovem que Holmes usou como mensageiro em mais de uma ocasião, trouxe-me uma mensagem de meu amigo. Ele marcava de me encontrar para o jantar às sete e trinta no Mancini, um restaurante que Holmes e eu já havíamos frequentado em outras ocasiões. Ele também me pedia para que eu não me vestisse com demasiada elegância. Isso me surpreendeu, mas não tive escolha a não ser concordar. Holmes poderia se tornar realmente irritante se fosse contrariado em pequenos detalhes como aquele.

Saí de casa e chamei um coche. Logo eu atravessava o Parlamento, deixava Whitehall para trás e me dirigia à Trafalgar Square. Logo depois, desci na Jermyn Street e entrei no restaurante.

Holmes estava me esperando e fiquei surpreso por terem deixado ele entrar. O Mancini não é um lugar onde seja comum encontrarmos trabalhadores e pessoas de baixa procedência. Era justamente dessa forma que Holmes se vestia, e pelos olhares que os clientes lhe davam, pude ver que ele não era exatamente bem-vindo. Sentei-me ao seu lado, um pouco desconfortável.

Holmes mal levantou os olhos da carta e ergueu uma sobrancelha.

— As aparências, Watson, as aparências — disse. — Nós estivemos neste lugar dúzias de vezes e sempre fomos magnificamente tratados. Você acredita que o garçom quis me colocar para fora e só não o fez porque, depois de alguns instantes, finalmente me reconheceu?

Não me custava acreditar, e eu disse isso a ele.

— Entendo. — Ele olhou minhas roupas com ar crítico. — Bem, você não está perfeitamente vestido para o que nos espera, mas espero que não destoe demais.

Senti-me ofendido por suas palavras. Evidentemente, eu não me vestia como Beau Brummel, nem usava nada que se parecesse com um terno de grife, mas minhas roupas eram asseadas e de confecção excelente.

— Bom, jantemos. Tenho a fome de um lobo.

Eu, no entanto, mal tinha apetite. Em vista disso, me conformei com um chá e alguns biscoitos enquanto Holmes devorava um jantar digno de Falstaff.

— Aonde vamos? — perguntei-lhe quando ele terminou seu jantar e fumava seu cachimbo.

— A um teatro de variedades, logicamente.

— Então você encontrou seu homem?

Uma faísca de malícia brilhou em seus olhos.

— Pode ser que sim, pode ser que não — disse, tirando seu relógio. — Mas é melhor que peguemos a estrada. A segunda sessão começará em breve e eu não gostaria de ter que acompanhá-la do poleiro.

Assim, quinze minutos depois, entramos no minúsculo teatro de variedades, em que as roupas humildes de meu amigo pareciam se encaixar perfeitamente. Eu me senti fora de lugar e compreendi então o propósito de Holmes ao me pedir que não me vestisse elegantemente. Por sorte, aqui e ali havia outras pessoas cuja vestimenta era de um estilo bastante semelhante ao meu. Em qualquer caso, não passávamos de pequenas ilhas naquele oceano de trabalhadores, criados e gente humilde.

A apresentação começou quase imediatamente e eu mentiria se dissesse que a desfrutei. Holmes tinha me acostumado a espetáculos mais refinados e aquele tinha pouco a ver com os concertos de Madame Neruda ou de Sarasate no St. James Hall. Diante de nós, comediantes *cockneys* que arrancavam as gargalhadas do público com piadas mal-intencionadas e cheias de duplos sentidos, entre magos, mágicos e cantores. Eu me esforcei ao máximo para tentar reconhecer entre os artistas de variedades ou o pessoal do teatro ou mesmo entre os espectadores as características do homem a quem Holmes e eu peseguíamos. Tudo inútil. Nenhum rosto parecia conhecido. Finalmente, a função chegou ao fim com a atuação da Sra. Pebbles, uma mulher horrível e quarentona que cantou duas canções bem pouco edificantes com uma voz áspera.

As luzes do cenário se apagaram e o público começou a sair. Holmes me fez um sinal para que eu esperasse e, quando o teatro estava quase vazio, foi em direção à entrada dos camarins.

Ninguém nos impediu de entrar. A agitação era quase ensurdecedora enquanto os atores se demaquilavam, os magos guardavam seus truques e os coristas mudavam de roupa. Por fim, Holmes chegou na frente do camarim que estava procurando e bateu na porta com os nós dos dedos.

— Entre — respondeu uma voz feminina cansada.

Nós entramos e nos encontramos na frente da mulher que havia fechado o espetáculo.

— Boa noite, Sra. Pebbles. Eu só queria felicitá-la pela sua atuação — disse Holmes, com um galante gesto que não pude deixar de achar ridículo.

— Não foi nada, querido, tinhas que ter me visto há muito tempo.

— Na verdade, eu a vi — falou, com um assomo de sorriso na boca. Você é uma atriz extraordinária, e creio que desperdiça seu talento neste teatrinho. Suas interpretações de Sigurd Sigerson e de James Phillimore foram soberbas. Eu infelizmente não pude estar presente na última delas, mas chegou ao meu conhecimento que foi insuperável.

Eu não pude dar crédito às palavras de Holmes, mas aquela mulher, cujo rosto estava, sem dúvida, envelhecido pelos anos de vida depravada, pareceu compreendê-las perfeitamente. Não demorei a compreender o que havia levado Holmes a sair pelos teatros de Londres fingindo estar procurando trabalho. Sem dúvida, essa mulher tinha a incrível capacidade de se disfarçar e fingir ser outra pessoa bem diferente daquela persona que Lovecraft havia bancado antes. Que melhor lugar para se esconder, então, do que entre as pessoas do mundo dos espetáculos? Enquanto esses pensamentos passavam pela minha cabeça, a "Sra. Pebbles" sorriu de forma desagradável e disse:

— Já me haviam comentado que você era um cão de caça difícil de despistar, Sr. Sherlock Holmes. Sente-se, por favor, e você também, Dr. Watson.

Sentamo-nos, Holmes na frente dela e eu um pouco mais perto, ao lado.

— Bem, Sr. Lovecraft, acredito que chegou a hora de se revelar.

— Você adivinhou isso também?

— Eu nunca adivinho. Isso prejudica a mente. E eu seria estúpido se me dedicasse a embotar minha ferramenta mais eficiente.

A "mulher" encolheu os ombros.

— Bem, então você deduziu tudo isso, inferindo, raciocinando, presumindo, o que quer que seja, qual é a diferença? Sim, você é tudo aquilo que disseram. — Ele pronunciou "tudo" com certa irritação. — O que deseja saber?

— Pouca coisa. Apenas a localização do Necronomicon e o nome do barco que você planejava utilizar para sair da Inglaterra.

— Ah, isso você ainda não sabe. Você não inquiriu o Sr. Persano? — perguntou, com um risinho que eu não pude evitar de achar inquietante.

— Ele não estava em condições de dizer grande coisa quando o encontramos — respondeu meu amigo. — Algo que não deve, de forma alguma, significar uma surpresa para você.

— Não, de forma alguma, reconheço. Uma lástima. — Suas mãos, com unhas longas e pintadas num vermelho vivo, estavam fechadas em torno de uma garrafa de aguardente. — Uma bebida, cavalheiros? Não? Bem, bebo a sua saúde.

Bebeu um longo gole, diretamente da garrafa. Enxugou a boca com o dorso da mão e nos olhou. Ela parecia extremamente satisfeita — ou deveria dizer "satisfeito" — com toda aquela situação. Estalou os lábios de repente, como se tivesse se lembrado de algo importante.

— Por certo — ele disse — tinha dado um presente muito especial ao Sr. Persano.

— Receio que o presente tenha sido destruído. Acidentalmente

Nosso interlocutor assentiu.

— E vocês não deram uma olhada nele antes? — Seu olhar se iluminou de repente. — Sim, vejo pela expressão do Dr. Watson que, pelo menos, ele o fez. Você não gostaria de olhá-lo novamente? Eu tenho outro, doutor.

Eu estremeci violentamente na cadeira. Senti que a mão de Holmes se fechava ao redor do meu braço e notei aquele contato tremendamente reconfortante, como se fosse uma âncora a que eu pudesse me agarrar para retornar ao mundo real.

— Não brinque conosco, Sr. Lovecraft. Eu duvido muito que você tenha se arriscado a trazer mais de uma delas com você.

— Você conhece todas elas, hein? Bom, se eu não posso mostrar-lhes essa encantadora criatura, o que mais posso fazer por vocês, cavalheiros?

— Dar-nos o livro e entregar-se.

— Oh, é claro. Eu deveria ter previsto isso. Lamento informá-lo de que o livro, apesar do que dizem, não está em meu poder. Quanto a entregar-me, receio que não esteja em meus planos.

— Sr. Lovecraft. — Parecia-me incongruente que Holmes se dirigisse ao que eu via como um "ele", apesar do nosso interlocutor parecer uma mulher, se comportar como uma mulher e falar como uma mulher. — Você pode sair conosco de bom grado ou então inconscientemente. Você escolhe.

— Você não me deixa muitas opções.

Ao dizer isso, ele pegou novamente a garrafa. Suas mãos tremiam enquanto a levava à boca. Sem dúvida, ele tinha que saber que estava encurralado. A melhor mente da Inglaterra o havia encontrado e desta vez ele não conseguiria sair. Nenhuma de suas artimanhas serviria para escapar. De repente, o vidro escorregou entre os seus dedos e caiu no chão. Eu me inclinei rapidamente para evitar que se rompesse em mil pedaços, e quando fiz isso, escutei Holmes:

— Watson, não!

Mas já era tarde. A mulher se moveu com uma velocidade e astúcia fatais e, antes que eu me desse conta, agarrou o meu braço direito e o torceu em minhas costas. Rapidamente senti o contato frio e afiado de uma navalha no pescoço. Ouvi sua voz junto a minha orelha, sussurrando:

— Como eu lhe disse, Sr. Holmes, não está em meus planos me entregar. Saia do camarim, exatamente dois passos à frente de mim. E você, Dr. Watson, não tente nada. Eu odiaria ter que cortar seu pescoço.

Mesmo que eu quisesse, não poderia ter feito nada. A forma com a qual ele segurava sua presa era tal que eu mal conseguia me mover ou respirar. Holmes começou a andar e saiu para o corredor, sempre seguido por mim e meu captor. Atravessamos a porta dos fundos do teatro e fomos a um beco escuro e malcheiroso.

— Chame um coche, Sr. Holmes.

Nós saímos da rua principal, bastante transitada naquelas horas. Eu senti como Lovecraft mudava o lugar em que pressionava a navalha sobre meu pescoço, embora isso não melhorasse minha situação: eu ainda seguia tão sujeito como antes, mas agora um observador casual não teria percebido algo estranho em nós.

Finalmente, Holmes encontrou um coche e o fez parar.

— Muito bem. Ponha-se ali, junto aos cavalos. Agora, doutor, entre no coche.

Isso eu fiz, com ele, ou ela, sempre colado nas minhas costas. Ele disse ao cocheiro para arrancar na direção de Charing Cross e, pouco depois, vi a figura de Holmes, completamente imóvel, ficar para trás. Ainda não tínhamos percorrido duzentos metros quando a voz do meu captor, agora totalmente masculina, disse:

— Boa noite, doutor.

Eu acreditei que estava condenado e que aquela criatura diabólica me cortaria o pescoço. Em vez disso, ele abriu a porta do carro e, antes que eu pudesse reagir, me vi caído no meio da estrada e o coche se afastando até se perder de vista. Ouvi passos atrás de mim e, logo depois, Holmes chegava ao meu lado e me ajudava a levantar.

— Sinto muito, Holmes, foi minha culpa.

Mas ele não pareceu afetado pelo que aconteceu.

— Não importa, Watson. Você está a salvo e essa é a única coisa importante.

— Por um momento, tive minhas dúvidas de que permaneceria assim — eu disse. — Eu pensei que ele ia me matar antes de me atirar do coche.

Holmes negou com a cabeça.

— Não, ele é muito esperto para isso. Ele deve, necessariamente, saber que, se tivesse lhe feito o menor dano, nada o teria livrado de mim, mesmo que todas as forças do inferno tivessem sido conjuradas por ele. — Ele pareceu repentinamente perturbado, como se essa explosão emocional estivesse fora do lugar. — Deveria tê-lo prevenido do astuto homem que encontraríamos.

— Homem ou mulher? — perguntei.

— O primeiro, certamente, embora sua personificação de uma mulher tenha sido, sem dúvida, soberba. — A voz de Holmes transbordava de admiração. — Bem, uma vez que nosso pássaro escapou, nada podemos fazer aqui, ao menos por ora. Peguei o número do coche, embora creio que isso não nos sirva de muito. Pelo menos, esse disfarce ele não se atreverá a usar, e temo que a Sra. Pebbles não voltará a animar o público com suas músicas maliciosas. Vamos, Watson.

Não foi difícil para encontrarmos um cabriolé e, pouco depois, atravessamos a Londres noturna. Minhas roupas estavam sujas e rasgadas e eu me sentia um pouco dolorido, mas, na realidade, minha dor era mais mental do que física. Por culpa de minha lerdeza e ingenuidade, Holmes perdeu a chance de pegar o homem. Ele, no entanto, não parecia dar muita importância a esse fato, como se o que aconteceu fosse inevitável, como se ambos tivéssemos sido vítimas do destino, ou de um azar da natureza, como uma tempestade imprevista ou um tornado com o qual ninguém contava. Como em tantas outras coisas, a natureza de Holmes era extraordinária. Nunca perdia tempo se lamentando pelos fracassos. Ao contrário, preferia dedicar todos os seus esforços ao planejamento da próxima jogada.

Chegamos à estação Charing Cross e logo encontramos o cocheiro que permitiu a fuga de Lovecraft. Ele tinha acabado de voltar e parecia realmente furioso. Holmes acalmou-o com a entrega de alguns xelins e imediatamente compreendemos o motivo da sua fúria: ele chegou à Charing Cross e, ao abrir a porta para o passageiro descer, percebeu que não havia ninguém dentro do coche. O pássaro tinha voado durante o trajeto. Despedimo-nos dele e voltamos ao nosso coche.

— Você deve ter percebido, Watson, que Lovecraft reconheceu implicitamente que havia revelado sua fuga a Persano, sem dúvida com a convicção de que ele não manteria suas faculdades mentais íntegras tempo suficiente para nos dizer qualquer coisa. Portanto, essa palavra, Jabberwocky, é de vital importância, e temos que descobrir o quanto antes seu significado.

Eu estivera pensando nesse estranho termo nas últimas horas, e um pensamento incipiente estava começando a aparecer na minha cabeça.

— Ocorre-me uma ideia, Holmes — eu disse timidamente, ansioso para ajudar depois do meu escorregão, mas, ao mesmo tempo, com medo de que minha ideia fosse inútil.

— Vamos ouvi-la, querido amigo.

— Acredito que uma palavra tão rara só pode ter duas origens. Literária ou mística. Em ambos os casos, talvez o doutor Doyle possa nos ajudar.

— Hmmm. Não é má ideia, Watson. — Em qualquer outro momento, eu teria inchado como um pavão com o elogio, mas meu erro ainda era muito recente. — Sim, pode muito bem ser de ajuda, e sem dúvida o doutor estará ansioso para nos ajudar neste caso. Você conhece seus hábitos, Watson? Você acha que ele já foi para a cama?

Olhei para o meu relógio.

— Duvido. Possivelmente, ainda está trabalhando em seu estúdio.

— Excelente. Vamos à casa do doutor Doyle, então.

XIII
Jabberwocky

O PRÓPRIO ARTHUR abriu a porta de sua casa. Tanto sua família como os empregados já haviam se retirado e, como eu havia suposto, ele continuava em seu estúdio, embora não dedicasse os esforços da sua mente à literatura. Segundo nos disse, passou toda a tarde pensando no mistério no qual todos nós estávamos envolvidos e calculando as consequências que isso traria.

— Nós éramos os guardiões do livro — nos disse — e nossa tarefa não era usá-lo em nosso próprio proveito, mas sim evitar que alguém o fizesse. Acreditem em mim. Não somos tão tolos quanto as pessoas pensam ou a imprensa sensacionalista nos faz parecer. Tenho quase certeza de que você sabe do que estou falando, Holmes. Há muito tempo, rumores atravessaram o mundo ocultista e, se forem verdadeiros, eles prenunciariam um tremendo poder para o homem que usasse o livro da maneira, não sei se devo chamá-la, correta.

— Sim, ouvi esses rumores. Em relação à sua veracidade ou falsidade, é algo que não estou em posição de esclarecer.

Arthur assentiu.

— Nem você, nem ninguém. Mas, se fossem verdade, seria terrível se o *Necronomicon* caísse nas mãos erradas, terrível para todos. Até agora, o livro era uma fonte de perigo para quem o usasse, mas se é verdade que ele não governa mais seu reino... Não, nem quero pensar nessa hipótese.

Holmes não disse nada. Quanto a mim, não entendi qualquer coisa que tivesse sido dita. Meu amigo caminhou pela sala, percorrendo-a detalhadamente com o olhar, e estou certo de que, se pudesse, ele teria tirado sua lente de aumento e examinado as arestas com ela. Seus olhos se detiveram no cinzeiro de Arthur e eu vi como o cheirava com atenção, para logo assentir.

— Entendo — disse ele. — Tabaco de Trichinípoli, numa mistura muito característica. Eu diria que não cruzamos com o Sr. Mathers por um milagre.

Arthur não se incomodou em negar isso.

— Ele saiu daqui pouco antes de vocêm chegarem, de fato. Compreenderão que esteja preocupado por todo esse assunto desafortunado.

— Eu acredito nisso. Ter o poder em suas mãos esperando o momento certo para usá-lo e então ser subtraído dele no último momento. E, ainda por cima, por um estrangeiro do Novo Mundo.

— Holmes, já lhe disse que nossas intenções não eram usar o grimório e sim impedir que ele caísse em mãos erradas.

— Então, por que não destruíram o livro? — perguntei.

Na realidade, como eu disse, ignorava o que podia se referir a maior parte daquela conversa. Mas se o livro fosse, por qualquer motivo, perigoso, a alternativa lógica seria destruí-lo, claro.

— Não, John. Ele é muito valioso para destrui-lo, mas também é muito perigoso para que qualquer pessoa o use.

— No entanto, eu tenho medo de que Watson esteja certo — completou Holmes. A experiência me ensinou que os segredos nasceram para ser descobertos. E me permita que eu duvide de suas intenções, Dr. Doyle, ou pelo menos das do Grande Mestre de sua seita. Não duvido de sua sinceridade, mas é difícil acreditar que alguém como Samuel Liddell Mathers renunciasse a usar um instrumento poderoso quando o destino coloca-o em suas mãos para utilizá-lo sem risco.

— Você é livre para acreditar no que bem quiser, Holmes. Não posso impedi-lo. De qualquer modo, essa conversa é meramente acadêmica.

Arthur parecia mais e mais abatido a cada palavra. Na verdade, fiquei surpreso por não se incomodar em parecer ofendido pelas dúvidas de Holmes.

— O livro não está mais em nosso poder, e creio que as intenções de seu possuidor atual estão claras para todos.

Elas não estavam claras para mim, mas eu me abstive de dizer qualquer coisa.

— Acredite, doutor, se houver uma maneira humana de impedi-lo, o ladrão não alcançará seus propósitos. — A oferta de Holmes não pareceu impressioná-lo. — No entanto, para isso, necessitamos de sua ajuda.

Aquilo o pegou de surpresa. Ele piscou e olhou para Holmes como se suas palavras fossem incompreensíveis.

— Minha ajuda? Em que posso ajudá-los? Eu lhes contei tudo o que sei sobre este assunto.

— Na realidade, doutor, você nos contou tudo o que acredita saber sobre este assunto, o que não necessariamente é a mesma coisa. Você certamente possui conhecimentos que podem ser utéis para nós, mesmo que ainda não saiba.

— Você se refere à Aurora Dourada? Eu não sei o que pode ser útil a você, Holmes, mas meus conhecimentos de ocultismo estão à sua disposição. Embora eu duvide muito de que eu possa dizer qualquer coisa que você já não saiba ou suspeite — acrescentou, com certo ressentimento mal dissimulado.

— A esse respeito ou sobre literatura.

Arthur voltou a olhá-lo surpreso.

— O que quer dizer?

— Tenho razões para acreditar que a chave para a fuga do nosso homem está em uma palavra, e que essa palavra, como Watson apontou, pode vir do mundo ocultista ou do artístico. Parece estranho o suficiente para pertencer a qualquer um ou a ambos.

— Certo. Vamos ouvir essa palavra então — disse Doyle.

— "Jabberwocky".

Pela primeira vez naquela noite, as palavras de Holmes despertaram alguma reação em Arthur. Sua brusca elevação de sobrancelhas estava cheia de incredulidade.

— Você está brincando? — perguntou. — Como a solução deste enigma pode estar relacionada com isso?

— Devo supor que a palavra lhe é familiar?

— Por Deus, é claro. Você não está zombando de mim, Holmes? É sério isso tudo? Não, você não pode estar brincando comigo, valha-me Deus.

Ele se levantou e se aproximou de sua biblioteca volumosa. De lá, extraiu um livro e o abriu enquanto sentava novamente. Ele foi passando as páginas até encontrar o que procurava.

— Vejamos. Sim, aqui está. Estão preparados?

Sem esperar por resposta, Doyle começou a recitar uma ladainha quase incompreensível:

'Twas brillig, and the slithy toves
Did gyre and gimble in the wabe:
All mimsy were the borogoves,
And the mome raths outgrabe.

Beware the Jabberwock, my son!
The Jaws that bite, the claws that catch!
Beware the Jubjub bird, and shun
The frumious Bandersnatch!

— Há mais do mesmo estilo, mas imagino que isso seja suficiente.

— Mais do que isso, doutor, é notável — disse Sherlock Holmes, acomodando-se em seu assento, com os olhos arregalados e um brilho quase infantil no olhar. — Permite-me ver o livro?

Arthur o entregou para ele e Holmes leu o título num murmúrio que mal pude ouvir.

— *Através do espelho e o que Alice encontrou por lá.* Sim, era isso, a extraordinária diversão lógica do Sr. Dodgson! Ah, Watson, percebe como Sherlock Holmes não é infalível, e aqui ele tem um erro para contar aos leitores um dia. Você vai se lembrar de como se surpreendeu quando, pouco depois de nos conhecermos, eu disse que não sabia se era a Terra que girava ao redor do Sol ou vice-versa, e que esse detalhe não era importante para mim? A

---

[1] *"Solumbrava, e os lubriciosos touvos / Em vertigiros persondavam as vendentes; / Triciturnos calavam-se os gaiolouvos / E os porverdidos estriguilavam fientes. // Cuidado, ó filho, com o Pargarávio prisco! / Os dentes que mordem, as garras que ficam! / Evita o passáro Júbaro e foge qual corisco / Do frumioso Capturandam."*
Tradução de Maria Luiza X. De A. Borges. In: Carroll, Lewis. *Através do Espelho*. Rio de Janeiro: Zahar, 2013.

memória, lhe expliquei, é como um imenso sótão e, se o preenchermos em excesso com coisas desnecessárias, logo faltará espaço para as úteis. Assim, se algo que eu considerava sem valor entrava nele por acaso, tententa esquecê-lo o mais rápido possível. Como eu poderia saber que a encantadora Alice seria útil para mim algum dia? Ah, sim, li este livro, tanto este quanto o antecessor, antes mesmo de conhecê-lo, Watson. Passei horas deliciosas com seus jogos de palavras, seus retorcimentos lógicos, sua estrutura de xadrez, como um delicado cadeado. Então, julgando-o inútil para a empresa à qual eu decidi dedicar minha vida, eu o descartei da memória. Até hoje. Doutor Doyle, estou numa dívida grave com você. Se resolvermos este caso, sua ajuda terá sido inestimável. E obrigado por me fazer ouvir de novo as fantasias delirantes do reverendo Dodgson. Permita-me ver o Times de hoje? Obrigado.

Holmes folheou rapidamente o jornal, diante do espanto de Arthur e do meu. Doyle me interrogava com os olhos, e eu somente podia encolher os ombros.

— Bem, ainda há tempo. Vamos, Watson, é hora de voltarmos para casa. Amanhã, teremos um dia muito difícil.

Um Arthur perplexo nos acompanhou até a porta e esperou até encontrarmos um coche. Ele parecia ansioso para perguntar, e ao mesmo tempo com medo de fazê-lo. Por fim, nos despedimos dele enquanto entrávamos no coche. Tentei tranquilizá-lo com o olhar, mas não acredito que tenha tido qualquer sucesso.

— Então — eu disse a Holmes, já a caminho de Baker Street. — Você já o solucionou?

Holmes riu. Poucas vezes o tinha visto rir assim, com uma alegria completa, despreocupada e inocente.

— Claro, caro Watson. Alice! Alice é a que alcança o mundo invertido. E, portanto, Lovecraft pretende fugir da Inglaterra num barco com esse nome.

— Então era isso! Por isso que você pediu o Times para Arthur, para comprovar se tinha zarpado hoje, ou amanhã, algum navio chamado Alice.

— Formidável, Watson, formidável. Você acabará se transformando num investigador de primeira. Até o momento, já está deixando nosso amigo Lestrade muito atrás.

Sem acrescentar mais nada, se deixou cair no assento, com um sorriso de satisfação em seu rosto anguloso. Pouco depois, chegamos ao 221B da Baker Street e subíamos aos nossos aposentos. Eu fui para a cama imediatamente, embora ainda demorasse a adormecer. A rede estava se estreitando! Nosso homem estava encurralado, e dessa vez ele não escaparia. Eu poderia colocar minha honra nisso. Quando isso acontecesse, Holmes não teria seu triunfo frustrado por causa da incompetência de seu parceiro. Eu me prometi isso antes de finalmente cair nos braços do sono.

Não houve pesadelos naquela noite, ou pelo menos não que me lembrasse deles como tal. As imagens são confusas, e ainda mais depois de tantos anos, mas eu sei que acordei descansado e, embora não conseguisse dar sentido ao sonhado, era estranhamente prazeroso pensar nisso.

Lembro-me de uma tempestade, comigo a salvo em algum lugar. E esse pequeno personagem reptiliano do Crowley insistia uma e outra vez em rastejar pelas esquinas, sem se atrever a sair totalmente à luz. Também havia aguardente e um mago com uma cartola, que cantava com um sotaque cockney uma canção cheia de equívocos. Alguém aproximava uma navalha da minha garganta, mas eu só podia gritar "Jabberwocky!", para depois explodir em gargalhadas.

De repente, ouvimos um ruído seco, preciso e afiado. Todos nos viramos e na cena víamos Holmes aplaudindo com entusiasmo a nossa representação.

Absurdo, sem dúvida, como a maioria dos sonhos. Mas estranhamente reconfortante em sua enlouquecida maneira. Pelo menos, como eu disse, pude me lembrar dele na manhã seguinte.

XIV
A sombra do professor

NO DIA SEGUINTE, pela manhã, Holmes preparou-se novamente para sair. Ofereci-me para acompanhá-lo, mas ele afirmou que minha presença não era necessária na missão daquele dia e que ele seria mais livre para farejar sem restrições se estivesse sozinho. Ele deve ter visto o desapontamento que apareceu em meu rosto, porque quase imediatamente acrescentou:

— Não se preocupe, Watson. Precisarei de você antes do final deste mistério, isso posso lhe assegurar. O que faria eu sem meu fiel Boswell?

Assim, depois de tomar um café da manhã leve, saiu para a rua. O tempo havia melhorado em relação aos dias anteriores. O céu ainda seguia nublado, mas começávamos a ver sinais de que em breve ele ficaria totalmente claro. Da janela, pude ver sua figura estilizada desaparecer ao longe, indo em direção certa a East End, objetivando, sem dúvida, a zona portuária.

Cerca de três horas depois, alguém bateu na porta. Cogitei tratar-se novamente de Arthur, interessado no transcurso de nossas investigações, mas estava errado. Era Marlowe quem chegara.

— Bom dia, Dr. Watson. Gostaria de falar com Sherlock Holmes.

— Eu receio que ele não esteja. Saiu cedo e acredito que demorará a voltar.

Isso pareceu contrariá-lo.

— Seguindo uma pista, com certeza. O fato é que eu tenho uma certa informação...

— Se você passá-la a mim, a transmitirei quando ele voltar.

Ele hesitou por um momento.

— Claro, Dr. Watson — disse finalmente. — Será um prazer.

Convidei-o a sentar, o que hesitou em fazer. Era como se estar no *sancta sanctorum* de Holmes o amedrontasse. Nos últimos anos, a fama do meu amigo tinha crescido enormemente, em grande parte, tenho que admitir, por minha causa, que o transformei, por meus escritos, em uma figura de proporções quase míticas. Mesmo hoje, enquanto escrevo estas páginas, contemplo fascinado o fato do seu próprio nome ter sido incorporado ao idioma comum da rua. "Você é um verdadeiro Holmes" é dito para referir a alguém cuja inteligência supera o comum ou que mostra sinais de uma sagacidade mais que notável. Não era de estranhar, portanto, que um policial jovem e de mente alerta se sentisse fascinado diante da figura do grande detetive e que perscrutasse o ambiente à procura de um vestígio de sua poderosa personalidade nos móveis e objetos que o rodeavam. Finalmente, Marlowe sentou-se na minha frente e tirou um pequeno caderno de anotações. Antes que começasse a debulhar seu relatório, perguntei se queria beber alguma coisa.

— Não, obrigado, doutor. Acabei de depositar entre meu peito e minhas costas um abundante café da manhã preparado por minha esposa. Como raros são os dias que ela tem a oportunidade de me alimentar bem, ela os aproveita.

O sorriso que agora se desenhava em seu rosto o fazia parecer ainda mais jovem.

— Hoje é o meu dia livre no Yard e, como acredito ter descoberto alguns assuntos de grande interesse, pareceu-me oportuno vir até aqui e comunicá-los ao Sr. Holmes. E também a você, naturalmente.

— Vá em frente — eu o encorajei, pegando lápis e papel e sentando-me na frente dele.

— Oh, isso não será necessário, Dr. Watson. Posso deixar meu caderno, se você achar que será útil para o Sr. Holmes.

Assim que eu coloquei o papel de lado, o jovem limpou a garganta e começou a me contar o que havia descoberto.

— Eu comuniquei essas descobertas aos meus superiores, é claro. Sou, acima de tudo, um membro da Scotland Yard, e meu dever é muito claro nesses assuntos. No entanto, receio que o Sr. Lestrade não os tenha achado oportunos.

Isso não me surpreendia em nada. Apesar de todos os anos durante os quais Lestrade teve a oportunidade de estudar os métodos de Holmes, o homem ainda se mostrava extremamente míope.

— Bem, você lembrará que o Sr. Holmes confiou-me a vigilância de Adamson, o secretário de Sigerson. Coloquei dois dos meus homens na tarefa e eu mesmo, quando o trabalho permitia, dediquei-me a ela. Os resultados foram negativos, senão desencorajadores. Adamson não saía de seu quarto no hotel. Não recebia ninguém, não falava com ninguém, e apenas na hora do jantar se deixava encontrar no salão de jantar. Mesmo assim, comia sozinho, sem trocar mais palavras do que o mínimo necessário para que seu jantar lhe fosse servido. O resto de suas refeições fazia no quarto. Ao perceber que desse modo não conseguiríamos descobrir muita coisa, deixei que meus homens continuassem a vigilância e fui me ocupar da tarefa de examinar o passado desse misterioso senhor. Não foi uma tarefa fácil, acredite.

Compreendia perfeitamente o entusiasmo que esse jovem provocava em Holmes. Sua mente inquieta, sua inteligência vigilante e alerta pareciam destinadas a levá-lo longe. Alguns anos mais tarde, ele renunciaria a Yard, emigraria com sua esposa para os Estados Unidos e se estabeleceria em Los Angeles, na costa oeste da América do Norte, incorporando-se à polícia local e fazendo nela uma carreira mais do que merecida. Escrevia para Holmes de vez em quando, mas, no fim, perdemos sua pista. Sei que ele teve um filho que, como Marlowe, queria seguir uma carreira de detetive, fosse na polícia ou fora dela, mas desconheço se satisfez suas ambições.

Mas, naquela manhã, ignorando o que o futuro traria àquele homem, ele sentou-se na minha frente e tentou colocar em ordem o que ele havia averiguado.

— Por fim, consegui encontrar algumas coisas — disse ele. Segundo o próprio Adamson, nasceu em Londres há vinte e nove anos. Bem, acreditará em mim se eu disser que não deixei de averiguar um único registro. Não existe sequer um certificado de nascimento sob o nome de Shamael Adamson. Um nome que fora adquirido, então? Talvez, ou talvez ele não tenha nascido aqui como quer que acreditemos. Não sei. De fato, não há rastro de suas atividades por aqui até 1890. Há muitas universidades em nosso país, mas aquelas com os quais entrei em contato até agora jamais tiveram o nosso homem entre seus matriculados. Como disse, até 1890 não encontrei nenhum rastro dele. Foi quando apareceu em Londres, procurando trabalho como contador. No final desse ano, conseguiu, cuidando das contas e finanças da Universidade de Leeds. Como você acha que ele conseguiu o posto, doutor?

— Não faço ideia, Marlowe.

Um risinho astuto cruzou os lábios do jovem policial.

— Foi recomendado pelo professor de matemática da Universidade. Eu acredito que seu nome não será completamente desconhecido.

— Não...? — eu disse, não me atrevendo a continuar.

— Exatamente, doutor. Conseguiu o trabalho graças a uma recomendação do professor James Moriarty.

Moriarty! Aquele nome despertava ecos sinistros em minha mente. Ainda me lembro, e lembrarei enquanto viver, da tarde de abril em que Holmes tinha chegado à minha casa e tinha manifestado seu temor às armas de ar comprimido. Aquele caso, que levaria à aparente morte de meu amigo, ainda me estremecia. A perseguição a que esse infame homem nos submeteu por metade da Europa, o encontro entre ele e Holmes em Reichenbach, a morte de ambos. Mas Holmes, soube três anos depois, não tinha morrido. E se um homem pôde sobreviver a Reichenbach, por que não o outro?

— Você está bem, Dr. Watson?

— Perfeitamente, Marlowe — respondi, saindo do meu devaneio.

— E isso é quase tudo que averiguei. O resto não é muito interessante. O contrato de nosso homem com a Universidade expirou em 1892 e ele decidiu abandonar o trabalho para se tornar secretário particular e contador do Sr. Zacary Jones, um milionário excêntrico residente em Cornwall, que, um ano mais tarde, emigraria para os Estados Unidos. Parece que ele ofereceu a Adamson que o seguisse em seu posto no Novo Mundo, mas ele rejeitou. Logo depois, saiu da Inglaterra. Não sei onde esteve esse tempo, mas retornou ao nosso país no início de 1894. Então, como ele mesmo disse, Sigerson o contratou como seu secretário. Não há nada de obscuro em sua história, doutor. Durante o tempo em que trabalhou para a Universidade, não houve o menor escândalo envolvendo sua figura e, de fato, suas referências ao deixar o cargo eram imbatíveis. Além disso, até onde sei, ele nunca se encontrou pessoalmente com o professor Moriarty, pelo menos depois de começar a trabalhar para a Universidade. Como saberá, o professor deixou sua cátedra no mesmo ano e se instalou em Londres. No entanto, o fato de que alguém como Moriarty o recomendasse me deixou apreensivo.

Assenti vigorosamente.

— Não duvido disso.

— Você me compreende, doutor. Eu revisei os arquivos da Yard sobre este professor e eles são arrepiantes. A incrível rede que criou ao seu redor manteve a polícia sob ameaça por muito tempo. Se o Sr. Holmes não o tivesse desmascarado, quem sabe onde teria chegado. Talvez a associação de Adamson com Moriarty fosse apenas coincidência, e Adamson nunca fez parte de sua organização, o que é o mais provável. Mesmo assim, os dados estão lá e não podemos ignorá-los.

— Marlowe, estou extremamente grato a você, e não tenho dúvidas de que Holmes irá corroborar minhas palavras. Você fez um trabalho formidável.

— Obrigado, doutor, mas, como vejo, apenas cumpri meu dever. De qualquer forma, não o incomodarei mais — disse ele, levantando e segurando seu caderno de anotações. — Aqui estão minhas investigações, coletadas em detalhes. Espero que sejam úteis ao Sr. Holmes. Bom dia.

Pouco depois, completamente sozinho, abri o caderno de Marlowe e fui lendo folha por folha. Não havia nada diferente do que ele havia dito em palavras, mas todas as informações que havia coletado foram detalhadamente escritas, e ele dava indicações de onde as evidências de apoio poderiam ser encontradas. Fechei o caderno e reclinei no meu assento.

Moriarty... pensei novamente. O Napoleão do crime, como o próprio Holmes me havia descrito: alto, pesado, com uma curiosa ondulação em sua cabeça venerável. Eu o vi apenas uma vez. Uma figura que agitava o punho na estação, enquanto nosso trem partia e nós o deixávamos para trás, isso era o que eu acreditava, para sempre. Um matemático respeitável na aparência, mas, na realidade, um homem ambicioso e cruel que estava tecendo uma rede de delinquência tão enredada que a Scotland Yard não foi capaz de desfazê-la. Um crime sem importância poderia ter sua marca e ninguém jamais descobriria. Ninguém exceto um homem.

Em 1891 — volta e meia retornamos a este ano —, Holmes conseguiu encurralar e desmascarar o professor, além de desbaratar sua organização. Infelizmente, o próprio Moriarty conseguiu escapar do cerco policial e nos seguiu até Reichenbach. O pensamento passou pela minha cabeça novamente: se Holmes havia sobrevivido a uma queda aparentemente mortal nas cataratas, seu inimigo também não poderia ter executado o mesmo feito? Tentei lembrar o que Holmes me contou sobre isso quando o vi novamente, três anos depois. *Eu me soltei de suas garras e ele chutou loucamente por alguns segundos, sem parar de gritar, suas mãos engalfinhadas arranhando o ar. Mas todos os seus esforços não lhe devolveram o equilíbrio e eu o vi cair no abismo. Olhei por cima da borda e o vi cair um longo caminho. Então, bateu contra uma rocha e, por fim, afundou na água.* Era possível que, apesar de tudo, ele não tivesse morrido? Não, Holmes o vira cair, e nada humano sobreviveria a uma queda como aquela. Era impossível. Moriarty estava morto. Tinha de estar.

Mas isso não acabava com Adamson. E se ele tivesse se associado ao professor, de uma forma tão sutil que Holmes o ignorasse na época, sendo essa a causa para que o cerco policial, que detivera grande parte de sua organização, o tivesse deixado passar? O homem poderia ter ocupado uma posição elevada na organização de Moriarty e talvez agora estivesse tentando reconstruí-la e imitar seu chefe. Afinal, já aconteceu algo parecido, lembrei-me, com o coronel Sebastian Moran. Mas havia alguma coisa a mais. Eu voltei a lembrar do caso em que Holmes e eu nos envolvemos no final da década de 1890, um que aparentemente levava o selo de vingança de uma organização secreta norte-americana, mas no qual meu amigo conseguiu ver a marca de Moriarty. Refiro-me naturalmente à tragédia de Birlstone. Holmes ficou sabendo daquele terrível assunto por intermédio de um confidente na organização do professor, um indivíduo que respondia pelo pseudônimo de Porlock e que tinha nos enviado uma mensagem em código avisando o que poderia acontecer em Birlstone. Pelo que recordava, Holmes nunca viu Porlock pessoalmente, nem tinha falado com ele, e até mesmo ignorava seu nome verdadeiro. Seu contato com o confidente se reduzia a um par de recados e algumas libras que o detetive conseguiu fazer com que chegassem a ele. Adamson poderia ter sido Porlock? Por que não? Tudo parecia se encaixar.

Eu me senti tremendamente orgulhoso de minhas conclusões e quase me arrependi de que Marlowe já tivesse saído, para que eu pudesse expô -las. Sem dúvida, meus anos ao lado Sherlock Holmes não foram em vão. Meu talento para o raciocínio dedutivo era muito inferior ao dele, mas eu ainda podia usá-lo. Só esperava que Holmes voltasse logo, para poder comunicá-lo.

Mas as horas foram passando e não havia rastro de meu amigo. A hora do almoço chegou, passou, e a tarde foi desaparecendo lentamente. Eu estava prestes a jantar, quando um sino na porta da rua me avisou de que eu tinha novamente um visitante.

Era Wiggins, o tenente dos irregulars de Baker Street.

— Boa noite, Dr. Watson. — Ele viu que eu estava prestes a jantar. — Lamento chegar numa hora tão inoportuna, mas o Sr. Holmes pediu que viesse buscá-lo. Ele está esperando pelo senhor.

Meu jantar foi deixado na mesa, completamente esquecido, enquanto eu colocava os calçados e terminava de me vestir. A excitação da caça percorria minhas veias: eu soube, com uma certeza estremecedora, que o jogo estava prestes a terminar. Entrei no meu quarto e, da gaveta do criado mudo, extraí meu antigo revólver militar. Desta vez, o destino me encontraria preparado. Lovecraft não iria novamente me surpreender e os planos de Sherlock Holmes não viriam abaixo por minha causa. Coloquei a arma no bolso do sobretudo e voltei com Wiggins, que não parecia ter se movido enquanto eu me preparava.

Agora, com os olhos da memória, comparo o Wiggins adolescente e rude que me esperava naquela noite com o famoso investigador que parece ter herdado o manto de Sherlock Holmes, não deixando de me perguntar como teria sido a vida do jovem caso não tivesse conhecido o detetive. Com certeza, seu rosto não teria sido deformado, mas é possível que, como tantos outros meninos de sua classe social, ele não tivesse sobrevivido até a vida adulta, ou teria terminado seus dias em alguma fábrica, trabalhando de sol a sol por quatro moedas e afogando sua consciência nas névoas do álcool. Ou quem sabe teria acabado como um bandido mal-encarado, talvez um chefe de quadrilha local.

Certamente, a influência de Holmes em sua vida foi determinante e, às vezes, me pergunto se foi totalmente benéfica. É verdade que, hoje, Wiggins — apesar de ocultar seu nome atual, sem dúvida, meus leitores têm mais do que dados suficientes para saberem de quem estou falando — é uma pessoa admirada pelo público, que passa de sucesso a sucesso, ameaçando a classe criminal da Inglaterra e sendo considerado por todos como o herdeiro natural de Holmes. Sem dúvida, para um espectador externo, sua vida deve parecer invejável.

E, no entanto, como eu disse, Wiggins herdou de Holmes sua obsessão pela perfeição, mas não a capacidade do meu amigo de lidar com o fracasso. E eu sei bem, embora eu não converse com Wiggins há anos, que o único caso cuja resolução ainda continua lhe escapando o atormenta mais do que todos os que conseguiu resolver. Os terríveis e misteriosos Crimes dos Dois, como os qualificou a imprensa sensacionalista, continuam a ser um mistério para todos, incluindo o próprio Wiggins, que esta atrás de sua pista há anos. Eu sei que essa única mancha em sua carreira é uma tortura e que nenhum sucesso posterior ou anterior consegue torná-la mais suportável.

Também me dou conta agora de que, de certa forma, deixei o pobre Wiggins me esperando enquanto embarcava nessa digressão interminável. Vamos acabar com isso e retornar à narração do que aconteceu naquela noite de março.

— Vamos em frente. Estou pronto — falei ao jovem.

Um coche nos esperava. Partimos numa velocidade diabólica e, em velocidade recorde, chegamos à zona portuária. Descemos e Wiggins pagou o cocheiro. Atravessamos um labirinto de vielas escuras até finalmente encontrarmos nosso destino: uma taberna cujo estandarte inverossímel anunciava A Baleia Desdentada.

Entramos e abrimos caminho por entre a agitação da clientela. No fundo, numa mesa, vi a figura de Sherlock Holmes, que não estava sozinho.

Lestrade estava sentado ao lado dele.

XV
A espera dos caçadores

— VOCÊ O ENCONTROU, Holmes? — perguntei agitado, enquanto me sentava.

— Na verdade não, Watson, mas explicarei isso com mais calma. Obrigado, Wiggins. Diga a todos que foram excelentes. Sobretudo você, com quem tenho uma grande dívida.

Um sorriso luminoso — talvez o primeiro que vi em seu rosto desde que foi desfigurado por esse infame doutor chinês — cruzou o rosto do jovem e, depois de se despedir de nós, saiu do local, que estava completamente abarrotado naquela hora. O cheiro intenso de peixe frito enchia tudo e uma espessa fumaça saía da cozinha, misturando-se com a fumaça do tabaco e tornando a atmosfera da taberna quase irrespirável. Lestrade torcia o nariz, mas Holmes não parecia notar.

— Bem, Watson, estou certo ao supor que essa curiosa deformação no bolso de seu sobretudo é o seu antigo revólver do exército? Ótimo então, talvez precisemos dele antes deste final. Eu explicava minhas investigações ao amigo Lestrade. Justamente quando você entrou, ia lhe contar como eu me lancei esta manhã em busca do *Alice*, mas sem sucesso, devo acrescentar. Sim, meu querido amigo, não existe um barco de grande porte que corresponda a esse nome. Verifiquei minuciosamente. Inclusive, cheguei a pensar que não tinha decifrado a chave corretamente. No entanto, isso não poderia ser, afinal "aquela que alcança o mundo invertido" só poderia responder ao nome de Alice e tinha de ser um barco. Por sorte, eu comunicara o que sabia ao meu tenente Wiggins, que se comportou admiravelmente. Ele e seus Irregulares se meteram em todos os lugares, incomodaram todo mundo e conseguiram encontrar a resposta correta.

— Então, o *Alice* existe?

— Existe, embora não seja um grande navio. Wiggins me trouxe a notícia na última hora da tarde. Ele não passa de um humilde barco à vela.

— Mas, isso é...

— Ridículo? É o que parece. É certo que ninguém pode pretender atravessar o oceano Atlântico com um veleiro com pouco mais de dez metros de comprimento. Mas, às vezes, nossos preconceitos nos cegam. Se o *Alice* não pode atravessar o oceano, pode muito bem cruzar o Canal e desembarcar nosso homem na costa francesa. Elementar. Com esses dados em meu poder, eu me aproximei discretamente do proprietário do veleiro. Trata-se de uma das pessoas mais mal-afamadas que já vi em minha vida, e eu poderia jurar que qualquer água limpa não toca sua pele ou sua garganta há um bom tempo. Atende pelo nome peculiar de Conrad Greatfeet e ignoro se tal denominação é um sobrenome ou um apelido: sem dúvida, com os remos que ele tem por pés, poderia andar na superfície da água, imitando o nosso Salvador sem muito esforço. Mas vamos ao ponto. Por fim, consegui descobrir que o Sr. Greatfeet tinha sido contratado há muito tempo, na América do Norte, para atravessar um passageiro pelo canal, que lhe seria apresentado durante este mês e lhe daria certas senhas. Para garantir que nosso lobo do mar estivesse disponível durante todo o mês de março, foi muito bem pago por um bom punhado de dólares de prata. Ontem à tarde, foi abordado por um indivíduo que respondeu as senhas corretas e que lhe ordenou que estivesse pronto para amanhã, pouco depois do amanhecer. Não foi um trabalho fácil, Watson, conseguir tirar a informação de toda a conversa de bêbado, mas já enfrentei maiores desafios e saí vitorioso deles — acrescentou com bom humor. — Desse modo, respondi sua pergunta. Ainda não contatei nosso esquivo Sr. Lovecraft, mas o agarraremos na partida amanhã, ou não me chamo Sherlock Holmes.

— Mas por que eles não zarparam ontem, ou até mesmo nesta manhã?

— Sem dúvida porque Lovecraft tinha de primeiro ir ao lugar onde havia escondido o *Necronomicon* e isso levaria tempo. Bem, eu não sei vocês, mas eu mal belisquei qualquer coisa o dia todo e estou disposto a me arriscar com as especialidades portuárias deste estabelecimento. Acompanham-me, cavalheiros?

Apesar dos meus medos, a comida, embora humilde, era saborosa e, acompanhada de várias jarras de excelente cerveja, acomodou-se perfeitamente nos nossos estômagos. Depois do jantar, acendemos nossos cigarros e nos reclinamos com calma. A agitação da taberna havia diminuído consideravelmente, bem como a densidade de sua atmosfera, e aqueles que ficaram ali eram, sem dúvida, fregueses habituais, que não sairiam até a hora do fechamento.

Aproveitei então para comunicar a Holmes sobre a visita de Marlowe e o resultado de suas investigações. Holmes examinou as anotações do jovem policial com prazer evidente.

— Hmmm. Um rapaz inteligente e empreendedor. Faria bem em promovê-lo, Lestrade. — O policial se moveu desconfortavelmente em seu assento, sem nada responder. — Sim, suas descobertas são interessantes.

No entanto, ele não parecia muito surpreso.

— Não, eu não estou, Watson. Não que eu esperasse algo assim, mas quanto mais eu penso em nosso misterioso Sr. Adamson, menos coisas sobre ele me surpreendem. Quando capturarmos Lovecraft, teremos uma conversa interessante com ele.

Eu comuniquei minhas suspeitas de que Adamson poderia ter sido o homem que Holmes conheceu como Porlock.

— Perfeito, Watson, você está se superando. Lestrade, se algum dia eu me aposentar das atividades de detetive e você se encontrar num aperto, consulte meu amigo Watson. Ele está se tornando um investigador. Sim, Watson, sua ideia é plausível. Mas duvido muito que Adamson tenha interesse em reconstruir a organização do falecido professor Moriarty. De qualquer forma, esse é um assunto que esclareceremos mais tarde.

A noite ia passando e a taverna estava prestes a fechar as portas. Por sugestão de Holmes, carregamos nossos cantis com *brandy* e saímos. Perto dali, no embarcadouro, um barco a vapor da polícia nos esperava. Lestrade mostrou os emblemas da polícia e nós três nos acomodamos para passar por uma longa noite.

— Veja — disse Holmes. — Ali é onde para nosso amigo Greatfeet.

Indicava-me outro embarcadouro a uns duzentos metros de onde estávamos, no qual margeavam atados vários botes de remos.

— No momento em que estiverem prestes a se dirigir ao Alice, iremos até eles e os abordaremos.

Aquela espera na escuridão me lembrava outra muito parecida, há mais ou menos uns sete anos. As circunstâncias não eram muito diferentes, embora eu tenha a impressão de que Jonathan Small e seu pequeno selvagem não representavam nem a metade da periculosidade daqueles homens que perseguíamos agora.

As horas foram passando lentamente. Lestrade permanecia em silêncio e Holmes não falava muito. A noite era úmida e o frio entrava até os ossos, apesar do calor proporcionado pelo *brandy*. Pouco a pouco, o amanhecer foi se aproximando e finalmente pudemos ver, em direção ao mar, um ligeiro resplendor dourado surgindo mais além do horizonte. Holmes disse ao nosso foguista que começasse a alimentar a caldeira do barco. Tirou logo seu binóculo e olhou atentamente para longe.

— Nada ainda — murmurou. — Eles esperarão até o dia chegar definitivamente, suponho.

Não demorou para que isso acontecesse. A manhã se elevou, completamente clara, e um céu azul, sem uma nuvem, iluminou-se pouco a pouco sobre nós. Holmes continuava olhando com os binóculos, ainda sem resultados positivos.

Eu me servi de um gole de *brandy*, tentando aquecer meu corpo gelado. A umidade da noite irritava minha velha ferida de guerra, fazendo meu lado machucado latejar. Lestrade me imitou e deu conta de boa parte do conteúdo do seu cantil. Holmes, no entanto, parecia alheio a tudo. Todos os seus instintos estavam focados na caça, na perseguição que se aproximava. As necessidades de seu corpo não importavam, pelo menos naquela hora. De repente, eu o ouvi soltar uma exclamação.

— Ali vem o nosso lobo do mar. Estejam preparados. É curioso que ele esteja completamente sozinho. Não há vestígios de Lovecraft em nenhum lugar.

Eu direcionei a vista para onde Holmes olhava e pude ver uma figura manqueando que subia num dos botes e desatava os cabos que o uniam ao embarcadouro. Sem esperar mais, ele começou a remar Tâmisa abaixo. O rosto de Holmes ficava sombrio em alguns momentos de tensão ou dúvida. Aquele era um deles.

— Não compreendo. Onde está nosso homem?

— Talvez eles se encontrem mais adiante — responde Lestrade, que não compartilhava dos medos de Holmes.

— É possível. Vamos segui-lo. Discretamente e de longe, pois não devemos assustar a presa.

Soltamos as amarras, nos deslocamos lentamente para fora do embarcadouro e demos início à perseguição, sob o céu claro do amanhecer. A excitação se mesclava ao ar como algo sólido.

XVI
A esquiva Alice

O BOTE IA AVANÇANDO lentamente, impulsionado pela remada tranquila, mas precisa, de Greatfeet. Ao nosso redor, a manhã ia passando pouco a pouco. O frio e a umidade da noite desapareciam à medida que o sol nascia no céu sem nuvens. A primavera já aparecia timidamente. Uma gaivota deixou seu grito quase humano ser ouvido ao longe.

— Eu não gosto disso — murmurou Holmes, depois de quase cinco minutos de perseguição. — Onde está Lovecraft? Eu não gosto de nada disso, Watson. Logo estaremos perto do *Alice* e ele não parece ter a mínima intenção de aproximar-se da margem para pegar qualquer passageiro.

— E se tudo isso não passasse apenas de uma isca? Talvez ele nunca tenha pensado de fato em usar o *Alice* para fugir.

— É uma possibilidade. Mas não, não pode ser. Tudo o que vimos até aqui se encaixa.

A distância, já se via a esbelta estrutura da embarcação que era o destino do nosso homem. Ele estava a uns duzentos metros à nossa frente. De repente, o ritmo de sua remada aumentou.

— Ele nos viu? — Lestrade perguntou.

— É o que parece. Aceleremos um pouco.

De repente, Holmes ficou pensativo, com a cabeça enterrada no peito.

— Estúpidos! — exclamou em seguida. — Nós nos deixamos enganar como principiantes, como verdadeiros novatos. Lovecraft não subirá nesse bote. Já está nele.

— Mas...

— Não pode ser outra coisa, Lestrade. Esse indivíduo não é Greatfeet, é Lovecraft. Eu me deixei enganar como um imbecil. Maquinista, a toda velocidade!

Mas o bote já havia chegado ao veleiro e o marinheiro subiu na embarcação. Atrás de nós, a máquina de nossa lancha rugiu quando ganhou velocidade. A âncora do *Alice* foi içada e a embarcação começou a manobrar lentamente. Estávamos ainda a uns cem metros daquele barco. Uma leve brisa soprava do oeste e o veleiro aproveitou-se imediatamente para se dirigir ao mar aberto. Nosso barco continuou a acelerar e a reduzir as distâncias. Era uma questão de tempo até o alcançarmos. Mesmo que tivesse ocorrido um furacão para inflar sua vela, o barco da polícia estava devorando a água como um tubarão faminto. Não conseguiria escapar de nós. O jogo estava terminando. Eu quase me senti decepcionado: muito fácil no final.

— Muito esperto — disse Holmes. — Ele supôs que talvez o esperássemos, mas sabia que não agiríamos até que o víssemos, ou pelo menos alguém além de Greatfeet. Então ele se disfarçou do marinheiro.

A brisa que impulsionava o veleiro aumentou e, por uns instantes, ele ganhou certa distância de nós. À frente, já víamos o braço de mar que nos separava da França.

— Maldita seja! — gritei, cada vez mais excitado. — Você não pode dar mais pressão nisso?

— Já está no limite, senhor — respondeu-me o maquinista.

Enquanto isso, a distância entre nós diminuía e pouco mais de cinquenta metros nos separavam do veleiro. O tempo passou. No céu claro, as gaivotas gritavam e voavam em círculos. Vinte e cinco metros. De repente, vimos uma figura surgir na popa do veleiro.

Fazendo um alto-falante com as mãos, ele gritou, em nossa direção:

— Até a vista, Sr. Sherlock Holmes! Foi um grande prazer tratar com você! Melhor sorte da próxima vez!

De um dos lados do corpo lhe pendia uma pequena bolsa, deformada pelo peso de seu conteúdo. Aquilo não poderia ser outra coisa senão o *Necronomicon*.

— Ele está louco — murmurou Lestrade. — Ele ainda pensa que pode nos escapar.

Eu concordei. Aquilo era ridículo, pouco mais de vinte metros nos separavam do *Alice* e, embora o veleiro estivesse navegando em bom ritmo, fazendo uso do vento leve, era evidente que ele não podia competir conosco. De repente, uma voz ao meu ouvido gritou:

— Rápido, Watson! Pegue seu revólver e atire nele.

Era Sherlock Holmes quem falava assim?! Eu me virei para ele, surpreso.

Qual poderia ser o motivo daquela repentina ânsia sanguinária quando estávamos prestes a pegar nosso homem? Abri a boca para lhe perguntar o motivo da sua estranha atitude, mas ele não me deixou:

— Vamos, homem, o tempo está acabando.

Ele apontava para algo a sua frente. No começo, não pude ver nada. Logo percebi que na frente do *Alice* estava se formando uma névoa branca repentina. Levaria apenas alguns segundos para entrar nela. Eu não via nenhum motivo de alarme em tudo aquilo: a névoa poderia dificultar a perseguição, mas de modo algum a impediria.

— Tarde demais — murmurou Holmes, com uma voz que não passava de um triste sussurro.

A névoa crescia a olhos vistos, como se fosse um ser vivo, e acolhia o pequeno veleiro entre seus tentáculos. Logo, o tinha engolido completamente. Estávamos a poucos metros da névoa quando contemplamos, atônitos, como ela desaparecia no ar claro como se fosse uma fina nuvem de fumaça. Um minuto depois e ela havia desaparido. E o *Alice* com ela.

Já estávamos no mar aberto e a visibilidade era excelente por várias milhas ao redor, mas era como se o veleiro tivesse desaparecido no nada. Não havia o menor rastro dele em parte alguma. Lestrade e eu trocamos um olhar perplexo. Holmes resmungava algo em voz baixa que parecia surpreendentemente como uma maldição.

— Bem, Watson, você pode acrescentar este caso aos seus anais como um de meus maiores fracassos. Fui surpreendido no último momento.

Não compreendi nada do que estava acontecendo.

— Mas, onde o *Alice* foi? — perguntei. — Não pode ter desaparecido dessa maneira, nem ter afundado em tão pouco tempo.

— Onde foi? Eu sei que você não vai acreditar em mim, Watson, mas neste momento é muito provável que o *Alice* esteja atracando em algum porto norte-americano.

Eu não disse nada, mas Lestrade e eu trocamos um olhar de incredulidade.

— Você me ouviu dizer muitas vezes, Watson, que quando o impossível é eliminado, o que resta, por mais improvável que possa parecer, é a verdade. Mas o que acontece quando não se consegue eliminar o impossível?

Eu silenciei, não podendo acreditar no que as palavras do detetive sugeriam. Era muito absurdo sequer considerá-las. De qualquer forma, não podíamos fazer nada mais: o *Alice* não estava ali e, o que quer que tivesse acontecido com ele, era óbvio que não poderíamos apreender. Nosso barco deu meia-volta e retornamos ao estuário do Tâmisa, a caminho de Londres. Paramos no cais do qual o barco partiu com Lovecraft disfarçado como Greetfeet. Não demorou muito para encontrarmos o cadáver do verdadeiro Greetfeet, não distante dali.

Lestrade não sabia o que fazer. Ele teve dois assassinatos nas mãos, um desaparecimento e um roubo sem resolução, e embora Holmes pudesse lhe explicar como tudo aconteceu, ele não tinha provas para demonstrá-lo. Além disso, o homem que parecia ter sido o causador de tudo havia desaparecido no meio de um banco de névoa surgido de parte alguma. Não seria de estranhar se a Scotland Yard colocasse uma pá de terra sobre o assunto, como faz com frequência.

Antes de voltarmos à Baker Street, Holmes e eu fomos ver Arthur. Não foi surpresa encontrar Mathers e seu inevitável companheiro na casa do meu agente. O indivíduo pomposo se recostava em um dos sofás de Arthur, fumando tranquilamente sua mistura indiana e nos observando com olhos desconfiados. O jovem Crowley, por outro lado, permanecia de pé atrás de Mathers, imóvel e, aparentemente, imperturbável.

— Sr. Mathers — disse Holmes. — Não posso dizer que este seja um encontro inesperado.

— Nada na vida é inesperado se a pessoa tem uma mente aberta, Sr. Holmes. Os grandes poderes há muito tempo escreveram o livro de nossas vidas. Se souber ler entre suas linhas, não há surpresas.

Holmes permitiu-se um pequeno encolher de ombros.

— Que tedioso.

— Pode ser para mentes pequenas. A sabedoria nunca pode ser tediosa.

— Sem dúvida, você tem razão. Embora eu me pergunte se não está confundindo sabedoria com conhecimento simplório.

Arthur e eu assistíamos a este intercâmbio verbal francamente atônitos. Holmes e Mathers se comportavam como dois generais inimigos que estiveram ouvindo falar um do outro durante muito tempo e, em seu primeiro encontro, cada um tentava ansiosamente descobrir se tudo o que lhe contaram sobre seu oponente era verdade.

Aquela espécie de tênis conceitual chegou ao fim assim que Holmes compreendeu que seu interlocutor não estava, nem de longe, a sua altura. Cada réplica engenhosa de meu amigo era seguida pelo Sr. Mathers por um acúmulo de tópicos e lugares-comuns que nem sequer tinham a virtude de serem enunciados com convicção.

Desinteressado diante disso, Holmes abandonou a esgrima verbal e lhes contou o que havia acontecido. As emoções que se refletiam no rosto do meu agente eram contraditórias. Era evidente que não ter conseguido recuperar o livro lhe causava grande consternação, mas, por outro lado, sua satisfação com o fracasso de Holmes era visível. O rosto de Mathers permaneceu imperturbável o tempo todo. Quanto ao seu jovem companheiro... eu mentiria se dissesse que era capaz de ler qualquer coisa em seu rosto. E não porque nele não transparecia emoção alguma, pelo contrário, mas porque a natureza das emoções por trás de suas características era incompreensível para mim. Sei que isso parece absurdo, mas receio não saber como explicar melhor.

Não ficamos ali por muito tempo.

Holmes se despediu de Arthur e Mathers e eu o imitei o melhor que pude. Já estávamos na antessala de entrada quando o detetive se virou e examinou o acompanhante de Mathers por um longo tempo, permanecendo no mais completo silêncio.

— Adeus, Sr. Crowley — disse Holmes.

Um sorriso quase imperceptível — e que, no entanto, teve a virtude de tornar seu rosto ainda mais desagradável do que de costume — atravessou o rosto do jovem.

— Até a vista, Sr. Holmes — respondeu ele com voz átona, com uma tonalidade sonora que quase poderia ter sido definida como metálica.

Saímos da casa. O coche ainda nos esperava na rua e logo estávamos mais uma vez nos velhos aposentos que compartilhamos durante muitos anos.

Ao entrar, Holmes percebeu uma nota que estava na bandeja de telegramas.

Ele a desdobrou e leu em voz alta:

O Sr. Shamael Adamson terá a imensa honra de visitá-lo às quatro e meia da tarde.

— Bem, Watson. Nem sequer é necessário que o procuremos. Ele mesmo virá até nós. Suponho que já tenha se inteirado do nosso fracasso.

Eu pisquei, perplexo.

— Mas como?

— Tem seus próprios meios, sem a menor dúvida. Bem. Vejo perfeitamente a expressão de ansiedade em seu rosto, meu amigo. Imploro que seja só mais um pouco paciente. Nesta tarde, mataremos dois pássaros com um tiro apenas. Vou explicar a você tudo que permanece escuro e vamos deitar às claras as intenções do Sr. Adamson e seu envolvimento neste caso.

Eu me conformei com aquela promessa. Ambos estávamos morrendo de fome e a Sra. Hudson nos preparou um café da manhã tardio, que engolimos quase sem falar. Nem o ânimo de Holmes, nem o meu eram os mais adequados para iniciar uma conversa. Durante todo o tempo que passei a seu lado, assisti a alguns fracassos do grande detetive, mas nenhum como este. Nunca havia presenciado como, no momento supremo, quando tudo parecia resolvido e o criminoso ao alcance de suas mãos, este se desvanecia no nada, literalmente.

Na realidade, Sherlock Holmes não tinha fracassado: ele havia solucionado o mistério, ele tinha encaixado todas as peças do quebra-cabeça e a maneira como Lovecraft se colocou além de seu alcance era algo que ainda não conseguia explicar. Eu sentia que havia algo errado em tudo aquilo, como se, no último momento, a ordem natural das coisas tivesse sido repentinamente interrompida.

Quando a hora do almoço nos alcançou, novamente Holmes e eu compartilhamos total silêncio. A tarde começou a cair e, no relógio, o tempo se arrastava interminavelmente.

Exatamente às quatro e meia da tarde, a campainha da porta da principal tocou.

Nosso visitante acabava de chegar.

XVI
O senhor Shamael Adamson

ELE CRUZOU A PORTA de nossos aposentos com o mesmo meio sorriso petrificado no canto da boca, acenando como uma bandeira de desafio, e nos cumprimentou inclinando sua cabeça loira.

— Boa tarde, Sr. Holmes, Dr. Watson. É um prazer vê-los novamente.

— Muito honrados, Sr. Adamson. Talvez queira se sentar e dividir conosco alguns cigarros.

— Nada me agradaria mais.

— Bem. Como deve saber, o caso que eu investigava chegou ao fim. Um final não muito satisfatório para mim.

— Lamento ouvir isso.

— Eu estava prestes a contar a Watson os detalhes do caso, para que ele incluísse em suas anotações. Não tenho dúvidas de que, um dia, meu bom amigo decidirá nos imortalizar com outra de suas histórias, e eu desejo que os dados sejam os mais precisos possíveis. Por isso, fico feliz que esteja aqui. Sua intervenção neste assunto ainda não foi totalmente esclarecida.

— Concordo. Vá em frente, pois adorarei ouvir o que você tem a dizer, senhor Holmes.

— Ótimo. — Holmes acendeu o cachimbo e deu nele um par de longas tragadas antes de seguir falando. — Tudo começou, ou pelo menos no que toca à minha participação, há cerca de quatro ou cinco anos, e não comigo na verdade, mas com meu irmão Mycroft. Devo reconhecer que sempre fui uma pessoa bastante cética e que contemplo tudo relacionado ao místico e ao oculto com certa distância e precaução, mesmo que ocasionalmente minha profissão tenha me levado ao contato com as fronteiras desse mundo. Meu irmão, no entanto, não é da mesma opinião. Como eu disse a meu amigo Watson em mais de uma ocasião, embora ele insista em não acreditar em mim, detalhe pelo qual o agradeço, meu irmão Mycroft possui as mesmas faculdades de raciocínio e pensamento dedutivo que eu, mas aumentadas em grau superlativo. Aumentadas até o ponto em que chega a desconfiar da lógica para resolver determinadas questões. Isso não deve surpreendê-los, afinal, a lógica não passa de uma ferramenta e, como tal, tem suas limitações. É bem evidente que quanto mais alguém a conhece e a domina, torna-se ainda mais consciente dessas limitações. Esse é o caso do Mycroft. Eu, porém, como sou de natureza mais prática e, talvez, mais limitada, me conformei com a parte útil da lógica e nunca me preocupei com as áreas não tocadas por ela. Afinal, esses territórios não entravam no campo do meu trabalho. Isso até pouco tempo.

Ele disse a última frase quase a contragosto, como se o estivessem forçando a reconhecer uma realidade indesejável, mas impossível de não considerar.

— De qualquer modo, a verdade é que Mycroft sempre se sentiu atraído por tudo aquilo que faz fronteira com o território do desconhecido. Há alguns anos, ele me levou aos seus aposentos do hotel Trafalgar. Por meio de seus contatos com o mundo do ocultismo, havia ouvido um rumor verdadeiramente inquietante. Era sobre alguém, um príncipe de tremendo poder e influência, que havia renunciado ao seu reino. Parecia-me uma teoria interessante, do ponto de vista estético, até mesmo ético, embora não muito importante para mim, para ser sincero. Depois disso, tive a oportunidade de acabar de uma vez por todas com o Professor Moriarty e, durante o transcorrer de nossa disputa, me deram por morto. Interessava-me que o mundo acreditasse nisso, pelo menos por um tempo, e somente Mycroft soube que eu ainda estava vivo. Ele concordou em me ajudar e me proporcionar os meios para ocultar minha existência, mas me pediu algo em troca. Queria que eu investigasse se o rumor era verdadeiro. Bem, por que não fazê-lo? A perspectiva, embora de pouca consequência prática, interessou-me imediatamente. Mycroft e eu traçamos a personalidade do explorador Sigerson e, disfarçado desse modo, percorri o mundo. Cheguei a Lhassa, no distante Tibete, e entrevistei o Grande Lama. Ele conhecia o rumor e o considerava verdadeiro, embora não o inquietasse muito. "O equilíbrio da roda cósmica", ele me disse, "não será perturbado". Desci para a Índia e entrei em contato com alguns dos mais conhecidos devotos, que pareciam compartilhar a opinião do Grande Lama. De lá, fui para a Pérsia, entrei no mundo árabe e consegui chegar a Meca. Durante a viagem, passei pela Palestina e falei com vários mestres cabalistas, que acreditavam piamente no rumor e pareciam estar preparados para o iminente fim do mundo que o sucederia. Não é algo que deva nos surpreender, pois os antigos místicos judeus parecem estar sempre esperando o fim do mundo. Em Meca, o rumor era sussurrado nas esquinas, e até o próprio califa de Jartum, com quem falei pouco depois, parecia dar-lhe crédito. Despindo minhas roupas islâmicas, voltei para o Ocidente. Como o Vaticano estava em dívida comigo pela questão dos camafeus, que Watson já conhece, não foi difícil entrevistar o Santo Padre. Um homem muito sutil. Ele não dava crédito nem desmentia o rumor, mas conseguiu me fazer entender, sem dizer uma palavra, que acreditava nele e estava tremendamente preocupado. Enfim, não vou aborrecê-los mais com minhas outras investigações. Como a identidade de Sigerson não era útil para mim além daquele ponto, eu a abandonei. Rumei então para a França, mais precisamente para Montpellier, onde estavam realizando pesquisas interessantes sobre o alcatrão, pesquisas que poderiam ser de grande utilidade para mim no futuro. Depois, de lá, voltei a Londres, na hora certa de desmascarar o coronel Sebastian Moran, que foi substituto do falecido professor Moriarty. Eu disse a Mycroft o que havia averiguado e reconheço que não voltei a pensar nisso. O tempo foi passando e, com rumores ou não, não parecia que grandes mudanças foram produzidas nos mundos místicos, ou como vocês queiram chamá-los.

Ele comprovou o estado do cachimbo, numa pausa dramática que eu sabia ter sido planejada antecipadamente.

— Então, de repente, me deparo no jornal com a notícia da conferência de Sigerson sobre os bosquímanos. Aquilo não fazia sentido, já que Sigerson nunca havia existido. Minha primeira conclusão foi a de que todo aquele embuste era apenas uma manobra para atrair minha atenção. Logo, no entanto, os eventos me obrigaram a abandonar essa ideia apesar do fato de que, reconheço, não a desconsiderei totalmente. O verdadeiro propósito de Sigerson, ou, mais precisamente, de Winfield Scott Lovecraft, era bem diferente. A franco-maçonaria egípcia, especificamente seu ramo dos Estados Unidos, conhecia o rumor do príncipe que havia abdicado. Ela também sabia que, se fosse verdade, o *Necronomicon*, ao invés de ser um livro perigoso, se tornaria uma fonte de poder. Até então, qualquer um que havia tentado usá-lo para obter o controle de determinado reino havia fracassado: seu dono legítimo, o príncipe apregoado no rumor que mencionei a vocês, não havia permitido isso. Mas se fosse verdade que ele havia abdicado, não havia mais nenhum impedimento. Eles não tinham certeza de que a notícia era verdadeira, mas enviaram um agente para a Inglaterra para se apoderar, se o boato fosse confirmado, da única cópia completa do livro de Abdelésar, a cópia do Dr. John Dee, que seus herdeiros intelectuais preservavam zelosamente. Lovecraft adota então a personalidade de Sigerson e contata a Aurora Dourada, seita que possuía o grimório. Aguarda pacientemente até que, por fim, uma mensagem de seus superiores — mas enviada pelo próprio Lovecraft, numa pirueta que, de tão absurda, é quase genial — diz a ele que o rumor é verdadeiro e que ele deve se apossar do *Necronomicon*, embarcando em seguida no Alice no mês de março. A primeira coisa que Lovecraft faz é se livrar da personalidade de Sigerson, da qual não precisa mais. Para isso, finge um desaparecimento misterioso. Em seguida, se aproxima de James Phillimore, o Protetor da Aurora Dourada, desfigura seu rosto para que não seja reconhecido e o veste com suas roupas, de modo que a polícia acredite que o cadáver encontrado seja o de Sigerson. Depois disso, disfarçado de Phillimore, consegue o Necronomicon. Agora só resta esperar o dia apropriado e embarcar. A personalidade de Phillimore já não é mais útil. Ele poderia simplesmente abandonar o disfarce, mas nosso homem tem uma sensibilidade teatral hiperdesenvolvida, e o que ele faz é fingir um sumiço aparentemente impossível, entre sua casa e o coche que o espera. Depois, ele adota um novo disfarce, que já havia preparado há algum tempo, o de uma mulher madura, desgastada pelas depravações que viveu e que canta num *music hall* barato. O que não espera é que, em uma noite, depois da atuação, alguém se aproxime dela, ou dele, e o reconheça como Sigerson. Estou falando de Isadora Persano, que acompanhava o suposto explorador norueguês há tempos, por razões que desconheço. Lovecraft mantém um sangue frio invejável. Mas não só isso. Ele lhe dá a chave para sua fuga da Inglaterra sob a forma de uma palavra que Persano não podia deixar de reconhecer, "Jabberwocky", palavra que fazia referância à *Alice*, de Carroll. Logo, como por casualidade, ele lhe entrega uma caixa de fósforos e diz que ele achará seu conteúdo interessante. O que há nessa caixa tem sido conhecido por muitos nomes, mas talvez o mais comum deles seja *Dhole*, uma criatura misteriosa e repugnante que tem por característica deixar completamente louco aquele que a observa por muito tempo. A franco-maçonaria egípcia da América do Norte conseguiu reproduzir vários deles em cativeiro, e cada um de seus membros importantes tem um em seu poder quando sai para uma missão perigosa. Sem dúvida, como uma arma de proteção que os ajude a nada revelar caso sejam capturados. Quem suspeitaria de uma caixa de fósforos inofensiva? O agente em particular só teria que abri-la e olhá-lo, perder-se nos abismos insondáveis que se abrem na mente com a contemplação desses olhos astutos, e ninguém conseguirá tirar-lhe mais uma só palavra. O que Lovecraft não conta é que, ao encontrar Persano, ele ainda consiga manter um pouco de sua sanidade, o suficiente para balbuciar a palavra-chave "Jabberwocky". Depois disso, não é muito difícil procurar o barco chamado *Alice*. No começo, me engana o fato de eu estar esperando um navio de grande tonelagem e o *Alice* não passar de um barco a vela. Não importa, digo a mim mesmo. Ele pretende chegar à França nele. Uma vez lá, comprará uma passagem para a América do Norte. Assim que encontramos o barco e estamos prestes a capturá-lo, um misterioso banco de nevoeiro aparece do nada e o engole. Quando a névoa se dissipa, não há rastros do barco. Creio que isso seja tudo.

— Estou impressionado, Sr. Holmes — disse Adamson, enquanto rolava um novo cigarro. — Seu intelecto é algo formidável.

— No entanto, desta vez eu fracassei. Por sua culpa, Sr. Adamson.

— Como assim?

— Você vai entender. Se o propósito de Lovecraft não era outro senão obter o *Necronomicon*, por que se passar por Sigerson? Esse foi o detalhe que, acredite em mim, me deixava mais inquieto. Substituir o explorador norueguês não o ajudaria em sua missão, pelo contrário, a dificultaria, especialmente se eu descobrisse essa impostura. Lovecraft não podia ter o menor interesse em atrair-me. Não fazia sentido. Portanto, alguém que não era ele queria que eu estivesse envolvido nesse assunto, alguém que sabia que ele poderia chamar minha atenção com o nome de Sigerson, alguém perto de Lovecraft, alguém, enfim, que sugeriu que ele adotasse esse disfarce.

— Ou seja, eu.

— Eu me atreveria a dizer que você conheceu Lovecraft antes que ele viesse à Inglaterra. Talvez na França. Talvez, por que não, no Bois de Boulogne, talvez até no mesmo dia em que Crowley convencia Mathers a sair das sombras e assumir o controle da Aurora Dourada. E eu diria que se fez passar por seu secretário para assistir aos acontecimentos de uma posição próxima.

— Correto, Sr. Holmes. Eu tinha minhas razões para que Lovecraft se apoderasse do *Necronomicon*, como acredito que você já sabia por sua alusão aos acontecimentos em Paris. Mas, ao mesmo tempo, reconheço que tinha interesse em vê-lo interagir com você. Sugeri a Lovecraft que adotasse a personalidade de Sigerson, fazendo-o ver que seria conveniente deixar certas pistas sobre suas intenções. Não muito evidentes, mas indicativas o suficiente para cair em mãos adequadas. Neste caso, as suas.

Isso corroborava o que Holmes havia me contado há alguns dias. Meu amigo, no entanto, não parecia dar importância a essas palavras e se limitou a perguntar:

— O que você lhe deu em troca?

— Em troca?

— Lembre-se, era você quem tinha interesse em me ver atuar, não Lovecraft. Portanto, não seria errado supor que, se ele concordasse com seus desejos de se disfarçar como o explorador, de se arriscar em ter-me no rastro de seus calcanhares, você lhe daria algo em troca.

— E eu pressinto que você está prestes a me dizer o que seria esse algo.

— Sua fuga, o que mais. Você prometeu a ele que, caso Lovecraft percebesse que a fuga seria impossível, você o ajudaria. Você é o responsável pelo desaparecimento do *Alice* esta manhã.

Holmes olhou para mim, consciente da minha surpresa.

— Sim, Watson, é difícil de aceitar, mas nenhuma outra explicação inclui todos os fatos conforme os conhecemos. Por mais incrível que possa parecer, somente a mão do Sr. Adamson poderia intervir para arrebatar o Alice na frente dos nossos narizes. Pode ser que tenha renunciado ao seu reino, mas é claro que ele conserva algumas das suas... habilidades.

Adamson assentiu. Lentamente, juntou as duas mãos e aplaudiu uma, duas, três vezes.

— Formidável, Sr. Holmes.

— Obrigado, Sr. Adamson, mas acredite em mim quando digo que era elementar. Era a única forma que Lovecraft poderia ter para escapar de mim. Não se trata de soberba de minha parte, lhe asseguro, e sim o desenvolvimento lógico dos acontecimentos. No entanto, eu confesso que me produziu certa perplexidade o seu interesse em fornecer o grimório a Lovecraft.

Adamson se recostou na poltrona.

— Isso talvez não esteja totalmente correto — disse ele. — Digamos, em vez disso, que eu tinha interesse em tirá-lo das mãos da Aurora Dourada.

— Ou de Samuel Liddell Mathers.

Adamson negou com a cabeça.

— Eu lhe asseguro que o Sr. Mathers não me preocupa. Ele está, poderíamos dizer, destinado, por que não?, a se tornar um pouco mais do que uma pitoresca nota de rodapé nos livros de história, tanto ele como a sua ordem. Mas...

— Mas talvez não possamos dizer o mesmo sobre Alexander Crowley — finalizou Holmes.

Adamson sorriu.

— De fato, Sr. Holmes, talvez não possamos dizer o mesmo sobre ele. Não que possa me causar algum dano esse livro. E eu sei, de fonte segura, que quem o usar para acessar meu antigo reino encontrará uma surpresa desagradável, pois suas fronteiras não estão tão desprotegidas como possa parecer. Mas outros assuntos também são falados no *Necronomicon*, enigmas mencionados entre suas páginas que, em mãos erradas, poderiam tornar este mundo insuportavelmente... incômodo para seus habitantes atuais. E já que decidi morar por um tempo nesse plano de existência, prefiro que seja um lugar agradável para viver. As ambições e os planos do Sr. Mathers não passam de ações ridículas por ora, e talvez pudéssemos dizer outro tanto sobre os do Sr. Alexander — ou Sr. Aleister, como ele prefere ser chamado — Crowley, mas ao contrário do que acontece com seu protetor, ele sim tem a capacidade e a ambição necessárias para se tornar, com o instrumento certo em suas mãos, alguém tremendamente perigoso. O modo como manipulou seu mentor durante todo esse tempo é uma boa prova disso. Ele conhecia os rumores sobre minha... abdicação, sim, vamos chamar assim, e sabia como conseguir uma cópia do *Necronomicon*, coisa que poucas pessoas no mundo sabem, e me permitam não me estender mais nesse assunto. Naquele momento, ele era pouco mais que um adolescente, mas isso não impediu que executasse seus planos com autêntica habilidade. Dos três fundadores da Aurora Dourada, ele compreendeu imediatamente qual era o mais útil a seus propósitos e soube manipulá-lo durante todo este tempo com grande maestria. Se pudesse ter usado o livro, bem, digamos que as consequências não teriam sido agradáveis para ninguém. Eu diria que Samuel Liddell Mathers e sua Aurora Dourada não serão mais do que uma nota pitoresca nos glossários da história, e isso teria ocorrido tanto com minha intervenção quanto sem ela, mas não podemos dizer o mesmo sobre o Sr. Crowley. Ou, melhor dizendo, depois de tudo o que aconteceu nessas semanas, isso é o que podemos supor.

— E o livro estará mais seguro nas mãos de Lovecraft?

— Certamente, Sr. Holmes. Não posso explicar isso para você, mas asseguro-lhe que, com o tempo, o livro irá aonde poderia causar menor dano. Eu mesmo me encarregarei disso. Inclusive, de um ponto de vista meramente estético, é possível que até faça algum bem, algo que seu autor jamais pensaria, suponho.

— Entendo. Suponho que terei de aceitar sua palavra sobre este assunto. O que eu gostaria de saber é por que tinha tanto interesse em me ver atuar.

— Oh, acredito que o imagine perfeitamente. A modéstia nunca foi um de seus defeitos, até onde sei. Você me fascina, Sr. Sherlock Holmes. De todos os homens que conheci, você é o mais peculiar e notável.

Holmes não pareceu pescar o elogio. Com o tom frio e medido de sempre, perguntou:

— Então estou certo em supor que já tentou me ver agir em outras ocasiões?

— Refere-se à época em que estive associado ao professor Moriarty, eu acredito. Sim, você tem razão, em parte. Embora eu tenha que reconhecer que o professor me atraía em boa parte por si mesmo. Digamos que ele também era notável, só que de sua própria maneira retorcida.

Holmes assentiu e permaneceu em silêncio por alguns segundos.

— É certo que há algo que me intriga em seu nome — disse ele em seguida.

— E o que seria isso?

— Não acredito que seu nome de batismo seja complemente autêntico, ou, pelo menos, pode ser uma versão dele. Mas Adamson, Filho de Adão... por quê?

— Considere isso como uma piada particular, Sr. Holmes, uma ironia contra mim mesmo. Afinal, o nome de Adão está relacionado porque eu caí em desgraça com meu... pai. Só uma vez eu me rebelei contra seus desejos e foi quando ele pretendeu nos substituir por... Mas isso é história antiga. Águas passadas.

Meu rosto devia ser bastante expressivo, porque Adamson se virou para mim, sorrindo ostensivamente.

— Sim, Dr. Watson, como você terá suposto, sou o príncipe de quem o rumor fala, que renunciou ao seu reino, algo que o Sr. Holmes já sabia, ou pelo menos suspeitava.

— Isso eu já entendi. O que não consigo entender é por que renunciou a ele.

— É difícil explicar, embora a razão principal tenha sido o cansaço. Sei que ela parece uma palavra muito trivial para abranger o meu verdadeiro estado de espírito. Como disse, apenas uma vez me recusei a obedecer ao meu pai, um único ato de desobediência em toda uma vida dedicada ao serviço e à abnegação. Como, depois de todo esse tempo, eu não fui perdoado, agora sei que nunca o serei. Porque até minha rebelião foi prevista e desejada e o reino que eu governava estava sob meu poder apenas porque ele havia decidido assim. Eu fiquei farto, Sr. Holmes, me cansei de ser um fantoche. Eu vi os fios e eu os cortei. Não obterei o perdão, mas não quero nem preciso disso. Também não preciso deste reino. Eu renunciei a ambos. Pela primeira vez em toda a minha vida, sou eu mesmo. Nada mais. Meus propósitos para a raça humana não são hostis. Na realidade, eles nunca foram, embora vocês sempre tivessem se empenhado em acreditar no contrário. Eu fui o administrador do meu reino, nada mais, nada menos, apenas um administrador competente; apesar de me sentir mal dizendo isso, nunca obriguei ninguém a atravessar as suas fronteiras e a habitá-lo. Todos os seus habitantes estavam lá por sua própria vontade, apesar de acreditarem no contrário. Para ser honesto, jamais me interessei pela humanidade o suficiente para ser hostil ou amigável. Isso até agora.

Ele se levantou e apagou a ponta do cigarro no cinzeiro. Pegou o chapéu e as luvas e nos saudou com uma inclinação de cabeça.

— Creio que contei tudo o que queria saber, Sr. Holmes, pelo menos até onde me pareceu adequado. Lamento tê-lo impedido de triunfar nessa ocasião, mas tinha um trato com Lovecraft e, apesar dos rumores, sempre cumpri minhas promessas escrupulosamente. Espero que não exista nenhum rancor da sua parte.

— Sem ressentimento, Sr. Adamson. Eu deduzo de suas palavras que Swedenborg tivesse razão.

— Sim, tinha. E é curioso que em todo esse tempo apenas um homem tenha se deparado com a verdade, enquanto os demais tenham seguido cegos por seus preconceitos. Suponho que essa seja a tão falada natureza humana. Boa tarde, cavalheiros.

Com um último meio sorriso, ele se despediu de nós. Nem Holmes, nem eu dissemos nada durante bastante tempo.

Era quase noite quando fui capaz de abrir a boca e dizer:

— Holmes, ele, ele...

— Sem dúvida, sem a menor dúvida, Watson.

— Mas o que acontecerá agora com seu reino, quem o governará, o que...?

— Eu não me preocuparia com isso se fosse você. Alguém assumirá o poder: haverá um tempo de caos, talvez, e, finalmente, algum de seus antigos subordinados se tornará o novo governante. As coisas costumam mudar para que nada mude e você já deve saber disso.

Holmes se levantou e se aproximou da janela. Abriu parcialmente a cortina e contemplou a rua silenciosamente por um momento. Estava anoitecendo e a iluminação pública tentava inutilmente transpor a névoa que se movia pelas ruas de Londres como um ser vivo.

— Pergunto-me o que será dele agora.

— Mas... — eu disse —você acredita, Holmes? Acredita em tudo o que ele falou?

— Em tudo? — perguntou ele, com um sorriso irônico. — Não, talvez não tudo. Mas acredito em sua afirmação de que tenha deixado seu reino, de que não deseje mais o perdão. Quanto ao resto? Ah, é difícil dizer. Afinal, eles não o chamariam de Príncipe das Mentiras à toa, não é mesmo, Watson?

EPÍLOGO

ATÉ ONDE EU SEI, Sherlock Holmes se encontrou novamente com Shamael Adamson vários anos depois. Depois desse encontro, não sei o que sucedeu a ele. Provavelmente, segue por aí, sob qualquer nome suposto, desde que ele não tenha decidido retornar ao seu reino, se realmente era quem afirmava ser. O desaparecimento do *Alice* pareceria confirmar isso, mas como ter certeza? Talvez, inclusive, seja melhor não ter essa certeza. Apesar de tudo, o assunto é verdadeiro neste caso: há coisas que é melhor que o homem não saiba, ou pelo menos que não esteja complementamente seguro delas.

Como eu disse, a Scotland Yard enterrou o assunto. Nos jornais, comentou-se o caso da estranha loucura de Isadora Persano e o desaparecimento sem o menor rastro de James Phillimore, mas, em poucos dias, novos escândalos transformaram essas notícias em velhos assuntos, resultando em seu completo esquecimento. Nem Phillimore, nem Persano tinham parentes vivos que poderiam estar interessados em resolver seus respectivos casos. E quanto a Greatfeet, ninguém pareceu lamentar o desaparecimento do velho bêbado.

Durante muito tempo, Holmes recusou-se a permitir que sua intervenção neste caso se tornasse pública, embora eu tenha certeza de que isso não se devia ao fato de ter terminado como um fracasso para ele. Afinal, que outro homem poderia ter chegado tão longe? Eu já havia publicado outras histórias em que sua intervenção não foi totalmente satisfatória. Por outro lado, eu não queria envolver meu amigo Arthur Conan Doyle num assunto tão desagradável. Como expliquei anteriormente, a morte do meu antigo agente literário fez com que a segunda das razões para não torná-lo público desaparecesse. Quanto à permissão de Holmes, ele a deu sem hesitação assim que leu as histórias horripilantes de Howard Phillips Lovecraft disfarçadas de ficção, mas nas quais se forneciam dados que somente poderiam ter sido escritos por alguém que teve acesso ao antigo grimório. Além disso, seu sobrenome o indicava como um parente — filho, sobrinho, não sei — daquele Lovecraft que escorreu pelos dedos de Sherlock Holmes naquela manhã de primavera.

Aleister Crowley entrou na Aurora Dourada alguns anos depois, mas não demorou muito para ser expulso da ordem e fundar sua própria seita. No entanto, como Adamson havia dito, sua relevância no mundo não foi além de constituir um personagem pitoresco e um tanto sinistro. Seus passos e os de Sherlock Holmes vieram a se cruzar há alguns meses e o resultado desse encontro ainda me deixa perplexo. Ouvi dizer que ele chegou a ter alguma influência no mundo ilusório de Hollywood, mas até isso acabou dando em nada.

Durante muitos anos, o mundo do ocultismo viveu com medo de que alguém pudesse utilizar o conhecimento do *Necronomicon* para conquistar o poder no reino que Adamson abandonou e assim perturbar a ordem das coisas. No entanto, o tempo se passou e tudo parece permanecer o mesmo, o que aparentemente dá razão a Holmes quando disse que as coisas costumavam mudar para que nada mudasse, ou confirma a crença do Grande Lama de que o equilíbrio não seria perturbado. Mas quem pode saber disso, quem pode ter certeza?

Eu não. Também nem quero.

Embora eu não tenha sido capaz de trazer ao público esses eventos até agora, como já expliquei, não consegui resistir à tentação de me referir a eles em outros escritos. Os leitores lembrarão minha referência, em "A Ponte de Thor", a três casos que Holmes não conseguiu solucionar. Eles eram os do Sr. James Phillimore, que, ao voltar para casa numa manhã para pegar um guarda-chuva, desapareceu sem deixar vestígios. O de Isadora Persano, que foi encontrado completamente louco segurando uma caixa de fósforos, em cujo interior havia um verme desconhecido para a ciência. E o do veleiro *Alice*, que, numa manhã clara de primavera, entrou num nevoeiro e ninguém voltou a vê-lo. No momento, eu dei uma impressão muito negativa sobre o assunto, como se Holmes tivesse se mostrado incapaz de resolver esses mistérios. É verdade que nunca poderia se provar que o cadáver destroçado encontrado no Tâmisa fosse o de James Phillimore, mas nem para Holmes, nem para mim, ficou a menor dúvida sobre esse assunto. O verme na caixa de fósforos poderia ser desconhecido para a ciência, mas eu jamais afirmei que o fosse para o próprio Holmes. E quanto ao *Alice*, ninguém neste mundo poderia ter impedido o seu desaparecimento. Com esta narrativa, espero que as dúvidas que meus leitores tenham sobre esse assunto finalmente tenham sido resolvidas.

Não sei o que pensarão quando terminarem de ler as próximas páginas. Haverá muito nesta história que lhes pareça incrível, inverossímil, como me pareceu no dia. Limitei-me a dizer o que vi, a narrar aquilo de que fui testemunha, sem distorções ou ocultamentos. Se o que Holmes e eu vimos e ouvimos foi verdade ou não, isso é vocês que têm de decidir.

SEGUNDA PARTE:

A BOCA DO INFERNO

(1931)

I
Uma visita intempestiva

NO FINAL DAQUELA tarde de 1931, Sherlock Holmes era a última pessoa que eu esperava encontrar na porta de minha casa. Parado na soleira, ele olhou para mim com o costumeiro brilho sarcástico nos olhos e me cumprimentou como se não tivessem se passado mais de cinco anos desde a última vez que nos vimos.

— Você deve se segurar, Watson — disse ele, depois de eu o convidar a entrar. — Você não está mais na idade de perseguir jovenzinhas.

— Não diga bobagens, Holmes — respondi. — Garanto que...

— Meu querido amigo — continuou ele, sentando-se à minha frente. — É inútil que tente me convencer do contrário. Você realmente quer que eu acredite que ninguém cuida de você nesses dias? Faz muito tempo que nos conhecemos e seus hábitos de solteirão incorrigível me são bastante familiares para eu esperar encontrar vestígios deles no seu domícilio. No entanto, à primeira vista, saltam aos meus olhos as evidências de que alguém cuida da casa. E, claro, não é você.

Abri a boca, mas ele me deteve com um gesto da mão.

— Eu sei o que você vai dizer, mas duvido que seja coisa do serviço ou de uma governanta abnegada com idade madura, já avançada. Há uma mulher por trás dessa ordem, jovem e de gostos modernos. É evidente para qualquer um que saiba olhar com atenção.

Eu dei de ombros.

— É verdade que conto com ajuda feminina — respondi. — E também que se trata de uma jovem mulher. Mas daí que você insinue que...

— Bem, meu caro amigo, não vou insistir. Mas acredite, me parece difícil acreditar que sua apresentação pessoal seja pura vaidade e não para impressionar sua jovem assistente.

— Você é livre para acreditar no que bem quiser, Holmes, mas eu lhe asseguro...

— É melhor que não me assegure nada, Watson. Vamos deixar por isso mesmo. Afinal, não é da minha conta e, caso você não fosse tão indulgente como sempre foi com minhas excentricidades, teria comunicado isso desde o princípio. Peço desculpas, meu amigo. A natureza de suas relações com a senhorita... Violet — eu confesso não saber seu sobrenome — cabem a você e somente a você.

Tratei de me manter impassível diante do nome que ele acabava de mencionar, embora eu tenha certeza de que não tive muito sucesso. Holmes, no entanto, não deu nenhuma importância às suas próprias palavras e se limitou a tirar sua carteira de cigarro e enrolar um fumo, não escondendo um meio sorriso que surgia no seu rosto anguloso.

Violet Chase cuidava da minha casa por um tempo, ajudando-me a manter as coisas no lugar e certificando-se de que tudo estava como devia. Como era filha de velhos amigos, eu a conhecia praticamente desde criança e é verdade que ela sempre manifestou uma inclinação — de caráter totalmente inocente — em minha direção. De certa forma, acredito que foi minha influência que fez com que ela decidisse empreender os estudos de medicina, e eu confesso que sentia um certo orgulho disso. Quanto ao que Holmes pretendia insinuar com seus comentários... Não vou dizer que, uma vez ou outra, sua mente afiada tinha visto mais do que havia, pois nem o mais sagaz dos homens está livre de cometer um equívoco.

Holmes terminou de enrolar o cigarro e, enquanto eu me perguntava como tinha feito para deduzir o nome de minha jovem amiga, ele o fumou com calma. Como eu disse, passaram mais de cinco anos desde que nos vimos pela última vez, e nesse tempo não havia mudado muito. Longe de aparentar sua verdadeira idade, ele se mantinha numa maturidade esplêndida e indefinida que não parecia ter nenhuma pressa em abandonar. Enquanto eu e o resto do mundo envelhecíamos — e as indisposições da idade nos venciam e iam consumindo nossas forças — dava a impressão de que a passagem do tempo não existia para ele. Não era mais o jovem estravagante que Stanford me apresentou, há mais de cinquenta anos, mas era como se ele envelhecesse a um ritmo mais lento que o resto de nós.

— Parece que as coisas estão indo bem para você, meu amigo.

Suas palavras interromperam meus pensamentos e, diante delas, não pude evitar um sorriso.

— Não posso me queixar, Holmes. E, em grande medida, eu devo isso a você. O público ainda gosta de suas histórias. E eu ainda gosto de escrevê-las.

Holmes sacudiu a cabeça.

— São suas histórias, Watson, não minhas. É você quem faz com que os leitores as apreciem.

— Obrigado — respondi, surpreso com um elogio tão inesperado de sua parte.

— Não me agradeça. Na verdade, minhas palavras não pretendiam ser lisonjeiras. Sabe o que penso das suas crônicas sobre as minhas atividades: você sempre insistiu em concentrar a atenção nos aspectos mais... emocionais do assunto, em vez de apenas detalhar a inevitável cadeia de deduções que me levaram a resolver o caso. Você tinha diante dos olhos uma oportunidade de ouro, Watson, pois suas histórias poderiam ter sido o livro de cabeceira de gerações inteiras de detetives. Poderia ter escrito o manual definitivo da arte da dedução detetivesca. Mas, ao invés disso, preferiu transformar tudo em intrigas românticas que quase nada contribuem para o essencial.

Apesar dos anos que passaram, as críticas ao meu trabalho ainda me doem. Desse modo, não pude deixar de me mexer desconfortavelmente na poltrona e dizer:

— Os leitores parecem ter outra opinião.

— Isso mesmo — concordou ele. — É por isso que afirmei que são suas histórias e não minhas. É o seu modo de contá-las que as tornou populares. É algo que deploro, mas isso parece ter colocado você em uma situação mais que confortável.

— Não posso me queixar.

Holmes sorriu.

— É a segunda vez que diz isso, meu amigo, o que não deixa de ser curioso. Além disso, as pessoas sempre podem se queixar, não importa quão bem as coisas estejam indo. Receio que seja uma verdade universal. Mas entendo você, Watson. Claro, você parece um homem satisfeito consigo mesmo e com suas circunstâncias.

Holmes deixou que o sorriso morresse lentamente em seu rosto e me dei conta de que me olhava com uma expressão que só pude qualificar como nostálgica. Mais uma vez, depois dessa aparência fria e arrogante, Holmes revelava que não estava isento de fraquezas humanas e que ele também era suscetível à emoção. Compreendi que sentia saudade dos velhos tempos e, desse modo, fiz com que ele notasse isso.

— Sentir saudades? — Encolheu os ombros. — Sem dúvida, foram épocas mais simples, em que tudo parecia estar mais claro para todo o mundo. E é verdade que foi uma boa época.

— *Era a melhor das épocas...*

— *Era a pior das épocas* — disse ele, terminando a citação de Dickens. — Sim, de certo modo, essa antítese define perfeitamente meus anos de atividade como detetive consultor. Foi, sem dúvida, a melhor e a pior das épocas, a idade da razão e a idade da loucura, a estação da luz e a estação das trevas. Então, de certo modo, e para continuar o jogo, digamos que sinto falta dela e também alegro-me que tenha acabado.

Acredito que esse foi o momento em que comecei a suspeitar que Holmes não tinha vindo me visitar pelo puro prazer de conversar comigo. É verdade que, desde que se aposentou, no começo do século, vinha me ver de vez em quando. Não de forma muito frequente, mas o bastante para não nos perdermos de vista. Certa vez eu disse que, para ele, eu era um dos seus hábitos, como o tabaco no cachimbo, o chinelo persa, os experimentos químicos ou as improvisações de violino. E suponho que, de vez em quando, ele necessitasse de uma "dose" de Watson, assim como precisou de doses de cocaína no passado.

Outras vezes, no entanto, nos encontramos apenas por razões profissionais, como no caso do assassino falso, no qual eu o fiz vir a Londres, ou quando me pediu para ajudar a prender Von Bork, o espião ao serviço do Kaiser nos dias que antecederam a Grande Guerra.

Naquela noite, enquanto meu amigo parafraseava Dickens, tive a sensação de que essa visita não se devia a nenhum dos dois motivos que acabo de relatar. Ou talvez, de uma forma invertida, se devia a ambos.

— Não está equivocado, Watson — disse ele, tirando-me mais uma vez dos meus pensamentos e, ao mesmo tempo, mostrando novamente que os seguia como se ele próprio os tivesse formulado. — Esta não é uma simples visita social. Mas também não é inteiramente profissional. Eu não venho pedir sua ajuda num dos meus casos. Eu venho para...

Ele hesitou e, durante um instante, foi incapaz de sustentar o meu olhar. O assombro que experimentei naquele momento é difícil de descrever. Mas ainda maior é o medo que me apreendeu. O que estava acontecendo?

— Eu tenho algo para lhe contar, Watson, velho amigo. Se acreditasse nessas coisas, eu diria que eu tenho algo a confessar. Não sei se é propriamente um pecado, mas certamente, é certo que eu precise de absolvição. Talvez você não possa me dar isso, mas eu temo não poder recorrer a mais ninguém.

Não soube o que responder ao que ele acabava de falar e, na realidade, acredito que ele não esperava uma resposta. De repente, como se nada tivesse acontecido, levantou o olhar e disse:

— Somos praticamente os únicos sobreviventes de nossa época, Watson. Como dinossauros presos em um vale no qual o tempo não se atreveu a passar. Como uma dessas histórias contadas pelo meu estrambótico primo Challenger.

Sentamo-nos em frente à lareira, depois de um jantar frio, que compartilhamos em silêncio. Holmes embalava uma generosa taça de brandy em suas mãos e não tirava os olhos do fogo enquanto falava.

— O que nos faz seguir adiante? Por que nos empenhamos em continuar com a vida, enquanto tudo o que conhecíamos está desaparecendo ao nosso redor? Vivemos no meio de um nevoeiro que devora tudo, Watson. Frio, úmido e sem nenhuma piedade. E, no entanto, ainda estamos de pé. Nós não nos rendemos. Por quê?

Eu sei que meu amigo não esperava nenhuma resposta, mas não pude deixar de dá-la:

— Porque ainda não é a nossa hora — disse-lhe. — Porque olhamos ao nosso redor e ainda vemos coisas que nos comovem.

Ele sorriu e me olhou nos olhos. Parecia tranquilo e à vontade, numa calma que eu mesmo não via nele há muito tempo.

— Ah, Watson, Watson, otimista até o final, certo?

— Até o último instante, Holmes.

Ele assentiu com a cabeça e pegou um gole de brandy.

— Sim, não duvido de que para você essa resposta seja verdadeira. Eu sei bem que olha ao seu redor e ainda encontra coisas que o comovem. Mas eu... que motivo tenho eu para seguir adiante?

— Eu não vou cair em sua armadilha, Holmes. Você tem bons motivos e eu vejo isso de forma óbvia. Você ainda está aqui, e isso é prova mais do que suficiente.

— Mesmo? Receio que seu raciocínio seja deficiente, velho amigo.

— Os raciocínios não são tudo.

— Não? Talvez não. E, no entanto, baseei minha vida neles. Eu sou uma máquina de raciocinar, Watson, sou uma mente pura, analítica e desapaixonada.

— Isso não é verdade.

Encolheu os ombros.

— O corpo tem suas necessidades, é verdade — disse ele —, e às vezes a mente tem que se render a elas, por mais que não queira. No entanto, deixando isso de lado...

Agora foi minha vez de sorrir.

— Talvez seja isso o que não podemos deixar de lado, Holmes. — Eu balancei a cabeça. — Não, sinto muito, não acredito nisso. Você não é uma desapaixonada máquina de raciocínio. Esse era o professor Moriarty e você não é como ele.

— Mas eu poderia ter sido.

— Talvez. Se a coisa certa ou errada tivesse ocorrido no momento oportuno. Mas a verdade é que não foi assim. Você pode esconder isso de si mesmo, meu amigo, pode negá-lo ao mundo inteiro, se assim quiser. E, se assim desejar, nunca mais voltarei a dizer isso. Mas, Holmes, de todos os objetivos aos quais você poderia ter dedicado sua mente prodigiosa, escolheu precisamente aquele que, além da razão, necessitava também de compaixão. E nisso, como em tudo o mais que você fez, se destacou sobre o resto do mundo.

— Você me conforta, Watson.

— Assim espero, Holmes.

O silêncio voltou a cair sobre nós. O fogo estalava na lareira e se ouvia a chuva cair lá fora.

Eu vi que Holmes balançava a cabeça.

— Você é único, Watson — disse-me de repente. — Tudo está sempre claro para você. Não há dúvidas. Não há cinzas.

— Não no que se refere a você — respondi. — Nisso, nunca.

Ele agitou o que restava na taça e tomou num só gole. Ele se sentou em sua poltrona e aqueceu suas mãos no fogo por um tempo.

— Receio que irei abusar da sua hospitalidade um pouco mais — disse ele. — Acredito que ambos ganhamos uma boa noite de sono.

Eu o acompanhei ao quarto de hóspedes e lá o deixei, enquanto eu ia ao meu próprio quarto. Desliguei a luz, mas demorei a adormecer. Tive a sensação de que Holmes também não dormiria muito naquela noite.

No entanto, na manhã seguinte, ele ainda não havia se levantado para a hora do café da manhã. Preocupado, fui ao seu quarto e entreabri a porta. Depois de verificar que ele ainda estava dormindo, desci as escadas e preparei um café e duas torradas.

Violet tinha ficado de vir naquele dia, mas julguei conveniente que Holmes e eu estivéssemos sozinhos, então liguei para cancelar nosso encontro. Ela parecia desapontada, mas ficou satisfeita depois de eu prometer lhe contar tudo o que aconteceu. Ela sabia bem quem era Sherlock Holmes, é claro, e, de fato, ela nunca se cansava de ouvir histórias sobre o detetive. Não importava que já as tivesse lido em um de meus relatos publicados. Violet dizia que quando eu as contava em voz alta, elas adquiriam um novo colorido para ela.

Suponho que ela era apenas uma jovem agradecida, adulando a vaidade de um homem bem mais velho. Mas eu não me importava.

Terminei meu café da manhã e enquanto folheava o jornal, fumei o primeiro dos escassos cigarros que eu me permitia naqueles dias.

Holmes acordou algumas horas depois e, quando ele foi até a sala de estar, vi que estava com um humor que não poderia ser melhor.

— Está um dia esplêndido — disse ele, espiando pelas janelas o nosso tristonho tempo inglês. — Um dia esplêndido para estar vivo, certo, Watson?

— Acaso não são todos assim? — perguntei, seguindo seu humor.

— Muito verdadeiro, meu amigo, muito verdadeiro. Eu sei que não são horas, mas confesso que estou morrendo de fome.

— Tenho certeza de que encontraremos algo na cozinha.

Assim foi e Holmes deu conta de um tardio e abundante café da manhã enquanto não parava de cantarolar e fazer piadas. Como já estive bem acostumado a essas mudanças bruscas de humor, não fiquei surpreso.

— Esplêndido — disse ele, quando terminou. — E agora chegou o momento de atualizá-lo das minhas últimas aventuras, você não acha?

— Se você acha isso, sou todo ouvidos.

— Você é o homem mais discreto de todos os homens, caro Watson.

Fomos à sala de estar e nos acomodamos. Holmes enrolou um cigarro e o fumou com calma, reclinado na cadeira.

— Sabe? Um homem como eu nunca se aposenta totalmente. Cerca de trinta anos se passaram desde que deixei a profissão de detetive consultor e, no entanto, em todo esse tempo, não me faltou trabalho. Às vezes, alguém me trazia algo tão interessante que não podia deixar de investigar. Outras... bem, outras simplesmente os acontecimentos insistiam em atravessar meu caminho. E ainda em outras, o pedido vinha de alguém a quem eu não podia dizer não.

Se ele esperava que eu lhe perguntasse algo, deve ter ficado desapontado, porque eu me limitei a olhá-lo e assentir.

— Ainda me lembro do modo melodramático com que lhe falei sobre meu irmão certa vez. Eu disse, lembra? Que ele era o governo da Inglaterra. E de uma maneira singular, assim o é. Ao menos, é um dos homens que mantêm o país unido. Às vezes, eu diria que quase contra a vontade de uma boa parte de seus cidadãos, a julgar pelas coisas que fazemos em muitas ocasiões. Na época, não podia lhe contar mais...

— Nem é necessário, Holmes — eu o interrompi. — Há coisas que até eu me dou conta. Eu sei que Mycroft ocupa uma posição importante em nossos serviços de inteligência.

— Importante, você diz, meu querido amigo. É isso mesmo, embora eu me pergunte até que ponto você sabe. Em qualquer caso, saber isso é o suficiente para compreender o que desejo lhe contar. Eu disse que há momentos em que eles me encarregam de uma tarefa que não posso negar. Se Mycroft me diz que a Inglaterra precisa de meus serviços, ele sabe que conseguirá o que quiser de mim. Assim, nos últimos tempos, tenho sido uma espécie de livre agente na engrenagem da espionagem inglesa.

Assenti de novo. Nenhuma das suas palavras me pegava de surpresa. Afinal, era algo que eu suspeitava há muito tempo.

Holmes terminou seu cigarro, jogou-o nas brasas da lareira e entrelaçou os dedos sob seu queixo afiado, num gesto que eu conhecia bem.

— Há mais ou menos um ano, estava eu em Portugal — disse ele —, seguindo alguém que interessava muito ao nosso serviço de inteligência. Há detalhes sobre o motivo desse interesse que receio que ainda não possa lhe confiar, Watson, mas não saber disso não afetará o essencial da nossa história. A pessoa que eu seguia... você a conhece. Nossos caminhos já se cruzaram no passado, e eu pressinto que isso voltará a acontecer no futuro. Suponho que se lembre do Sr. Aleister Crowley.

E como não lembrar dele? Crowley ganhou reputação mais do que merecida como o homem mais corrupto de sua época. Holmes e eu tivemos a oportunidade de conhecê-lo brevemente no princípio de sua carreira, antes de se tornar uma figura célebre, enquanto investigávamos o desaparecimento de James Phillimore no caso que, eventualmente, acabou se chamando "A aventura da sabedoria dos mortos", ocorrido na primavera de 1895. A pedido de Holmes, naqueles dias, eu estava imerso na tarefa de passar aqueles eventos extraordinários para o papel. Assim, o caso ainda estava fresco na minha memória. A participação de Crowley nessa intriga tinha sido mínima, um personagem secundário de pouca importância, embora ele certamente não visse desse modo. Lembro-me perfeitamente do desagrado que me causou apenas vê-lo e eu sei que Holmes compartilhava do mesmo desgosto, embora nunca o tenha manifestado a mim. Crowley era jovem na época, pouco mais que um adolescente, mas já estava estendendo seus tentáculos pelo mundo do ocultismo e adquirindo uma influência considerável, embora não muito notória.

Holmes voltou a encontrá-lo alguns anos depois, quando trabalhava com Charlie Chaplin num dos seus casos tardios. Sua presença também não teve grande relevância no que aconteceu, apesar de que Holmes sempre suspeitou que ele sabia mais do que havia contado.

— Crowley não estava sozinho em Portugal — Holmes prosseguiu. Não só o seguia sua habitual corte de adoradores, mas alguém também esperava por ele lá. Alguém com quem ele contava, mas também alguém que não. E é claro que seguia seus passos. — Aqui, ele fez uma pausa, como se o que fosse dizer a seguir fosse difícil para ele. — Wiggins estava me acompanhando.

Levantei uma sobrancelha, surpreso. Wiggins? Holmes assentiu.

— Sim, meu pequeno e sujo tenente dos irregulares, que havia se tornado o famoso detetive das estrelas de Hollywood. Meu sucessor, de certo modo.

Ele ficou em silêncio novamente.

— Ele está bem, certo? — perguntei. — O jovem Wiggins está bem, não é mesmo?

Holmes demorou a responder. E, quando o fez, suas palavras não me tranquilizaram:

— Chegaremos a isso em seu devido tempo, Watson. Em seu devido tempo.

II
O detetive das estrelas

FOI ENTÃO QUE eu soube que, meses antes, um navio chegara à costa espanhola.

O mês de agosto estava prestes a terminar e se arrastava para um setembro que prometia ser escuro e úmido.

Holmes e Wiggins viajavam a bordo usando identidades falsas. Não lhes custou muito parecerem uma dupla singular: um velho excêntrico e, sem dúvida, rico acompanhado de um sobrinho ansioso para herdar a fortuna do avarento enquanto exercia a função de seu secretário.

A verdade é que eles se divertiam ao representar seus papéis. Disfarçar-se, fingir o que não era, sempre foi uma segunda natureza para Holmes. E Wiggins não estava isento de habilidades nesse terreno. É claro que, nos últimos anos, como havia se transformado em uma espécie de detetive de estimação das estrelas de Hollywood, não teve oportunidade de praticar essas habilidades com muita frequência. Ou, dependendo de como olhamos, as praticava continuamente, interpretando um único personagem sem parar. No final das contas, tudo é ilusão nesse mundo. E para sobreviver nele, Wiggins teve que se transformar, de certo modo, em uma delas.

O que Sherlock Holmes fazia lá e por que estava acompanhado por seu antigo "tenentinho" das forças irregulares da Baker Street certamente merece uma explicação.

Meu amigo sempre se preocupou com o bem-estar de seus Irregulares. À medida que cresciam, ele foi seguindo seus rastros e, como podia, ajudava-os a se estabelecerem na vida.

Nenhum deles o desapontou. E alguns até superaram as expectativas que eu tinha depositado neles.

Wiggins e Charlie Chaplin foram os casos mais notórios e, do ponto de vista estrito do sucesso material, sem dúvida aqueles que se saíram melhor. O pequeno Charlie tornou-se uma estrela internacional por mérito próprio e seu personagem, o querido vagabundo, acabou se tornando um ícone inesquecível para o público. Meu relacionamento com Charlie sempre fora superficial e sua passagem pelos Irregulares, bastante fugaz. Eu sempre tive a sensação, por outro lado, de que o jovem me olhava com desconfiança, talvez até com descontentamento.

É possível que eu tenha merecido isso. Confesso que, no início, olhava com certa hostilidade para aqueles meninos, para aquelas "forças irregulares da Baker Street", como Holmes as havia batizado. Mas, com o tempo, percebi não só quão eficazes eram eles em determinados trabalhos, como também o modo incondicional com que adoravam meu amigo e como respondiam à disciplina quase militar que Wiggins impusera a eles. De certa forma, eram um exército e agiam como tal.

Um exército que encontrou sua hora mais sombria numa boca de ópio em Limehouse, em uma noite de 1895.

Mas estou me adiantando aos acontecimentos.

O caso de Wiggins era totalmente diferente do de Charlie. Eu o conhecia há mais tempo, quando ele ainda não passava de um malandrinho desafiador e desavergonhado que fazia trabalhos e encargos para Holmes e que levou a Sra. Hudson à loucura com suas entradas e saídas contínuas, passando furtivamente pela porta e, certamente, roubando alguma ou outra coisa da cozinha. Com o tempo, tornou-se um rapaz esplêndido e, ao seu redor, foi se formando um grupo bem organizado de meninotes que trabalhavam sob as ordens do detetive.

Não me surpreendi quando Wiggins decidiu seguir os passos do seu mentor e me alegrou ver que não o fazia desafortunadamente. Primeiro dentro da polícia oficial e depois como pesquisador independente, conquistando uma reputação mais do que merecida.

Foi precisamente a pedido de Charlie que Wiggins decidiu ir a Los Angeles e se envolver na comunidade cinematográfica. Sua fama não demorou a crescer e logo Frederick Wingspan, o nome pelo qual o resto do mundo o conhecia, tornou-se o detetive oficial das estrelas da tela. Ao contrário de Holmes, que sempre preferia as sombras e a confortável permanência em um segundo plano, Wiggins não fazia nenhum segredo de sua profissão. Seu rosto aparecia com frequência nas capas das revistas de fofocas de Hollywood, ou nos noticiários do mundo do cinema. Talvez fosse um a mais nas muitas festas cheias de glamour e ficção que pareciam ser celebradas a qualquer hora.

Marcado na bochecha esquerda por duas cicatrizes gêmeas, era um rosto de um certo atrativo sinistro que, sem dúvida, tornava-o mais interessante para o outro sexo: a mistura perfeita de mistério e escuridão que as mulheres acham atraente.

Apesar disso, sempre soube que ele teria preferido ser menos interessante e ter se livrado dessa marca no rosto. Afinal, eu estava lá quando Holmes o trouxe num estado lamentavél e fui eu quem curou suas feridas.

Pelo menos, as de seu rosto.

Eu tenho registrados os detalhes do caso, embora nunca os tenha tornado públicos. Na minha narração de "A sabedoria dos mortos", eu o menciono rapidamente, porque ele não tem muita importância para o que acontece lá. Eu disse, entre outras coisas, que Holmes esteve envolvido numa trama sórdida que acabou levando-o, e boa parte de seus Irregulares, para a área de Limehouse. E foi numa boca de ópio que o menino que era Wiggins foi marcado para sempre.

Alguém estava começando a reorganizar o submundo de Londres, alguém que se aproveitava da morte do professor Moriarty para obter o controle do elemento criminal e estabelecer as bases do que poderia se tornar um novo império do submundo.

Poucos se atreviam a pronunciar seu nome verdadeiro. Era um indivíduo enigmático, de origem chinesa, talvez nascido em algum lugar da Manchúria, e frequentemente chamado de "o mandarim de olhos de jade".

Holmes e ele se enfrentaram. Meu amigo conseguiu fazê-lo fugir, pelo menos por um tempo.

Mas não antes dessa criatura diabólica marcar o rosto de Wiggins.

Na escuridão, ele o deteve. Seus olhos, como duas brasas frias e verdes, tinham imobilizado o jovem e, com a mão esticada, ele murmurou "dois".

Logo sua mão se transformou numa garra de dois dedos colada no rosto do menino.

Essa foi a marca que esse personagem sinistro deixou no jovem Wiggins: duas cicatrizes paralelas num lado de seu rosto.

Foi então que Holmes fez sua aparição e confrontou aquele homem maligno. Tenho certeza de que ele salvou Wiggins de um destino pior que a morte. E eu percebi então o quanto meu amigo sofria ao ver a dor de seu tenentezinho.

Ele o trouxe até mim e eu fiz o melhor que pude. Com o tempo, seu rosto foi se curando. As cicatrizes permaneceram lá, pálidas e quase delicadas, uma sutil lembrança de que o mundo não era o lugar luminoso que às vezes parecia ser.

Lembro-me de que, enquanto curava as feridas do jovem Wiggins, tinha pensado no paralelismo que existia entre os irregulares do detetive e os ladrõezinhos de Faggin. Mais de uma vez pensei que, se Holmes quisesse construir um império criminoso com aqueles meninos, teria uma base insuperável. Por sorte, as intenções do meu amigo foram em outras direções.

Curei como pude o rosto de Wiggins, mas sei que algo atormentava sua alma. Não era nada que pudesse dizer em voz alta, mas logo notei uma mudança na atitude do jovem. Ele se tornou mais implacável e acredito que eu não mais ouvi o som de sua risada. Ele sorria às vezes, e quando o fazia seu rosto se iluminava, mas nunca mais riu.

Ele se juntou à polícia e, como eu disse, trabalhou durante um tempo como detetive oficial. Mas não demorou muito para achar opressoras tantas regras e regulamentos. Além disso, ele havia crescido com o melhor detetive do mundo. O que aqueles, a quem Holmes havia acusado de lerdos mais de uma vez, poderiam lhe ensinar?

Assim, ele logo abandonou as forças da ordem e se estabeleceu por conta própria. Eu sei que Holmes o ajudou discretamente nos primeiros momentos.

Encontrou-se com Charlie Chaplin alguns anos depois, numa de suas visitas à Inglaterra, e deixou-se ser convencido a cruzar o oceano Atlântico. O resto é fácil de acompanhar, por meio das revistas cheias de glamour e de mentiras produzidas pela meca do cinema.

As capacidades de raciocínio e de dedução de Wiggins deixavam pouco a desejar às do próprio Holmes. E não foram poucas as tramas que ele conseguiu desvendar ao longo de sua carreira como detetive. Infelizmente, Wiggins era incapaz de não se envolver emocionalmente nos casos que investigava. Ele não sabia como tomar a distância adequada e, de acordo com Holmes, o bom raciocinador sempre deve manter distância. Para o investigador, dizia meu amigo, o mistério que tenta esclarecer deve ser um enigma, um quebra-cabeça em que deve encontrar as peças faltantes, ou um labirinto no qual deve chegar ao proverbial fio de Ariadne. Nada mais e nada menos.

Eu mesmo, como médico, não desconheço as consequências de se deixar levar emocionalmente. Certa dose de desumanização é essencial para executar bem certos trabalhos. Caso contrário, a carga emocional envolvida que carregam acabaria nos afogando e o peso sobre nossos ombros se tornaria algo insuportável.

A esse respeito, suponho que um detetive não seja muito diferente de um médico. Você tem que se interessar pela doença, descobrir o que os sintomas causam e, se possível, corrigir a situação que os provocou. Mas o paciente não deve ser mais que um fator da equação.

Certamente, deve haver espaço para a compaixão durante todo o processo. No entanto, não muito, ou o excesso de empatia acabaria se tornando uma força destrutiva. É um equilíbrio difícil. E receio que esse fosse um equilíbrio que Wiggins achava difícil, senão impossível, de manter.

O "tenentezinho sujo" que corria em torno das saias da senhora Hudson transformou-se num homem de extremos. Uma máquina de raciocínio elaborada que, ao mesmo tempo, se deixava levar por intensos arrebatamentos de emoção.

A consequência foi que seu corpo acabou por pagar o preço. Em meados de 1930, sofreu um colapso nervoso e teve que ser internado numa clínica: um desses lugares exclusivos onde os atores se recuperam secretamente de seus vícios e problemas. Charlie o ajudou a entrar lá e então chamou Holmes, intuindo que sua presença poderia ser o que Wiggins precisava para se recuperar.

Quando meu amigo o encontrou, o jovem homem estava num estado lamentável. Tinha passado os últimos meses investigando uma série de crimes que pareciam estar relacionados. Todos tinham certos elementos comuns que indicavam isso e Wiggins tinha se colocado a perseguir a pista cheio de determinação, ímpeto e paixão.

Em certo momento, seu corpo se rendeu e sua mente não pôde mais suportar a pressão. Apenas comia, em um estado febril, não parando de balbuciar incoerências sobre o número dois.

Assim os chamou a imprensa sensacionalista: "Os Crimes dos Dois". Parecia obra de um louco, sem dúvida, talvez um homem cuja loucura tocasse a genialidade e também, claramente, o desequilíbrio. Sequestros de gêmeos em que um era devolvido aos pais e o outro assassinado. Roubos em que apenas eram levados pares de objetos e se deixavam de lado as peças isoladas, embora seu valor fosse muito superior ao roubado. Chantagens em que se pediam dois milhões de dólares, com as cartas chegando duplicadas e sempre no segundo dia de cada mês... Parecia não haver relação entre os diferentes delitos, que pareciam abranger toda a gama de delinquências possíveis, exceto por essa obsessão com o número dois.

Entregue à investigação, Wiggins tornou-se cada vez mais obcecado. Incapaz de resolver o caso, finalmente sofreu o colapso nervoso que o levou à clínica onde Holmes o encontrara.

Ele prometeu a Charlie que cuidaria dele, e durante os dias seguintes, trabalhou duro para colocá-lo de pé e fazer com que sua mente esplêndida funcionasse novamente. Poderíamos dizer que conseguiu, mas não sem consequências.

Wiggins, sereno, mas exausto, não estava capacitado a retomar seu... papel — por que não chamá-lo assim? — de detetive das estrelas. Ele precisava de repouso, se afastar de tudo aquilo que havia causado sua obsessão. Embora ele e Holmes tivessem dado juntos o primeiro passo em direção à sua cura, esta ainda estava longe de estar concluída, e ainda havia trabalho a ser feito.

Então, Holmes o levou de volta para casa. Como meu amigo me contou aquela manhã, em minha sala de estar: que outra coisa ele poderia ter feito?

Anteriormente, eu disse que uma distância emocional mínima em certos trabalhos não é apenas aconselhável, como imprescindível. Porém, também é necessário um toque de compaixão, de empatia. E, de fato, não importa o quanto meu amigo proclamasse o contrário, ele concordava com tal princípio. Ao longo de todos os anos em que o vi trabalhar, não me passou despercebido que, mais de uma vez, era a compaixão pelas vítimas, mais que o desejo de desvendar um mistério interessante, que norteava suas ações e o levava a agir.

— Ah, Watson — disse Holmes naquele momento, interrompendo sua história. — Você é o mais teimoso dos homens. Insiste mais uma vez em me transformar em uma criatura emocional. E nada que eu diga ou faça parece convencê-lo do contrário.

— Talvez, Holmes — respondi. — Eu o conheço bem, meu amigo, melhor do que você acredita.

Holmes sorriu.

— Ia dizer "melhor do que você mesmo", certo?

— É bem possível.

— Você se tornou arrogante com o passar dos anos.

— Sem dúvida. Mas isso não significa que eu não tenha razão.

Meu amigo ameaçou um novo sorriso, mas logo encolheu os ombros e continuou com sua história.

III
O irmão mais esperto

WIGGINS PASSEAVA PELAS colinas e Holmes cuidava de sua colmeia quando Mycroft veio vê-lo.

O paupérrimo verão inglês deslizava lentamente para o final e o dia era agradável, sem chegar a ser quente. Wiggins estava há dois meses em Sussex e, lenta, porém firmemente, parecia estar se dirigindo a uma total recuperação. De fato, ele estava bem o suficiente para dar uma olhada nos primeiros rascunhos do *Compêndio da arte da detecção*, obra que ocupou os esforços do meu amigo durante os últimos anos. Dizem que dois pares de olhos veem mais do que um, e algumas das sugestões que o rapaz deu ao detetive foram muito úteis para o encaminhamento correto do seu trabalho, como ele mesmo me confessou.

Como disse, naquela manhã, ele estava cuidando das colmeias. Ouviu o automóvel chegar e, enquanto terminava a limpeza de um favo de mel, reconheceu os passos de seu irmão.

— Sherlock — saudou ele, sem se decidir se entrava ou não na área das colmeias.

— Bom dia, Mycroft — Holmes lhe devolveu a saudação sem abandonar sua tarefa.

Ele terminou o que estava fazendo, devolveu o favo de mel ao seu lugar correto e só então se virou e olhou para o irmão.

Passaram-se apenas alguns meses desde a última vez que o havia visto e ficou surpreso ao encontrá-lo tão envelhecido. Lamentou-se novamente, e não seria a última vez que se negaria a incorporar a geleia real em sua dieta. Os argumentos para essa recusa sempre pareceram infantis para Holmes, mas ele sabia bem que, uma vez tomada uma decisão, era quase impossível que Mycroft mudasse de ideia.

Em silêncio, deixaram os jardins e se dirigiram à casa. Como aquele parecia um bom momento para um desjejum tardio, Holmes fez um pouco de chá e, enquanto a água aquecia, encorajou Mycroft a dizer-lhe o que queria.

— Receio que eu tenha chegado num momento inoportuno — disse ele, olhando ao redor com o cenho franzido. Se eu soubesse que seu jovem pupilo estava aqui, talvez tivesse pensado melhor.

Era uma brincadeira de meninos — pelo menos era para o meu velho amigo — seguir o olhar de seu irmão e encontrar os sinais que tinham revelado a presença de Wiggins. Holmes não se deu ao trabalho de comentar o que era óbvio ao irmão e, em vez disso, falou:

— Bom, Mycroft, pretender controlar tudo é impossível. Você deve saber bem disso. Talvez não sejam as circunstâncias mais apropriadas, mas teremos de lidar com elas como pudermos.

Seu irmão encolheu os ombros. Parecia incomodado.

— Eu sempre posso entregar o trabalho a outro agente — disse ele, depois de um momento de hesitação.

Holmes reprimiu um sorriso. Mycroft, o homem que nunca mudava seus hábitos por nada que não fosse uma emergência nacional e que, no entanto, se dera ao trabalho de vir até Sussex ao invés de mandar buscar seu irmão, agora dizia que talvez poderia escolher outro para aquela missão. Sua armadilha era tão infantil que não parecia digna dele.

— Por favor, Mycroft — disse o detetive, enquanto tirava a água quente do fogo e se sentava a sua frente. — Não me trate como se eu fosse um dos seus peões. Diga-me o que deseja e então veremos o que podemos fazer.

Mas seu irmão não respondeu. Ele esperou que Holmes servisse o chá e depois o tomou em silêncio, fazendo uma careta de aborrecimento com os lábios gordos. Nos últimos anos, Mycroft havia engordado cada vez mais, até o ponto em que era quase impossível identificar o homem magro que havia embaixo dele. Nem Holmes, nem eu somos muito dados aos caprichos da psicanálise, embora eu considere que o método do Dr. Freud não seja inteiramente inútil, e talvez algumas de suas técnicas possam explicar por que o irmão de Sherlock Holmes decidiu enterrar o homem magro e nervoso que tinha sido embaixo de todas aquelas camadas de gordura.

Então ele bebeu o chá em silêncio, sem abandonar totalmente o ar de aborrecimento durante o processo. Só então, após o último gole e depois de se limpar com um guardanapo, é que decidiu falar:

— Na verdade, você é a única pessoa que eu posso enviar para fazer isso — admitiu, não muito feliz. — Afinal, você esteve envolvido na questão desde o início e não é necessário que eu lhe apresente os antecedentes. Por outro lado — disse, apertando os lábios —, não preciso acrescentar que qualquer um dos meus agentes pensaria que estou louco se eu tentasse lhes contar o assunto.

— Bom, Mycroft, essa é uma reação normal. Afinal, descobrir subitamente que o chefe de inteligência dedica boa parte do orçamento atribuído à contraespionagem para perseguir fantasmas, livros de ocultismo e... monstros é algo difícil para qualquer um digerir.

— Talvez você ficasse surpreso — ele respondeu. — E eu lhe asseguro que não somos os únicos. Se eu lhe contasse o que os alemães fazem... ou nossos primos americanos, já que estamos nisso juntos. Mas não importa. Pelo menos você sabe do que se trata, você já investigou o assunto antes e não preciso convencê-lo de que o perigo é real.

— Real? Sem dúvida, querido irmão. Se todos os participantes desta estranha conspiração pensam que ela é real, então sem dúvida que ela terá consequências físicas e palpáveis em nosso mundo. Se você me perguntar, no entanto, se acredito que as fantasias de um árabe louco sobre monstros divinos, entidades primordiais e dimensões infernais são verdadeiras...

— Eu não perguntei nada, Sherlock. E você sabe muito bem que eu mesmo não tenho certeza se devo acreditar em tudo isso. No entanto, como você disse, enquanto um número suficiente de pessoas acreditarem que é real e estiverem dispostas a fazer qualquer coisa pelo que acreditam, o perigo que essas "fantasias de um árabe louco" representa para o mundo é bem verdadeiro para mim.

Holmes assentiu.

— É assim que eu vejo, de fato.

— Apesar disso.... — acrescentou Mycroft com um brilho malicioso em seus olhos semifechados. — Você mesmo esteve envolvido em várias situações que não podem ser explicadas de um modo... natural.

— Bobagens — disse Holmes. — Tudo tem uma explicação natural. O fato de não sabermos o suficiente sobre os mecanismos do mundo não significa que eles não existam.

Mais uma vez, seu irmão encolheu os ombros.

— Como queira. De qualquer modo, meu tempo é limitado. E quanto mais cedo eu voltar para Londres e estiver a salvo no meu clube, melhor.

— Pois prossiga então, irmão. Pare de dar voltas ao redor do assunto e me conte o que você quer que eu faça.

Nesse ponto de sua história, Holmes me lembrou do assunto em que nos envolvemos no começo do ano de mil oitocentos e noventa e cinco, "A aventura da sabedoria dos mortos", como eu o batizara.

Soube então que Mycroft havia passado boa parte dos últimos trinta e cinco anos investigando o assunto. Isso não poderia deixar de me surpreender. Inclusive, poderíamos dizer que clamava contra meu espírito de cidadão responsável. Dilapidar o dinheiro de nossos impostos para perseguir quimeras, obter grimórios e vigiar seitas ocultistas? Parecia-me um esbanjamento tão pouco inglês que não sabia muito bem o que pensar.

Mas como Mycroft havia dito, não é necessário que algo seja real para que seja perigoso. Basta que um número suficiente de pessoas o assuma como real e atuem em conformidade.

Desde a nossa aventura com o *Necronomicon*, todo o mundo parecia ter ficado louco. Desde que Winfield Scott Lovecraft se esquivou de nós no final do século passado e obteve o livro, a comunidade ocultista entrou numa espécie de frenesi que, se não controlado, poderia desestabilizar as coisas.

— Que coisas? — perguntei, e a resposta de Holmes não poderia ser mais enigmática nem menos reconfortante.

— Todas as coisas. Qualquer coisa.

Era como se, durante os últimos trinta e cinco anos, estivéssemos vivendo uma guerra secreta, uma espécie de corrida para quem seria o primeiro a colocar as mãos no livro de Al-Hazrid e, quando acontecesse, para usá-lo cada um para seus próprios propósitos. Até agora, ninguém tinha logrado êxito e, se dependesse de Holmes, ninguém jamais o teria, mas, enquanto isso, alguém o tinha apanhado para dar uma boa sacudida no barco em que todos navegávamos.

— Lembra-se da guerra de Cuba contra os espanhóis? — Holmes disse, interrompendo sua história. — Se eu lhe dissesse que aquilo foi apenas encenação criada para esconder algo mais sinistro, você acreditaria em mim? Claro que sim, você nunca duvidaria da minha palavra, eu sei bem disso e vejo isso em seus olhos. E, no entanto, ao mesmo tempo, reluta em acreditar.

Holmes me conhecia bem e, pelo menos por ora, aceitou minha confiança em suas palavras e me agradeceu por eu dar o crédito que elas exigiam. Talvez um dia ele pudesse me explicar tudo e terminar de me convencer, disse ele. Enquanto isso, eu teria que me conformar em saber que os serviços de inteligência britânicos — embora, em muitos casos, eles próprios não soubessem disso — mantinham sob vigilância alguns dos representantes mais notórios do mundo ocultista.

O que nos levava a sua missão em Portugal. E ao Sr. Crowley.

Poucas vezes nos deparamos com qualquer coisa que colocasse à prova nossas concepções sobre o funcionamento do mundo como durante a investigação sobre o roubo do livro conhecido como *Necronomicon*. Em todos aqueles anos, a história não deixou minha memória e, se Holmes não tivesse me impedido, eu a teria transposto ao papel muito antes. Mas foi apenas há alguns meses que ele me deu a permissão necessária para fazê-lo, quando lhe enviei em Sussex vários exemplares de uma revista *pulp* americana, na qual um tal de Howard Philips Lovecraft disfarçava como mera ficção acontecimentos que eu reconheci sem qualquer dificuldade. Talvez o que aquele indivíduo escreveu não passasse de estranhas e grotescas fantasias, mas sua origem remontava, sem dúvida, àquilo que Holmes e eu vivemos naqueles dias de 1895.

Eu não sei se aquele Winfield Scott Lovecraft, que contatou a Aurora Dourada e conseguiu roubar bem debaixo do seu nariz o grimório da seita, era o pai do escritor horripilante da revista, mas eu não esqueci o que ele fez trinta e quatro anos atrás. Assim como eu não me esqueci da forma como nos colocou em xeque algumas vezes, ou como conseguiu escapar da primeira vez, usando-me como refém. É verdade que nós conseguimos encontrá-lo, mas também é certo que ele desapareceu na nossa frente com seu prêmio na mão.

Ele tinha conseguido o mais famoso dos livros de ocultismo. Um livro que, de acordo com o que todos diziam, seria muito perigoso utilizar. Ele tinha, assim, todo o poder em suas mãos.

— Você quer saber o que ele fez com ele? — Holmes perguntou.

Aparentemente, nada. Ele morreu três anos depois, meu amigo me contou, vítima das sequelas da sífilis e balbuciando incoerências. Quanto ao livro, ninguém sabia o que havia acontecido com ele.

Desde então, foram muitos os que tentaram encontrá-lo. E Aleister Crowley era, talvez, o mais notório de todos eles. Nosso encontro com ele, há trinta e cinco anos, tinha sido breve e aparentemente sem importância, mas não saiu da minha memória. Na época, ele era pouco mais que um rapaz, um completo desconhecido que, no entanto, já estava planejando nas sombras e conspirando para tomar o poder. Ele tinha manipulado Mathers, um dos fundadores da Aurora Dourada, para que assumisse o controle da ordem, provavelmente esperando para governar os destinos da seita por intermédio de seu homem de fachada.

Mas nisso ele se equivocou. Sua passagem pela Aurora Dourada foi breve. Depois ele afirmaria que abandonou a ordem, mas a verdade é que fora expulso. E desde então, sua fama havia aumentado.

Ele se gabava de ter provado tudo, de que não havia depravação pela qual não havia passado. Na verdade, o homem construiu ao seu redor um personagem e conseguiu que o resto do mundo acreditasse que se tratava de alguém real. Vivia perpetuamente disfarçado e tudo que ele fazia, assegurou-me Holmes, era nada mais do que uma cortina de fumaça para que o mundo não suspeitasse de suas verdadeiras intenções. E quais seriam elas?

Mycroft tinha suas ideias sobre o assunto. O irmão de Holmes acreditava que Crowley pretendia não só se apoderar do *Necronomicon*, como evitar que alguém o obtivesse. Com isso, ele teria em seu poder a única cópia do livro e seria, portanto, o único com acesso ao seu poder.

Certamente me custava muito aceitar isso, e Holmes sabia bem. Mas, como ele mesmo me disse, pouco importava que o livro do louco árabe realmente revelasse os segredos do universo ou fosse um monte de bobagens sem valor. O que importava mesmo era que outras pessoas acreditavam naquilo e o que estariam dispostas a fazer para colocar as mãos sobre ele.

Isso era o que tornava o livro perigoso, pelo menos como Holmes e seu irmão viam essas coisas, indiferente se o livro era uma fonte de poder real ou não.

O que Mycroft mais temia era que a próxima viagem de Crowley a Portugal fosse justamente com esse propósito e que nada o detivesse — o que poderia até levar aquele homem a desestabilizar politicamente aquele país — na obtenção do que desejava.

Pareceu-me que Mycroft estava superestimando aquele personagenzinho teatral e desprezível, mas Holmes não acreditava nisso:

— Ele tem contatos, Watson — disse-me ele —, além de relações nos lugares adequados. Uma palavra sua pode fazer com que aqueles que estão no poder — ou, pior ainda, aqueles que controlam os que estão no poder — mudem de ideia e realizem alguma ação. Ele sabe como pronunciar as palavras apropriadas nos ouvidos adequados.

Aquele homem era o perigo real, e não o livro que desejava. A conclusão, assim, era elementar.

— Mate-o — disse Holmes a Mycroft, quando este acabou de explicar o que estava acontecendo. — Acabe com ele. Se ele é o problema, elimine-o.

Sem dúvida, o que Holmes dizia era abominável, mas não mais do que muitas coisas que nossos serviços de espionagem fizeram para o bem do país. O que em um indivíduo é horrível e digno de punição, no caso de uma nação, pode ser simplesmente o necessário.

Então, o que ele estava apontando para o irmão era, nem mais, nem menos, a sequência lógica dos acontecimentos.

— Não podemos — respondeu Mycroft. — Não abertamente. Mesmo se o fizéssemos em segredo, seria perigoso.

— Eu compreendo — disse Holmes. — Ele os têm encurralados.

Mycroft não se incomodou em negar a acusação.

— Pense o que você preferir — disse ele. — O fato é que eliminá-lo da cena traria mais problemas que benefícios.

— Desse modo, o que você quer, então, é que eu o vigie. E informe a você de suas ações. Você não precisa de mim para isso, Mycroft. Tenho certeza de que você tem agentes com treinamento adequado para algo assim.

— Não totalmente. É verdade que tenho pessoal habilidoso ao meu serviço e bons agentes na região. De fato, não vou negar que tenhamos alguém no grupo de Crowley. Não foi um trabalho fácil, asseguro-lhe. Levou anos para que conseguíssemos introduzir alguém suficientemente próximo a ele. Mas, neste trabalho, eu preciso de você. Meu agente é muito útil perto do Crowley para que agora ele arrisque seu disfarce, ou o faça voar pelos ares. Não, essa pessoa não pode agir agora. Talvez possa te dar uma mão, possa colocá-lo no caminho certo, mas não vou arriscar que faça mais que isso.

Ele ficou em silêncio por um momento.

— Além disso, também preciso que, se necessário, a pessoa que eu envie atrás de Crowley seja capaz de tomar decisões sem me consultar, mesmo quando essas decisões envolverem um risco para todos. Você é o único que tem minha total confiança para algo dessa magnitude.

Dessa forma, chegaram ao centro da questão. Mycroft não queria somente que seu irmão vigiasse Crowley, mas também que, se ele achasse necessário, fosse capaz de tirá-lo do caminho. Quem quer que ele enviasse atrás daquele homem, tinha de ter o discernimento suficiente para saber quando se limitar a olhar e quando precisaria agir.

E, evidentemente, Holmes era a escolha lógica. Podemos dizer que a única.

O detetive pensou por uns instantes sobre o que seu irmão estava pedindo.

— Concordo, disse ele finalmente. — Eu o farei.

— E o que está acontecendo com seu aluno? — perguntou Mycroft.

Holmes não parou de pensar nele durante toda a conversa. E, de fato, Wiggins lhe vinha à cabeça claramente. Seu antigo tenentezinho poderia ser o ajudante perfeito em uma situação como aquela e, além disso, Holmes sabia que podia confiar nele sem a necessidade de colocá-lo a par de toda a história. Bastaria dizer-lhe que Crowley era um possível perigo para a Inglaterra. Wiggins não precisaria saber mais do que isso.

E, por outro lado, isso seria benéfico para ele. Ter algo para ocupar a mente, lançar-se em uma missão como aquela, era exatamente o que ele precisava para terminar de se recuperar. E ele teria seu velho mentor ao seu lado todo o tempo, para se certificar de que ele não se envolveria demais na tarefa.

Tudo isso passou pela cabeça de Holmes enquanto Mycroft explicava o que queria dele. Então, quando surgiu a pergunta sobre seu pupilo, meu amigo não hesitou em responder:

— Venha comigo.

Seu irmão franziu a testa um momento, apenas para terminar dizendo:

— Se é como você quer fazê-lo, vá em frente. Afinal, se eu lhe peço isso, é porque confio em você. Desse modo, eu também terei de confiar que, em relação ao seu jovem amigo, você sabe o que está fazendo.

Holmes assegurou-lhe que este era o caso e, depois de dar a seu irmão os detalhes finais da missão, Mycroft saiu de sua casa. Logo o ruído do motor de seu carro se perdia ao longe.

Naquele momento de sua narrativa, Holmes confessou-me um segredo. Não há maior tolo do que o homem inteligente que confia demais em sua inteligência, disse-me ele. Mais cedo ou mais tarde, ele cometerá um erro.

— E esse não seria pequeno — acrescentou.

IV

Névoa na baía

FOI ASSIM QUE Holmes e Wiggins acabaram no mesmo barco que Aleister Crowley.

Uma dupla tão tipicamente inglesa que ninguém reparou nela, a não ser quando notavam sua presença apenas para, depois, desviar sua atenção. Um tio irritável e excêntrico e um sobrinho submisso. Um disfarce simples e eficaz.

Pelo menos, era isso o que Sherlock Holmes esperava daquele disfarce.

A primeira parte da viagem não vale a pena mencionar. Holmes — ou Sherrinford Scott, em seu novo papel — passou todo o tempo tropeçando ao redor no convés e queixando-se de tudo que se possa imaginar, enquanto seu obediente sobrinho Frederick tomava nota de tudo e, rígido e altivo, ia logo contar ao capitão. O pobre homem certamente considerou jogá-los ao mar.

Mas quando o navio atracou na costa espanhola, as coisas mudaram. Não deveria ter sido mais do que uma parada técnica no porto de Vigo, uma mera formalidade antes de continuar com a viagem.

A natureza, no entanto, tinha outros planos. Uma névoa espessa caiu naquela noite sobre a Baía de Vigo e, com o passar do tempo, tornou-se mais densa e impenetrável. Com essas condições metereológicas, pensar em continuar a viagem era um absurdo.

Então, ficaram atracados durante a noite e boa parte do dia seguinte, enquanto o nevoeiro continuava engrossando ao seu redor quase como se fosse um ser vivo.

Crowley passeava pelo convés, impaciente e contrariado pela demora, cercado a todo momento por sua corte de admiradores, entre os quais se destacava uma mulher ruiva, de gestos grosseiros e olhar altivo.

Holmes e Wiggins cruzaram com eles várias vezes. Em seu papel de milionário excêntrico, Holmes nem sequer lhes deu olhada. Wiggins, por outro lado, cumprimentou-os com uma educação que foi ostensivamente ignorada pelo casal, com exceção do gesto com que a mulher ruiva respondeu à saudação do jovem: um breve aceno de cabeça, enquanto entreabria os olhos e um sorriso se esboçava no rosto de feições frias.

Ela se chamava Anni Jaeger e, de acordo com as informações que Holmes possuía, não era apenas a amante de Crowley, mas um dos seus colaboradores mais próximos.

Assim, não é de se estranhar que, algumas horas depois, aproveitando o fato de que ela estava caminhando sozinha no convés, Wiggins se aproximasse de onde ela estava e, fazendo o seu personagem, algo entre o petulante e o tímido que interpreva com perfeição, tentou se aproximar dela de um modo um tanto desajeitado.

Seus esforços para iniciar uma conversa sem dúvida a divertiram e ela o deixou balbuciar por um bom tempo sobre o clima, as condições de navegação e outras bobagens semelhantes. Depois de um tempo, eles se envolveram em uma conversa trivial em que ela intervinha pouco, exceto para incentivar seu interlocutor a continuar falando ou para mostrar de vez em quando seu consentimento ao que Wiggins lhe dizia.

— Você não parece gostar muito de viajar — disse ela de repente, interrompendo o comentário do jovem sobre as tempestades do Atlântico. Ela falava com um acento alemão muito leve e tinha uma voz um tanto rouca.

— Bem, gostando ou não, receio que não tenha outro remédio, já que meu tio ainda está determinado a viajar pelo mundo.

— Por quê? É ele quem quer ver o mundo, não você, não é mesmo?

— Bem, senhorita, receio que minhas obrigações...

— Temos as obrigações que queremos ter. Se você acompanha seu tio, deve ser porque, de algum modo, isso o recompensa.

Wiggins encolheu os ombros, fingindo desconforto.

— Não é tão fácil escapar de nossas responsabilidades. Eu sou o seu único parente...

— E certamente seu herdeiro.

— Claro, mas essa não é a questão.

— Ao contrário, acho que essa é precisamente a questão. — Wiggins ia dizer alguma coisa, mas ela o interrompeu com um gesto de sua mão enluvada. — Por favor, me poupe de seus protestos de devoção familiar e dever pessoal. Você faz o que faz porque espera obter um benefício disso. Como todos nós fazemos.

— Você é tão bela quanto cínica, senhorita Jaeger.

Ela aceitou o comentário com uma careta de aborrecimento.

— Não diga bobagem, Sr. Scott. Não sou bela, embora muitos homens pensem o contrário. No meu caso, é que não sou uma boneca submissa e dependente e isso fascina os homens, embora alguns me temam justamente por isso. Quanto ao cínica... bem, se dizer as coisas como elas são é um sinal de cinismo, então eu receio que seja.

— Confesso que não sei o que dizer.

— Oh, sim, certamente sabe. Mas não se atreve porque não considera apropriado. Afinal, supõe que existam certas coisas que um cavalheiro educado nunca deveria dizer a uma senhora. Mas não se preocupe. Eu não sou uma dama. Quanto ao seu disfarce de cavalheiro... é bom, sem dúvida, mas você pode abandoná-lo se quiser. Não serei eu quem o deterá nele.

— Receio não saber a que se refere.

— Receio que o saiba sim, senhor.

De repente, a temperatura entre eles parecia ter descido vários graus. Wiggins escolheu permanecer imóvel, com o olhar fixo na névoa que os cercava. Ela deixou aparecer um meio sorriso no seu rosto desafiante e, depois de um tempo, disse:

— Creio que será melhor que eu me retire. Boa noite, Sr. Scott.

— Boa noite, senhorita Jaeger.

A mulher virou-se e logo foi engolida pela névoa, que se tornava ainda mais espessa. Wiggins esperou alguns instantes. Em seguida, se apoiou na balaustrada, acendeu um cigarro e fumou lentamente.

Ele voltou logo após para a cabine que dividia com Holmes.

— E daí? — perguntou o detetive quando o viu entrar. — Não parece que as coisas tenham saído como você esperava, rapaz.

Wiggins tirou o casaco, o pendurou no cabide e sentou-se no beliche.

Logo, começou a contar ao seu mentor sobre a conversa que acabara de ter.

— Entendo — disse Holmes. — Ela é uma mulher inteligente, sem dúvida. Eu não esperava que nossa pequena artimanha os enganasse por muito tempo. Afinal, considerando suas atividades, Crowley deve necessariamente saber que é constantemente vigiado. E foi fácil supor que éramos nós os encarregados dessa tarefa.

— Você acredita que eles sabem quem somos? Ou que saibam quem é você, nesse caso? Eu deveria ser um completo estranho para eles.

O detetive pesou a questão por alguns momentos.

— Hmmm, pergunta interessante, Wiggins. Não importa o quão eficaz seja um disfarce, uma vez que você sabe que está olhando uma impostura, uma pessoa observadora sempre pode ver através dela e deduzir o verdadeiro rosto que existe por baixo. Então sim, é possível que saibam que se trata de Sherlock Holmes e que é ele que está em seu encalço.

Ele não parecia muito chateado com isso.

— Não estou, é verdade — disse ele quando Wiggins deixou que ele notasse sua opinião. De certa forma, eu contava com algo parecido. Não esqueça, rapaz, esta não é a primeira vez que Crowley e eu cruzamos nossos passos. Ele não é muito inteligente, mas, ao mesmo tempo, possui certa astúcia reptilesca que lhe dá a capacidade de cercar-se de pessoas de valor. A senhorita Jaeger é uma delas, sem a menor dúvida. Era apenas uma questão de tempo antes de descobrirem nosso disfarce, embora eu preferisse que isso acontecesse mais tarde.

Ele olhou para o seu pupilo, como se esperasse que ele se aventurasse em uma teoria diferente. Como ele não o fazia, ele acendeu o cachimbo e se apoiou na parede do quarto.

— Chatear-se pelo inevitável é estúpido, Wiggins. Pior ainda é desperdiçar forças. E você sabe o quanto eu odeio desperdiçar minhas forças. Assim, continuaremos a viagem e esperaremos. Obviamente, aproveitaremos nossa oportunidade, se ela surgir. E se isso não acontecer... — Ele encolheu os ombros — esperaremos a próxima.

V

A senhorita Violet Chase

NAQUELE MOMENTO, a campainha tocou.

Estranhando, pedi desculpas a Holmes e fui ver quem era. Enquanto saía da sala, percebi que o detetive me olhava com uma expressão que, se eu não o conhecesse melhor, teria qualificado como maliciosa.

Na verdade, não foi surpresa encontrar Violet na porta. Embora eu tivesse dito que não passasse em casa naquela manhã, Violet era uma mulher teimosa e difícil de convencer, sobretudo quando metia algo em sua cabeça. E, sabendo que Holmes estava em casa, não era incomum que tivesse decidido passar lá de qualquer maneira.

Eu a repreendi, apesar de saber que estava desperdiçando minhas palavras.

— Oh, por favor, John, não seja estúpido — disse ela.

E antes que eu pudesse impedi-la, a mulher atravessou a entrada e caminhou em direção à sala com passos determinados.

Holmes estava esperando por ela, é claro, em sua melhor pose de detetive a quem nada escapa. Ele sentava diante da lareira, as mãos cruzadas e o cachimbo pendurado do lado da boca — ele provavelmente o acendeu, com toda a intenção, enquanto eu ia abrir a porta. Meia sobrancelha arqueada e o começo de um sorriso completavam sua pantomima.

Ele se sentou ao ver Violet entrar e, sem se preocupar com as apresentações, disse:

— Eu me perguntava quando você iria nos honrar com sua visita, querida. O bom Watson parece ter feito todo um mistério sobre a sua existência. E, como bem deveria saber, nada incita mais minha curiosidade do que um bom mistério.

Violet me olhou de canto, terminou de entrar na sala e estendeu a mão na direção de Holmes.

— Eu não chamaria ele de "bom", Sr. Holmes — ela disse, enquanto meu amigo apertava sua mão, sem se alterar diante do gesto masculino. — Certamente você já havia desvendado tudo antes que eu entrasse pela porta.

— Isso mesmo — falou o detetive. — Não foi muito difícil, embora o mistério tenha oferecido alguns aspectos interessantes para o olho treinado. Sem dúvida, você se dedica à medicina, o que lhe causou alguns problemas com sua família, embora isso não a tenha impedido de seguir adiante. É verdade que ocasionalmente hesite, porque é difícil abrir caminhos em um mundo de homens, mas, nas poucas vezes em que você esteve a ponto de jogar a toalha, meu bom amigo Watson fora capaz de estar ao seu lado e de incentivá-la a continuar. Até poucos momentos atrás, eu não sabia o seu sobrenome, mas se alguma pessoa olhar para as suas características com a devida atenção, não seria difícil concluir que é a filha dos amigos de Watson e, portanto, você deve ser a senhorita Violet Chase.

Violet parecia encantada e começou a bater palmas. Logo se deu conta de sua postura tão feminina e retomou sua pose de mulher moderna e decidida.

— Eu sabia que você não me decepcionaria, Sr. Holmes. É exatamente igual ao que John descreveu.

— Deus não permita isso, minha querida! Eu realmente pareço com esse monstro de arrogância e frieza que o bom Watson descreve em suas histórias? É sério que realmente pareço com o personagem insuportável, petulante e presunçoso que saiu de sua caneta?

— Não, claro que não — ela respondeu. — Você é encantador, como John sempre descreveu em suas histórias.

Por um momento, eu teria jurado que Holmes estava surpreso.

— Eu fui chamado de muitas coisas ao longo da minha vida, querida. Mas "encantador" não é uma delas.

Violet encolheu os ombros.

— Com frequência, fui considerada excêntrica, Sr. Holmes. E suponho que achá-lo encantador faça então parte da minha excentricidade.

O detetive sorriu e vi que ele fazia isso quase a contragosto.

— Bem, uma mulher desperta e com a cabeça no lugar. E com bom gosto, eu ousaria acrescentar se não fosse por... mas, Watson, não fique aí parado como um idiota, homem. Entre na sala ou saia, faça o que queira fazer, mas se decida de uma vez.

Eu decidi pela primeira opção, evidentemente, e, durante meia hora, vi um Holmes que algumas pessoas tinham presenciado: amável e divertido, um conversador brilhante e um ouvinte atento. Parecia tão fascinado pelo que Violet lhe dizia, interessado na menor das trivialidades que ela lhe contava e tão atento a seus gestos que um sorriso dela parecia enchê-lo de felicidade.

Alguns anos atrás, eu teria dito sem medo de me enganar que meu amigo estava fingindo, representando uma farsa. E, de certa forma, ele estava fazendo isso naquele momento. Certamente queria livrar-se de Violet o mais rápido possível para poder continuar com sua história. Se reagia a ela daquela maneira, era simplesmente por consideração a mim.

Mas, ao mesmo tempo, dei-me conta de que sua simpatia por minha jovem amiga era genuína. Apesar de sua desconfiança natural do elemento feminino, compreendi que os ares decididos de Violet, seu caráter fortemente teimoso e sua inegável inteligência o cativaram.

Lentamente, Holmes foi guiando a conversa para onde desejava. Manobrando o diálogo com sutileza e levando Violet com ele. Sua tentativa foi coroada com sucesso algum tempo depois.

— Bem, acredito que já tenha sido tão inoportuna quanto ousaria ser — disse a moça.

Ela se levantou e sorriu com a mesma timidez descarada e felina que eu vi em seus olhos na primeira vez que me falou sobre seu desejo de se tornar uma médica. Foi no dia, enquanto me pedia ajuda para enfrentar seu pai, que eu percebi que a filha do meu velho amigo Stephen Chase tinha deixado de ser uma menina. E agora, há tempos já não era.

— Tanto você quanto John são muito amáveis, Sr. Holmes, mas eu sei que vocês têm coisas importantes a fazer. Eu os deixarei sozinhos agora, para que possam continuar com seus assuntos.

Holmes se levantou e voltou a apertar a mão da moça.

— Quando tiverem terminado — disse ela, olhando para mim novamente —, será um prazer que me convidem para jantar, cavalheiros.

Meu amigo sorriu como um avô benevolente.

— O prazer será nosso, querida.

Acompanhei Violet até a porta enquanto Holmes se sentava novamente. Já na saída, ela me olhou alguns segundos antes de dizer:

— Ele é tudo o que você dizia, e mais.

Eu assenti.

— Sim, Sherlock Holmes é sempre mais. Quando você acredita que acabou de conhecê-lo, ele sempre consegue...

— Sim, entendi.

— Tenho certeza, minha cara.

— Bom, é melhor eu ir. Estou atrasada e vocês terão do que falar. Bom dia, John.

Eu me despedi dela e voltei para a sala de estar, onde Holmes estava limpando seu cachimbo, já tendo-o esvaziado.

— Uma garota inteligente, Watson.

— E muito bonita — completei.

— Bom, a beleza está nos olhos de quem vê, como você deve saber. Mas sim, concordo que não lhe faltam atrativos.

Ficamos em silêncio. E acredito que, pela primeira vez em nossa longa relação, foi um silêncio incômodo. Foi Holmes quem o quebrou.

— Perdoe-me, Watson.

— Por quê? Você não fez e nem disse nada que...

— Não, mas estava prestes a fazê-lo. E teria sido uma grosseria imperdoável. A vida é sua, meu amigo, e de ninguém mais. Não tenho o direito de interferir com ela.

— Holmes, asseguro-lhe que...

— Não importa, Watson, deixe pra lá.

Relutante, fiz o que ele pediu. Sentei-me à sua frente e aproveitei o calor da lareira.

— Você tenta escondê-lo, meu velho, mas você não faz isso muito bem — disse Holmes. Ele estava preocupado comigo.

Eu não neguei isso. O Holmes que chegou a minha casa na noite anterior não parecia o mesmo de sempre. Era como se um peso enorme tivesse caído sobre seus ombros. E pela primeira vez, desde que eu o conhecera, perguntei-me se seria capaz de carregar tal fardo com ele.

— Boa pergunta, Watson — disse, seguindo meus pensamentos mais uma vez. — Vamos tentar encontrar uma resposta juntos, se você estiver de acordo.

Eu assenti e tratei de fingir uma confiança que não sentia.

— Juntos — disse eu. — Como nos velhos tempos.

VI
A sombra sobre Lisboa

DEPOIS DE VIGO, não houve mais atrasos e o barco conseguiu chegar a Lisboa sem problemas.

Nos dias que se passaram, Holmes não deixou de perceber a mudança na atitude de Wiggins. Meu amigo conseguiu tirá-lo da crise nervosa em que o encontrara e, ao menos em partes, conseguiu levá-lo a um estado razoável de normalidade. Mas, no processo, Holmes me disse que algo parecia ter se perdido nele: Wiggins seguia adiante, fazia o que tinha de fazer e cumpria com suas funções, mas fazia isso sem colocar seu coração na tarefa.

Agora era diferente. Os olhos de Wiggins brilhavam atentos, acordados, antecipando o próximo confronto com o inimigo.

Não escapou de Holmes que essa mudança aconteceu após a conversa com a companheira de Crowley.

— De certa forma, era como se estivesse seguindo meus passos novamente, Watson — disse ele.

Eu concordei. Como esquecer Irene Adler, "a mulher".

— É claro que meu fascínio por ela foi sempre eminentemente intelectual, caro amigo. E digamos que os interesses de Wiggins pela senhorita Jaeger eram de índole um pouco mais... confusa.

Eu nada disse, embora tenha certeza de que Holmes sabia exatamente o que se passava na minha cabeça naquele momento. Se os anos me ensinaram algo, é que a insistência excessiva em um determinado assunto é mais uma acusação do que uma eximição. Shakespeare disse isso muito melhor — como quase tudo — quando escreveu que a rainha-atriz "exagera em seus protestos".

Quando assim desejava, o rosto de meu amigo era uma esfinge que não traía um único fiapo de seus pensamentos, e sua linguagem corporal se transformava em algo tão medido e concentrado que nenhum gesto poderia dar a menor ideia do que se passava na sua cabeça. Claro que, frequentemente, a ausência de pistas é mais reveladora que a presença delas, algo que até eu acabei por compreender.

Foi apenas um momento, e logo Holmes relaxou seus traços e continuou com sua história, como se nada tivesse acontecido.

Os próximos dias, disse ele, foram quase tediosos. Necessários, sem dúvida, mas repletos de eventos quase irrelevantes. Após o desembarque em Lisboa, Holmes e Wiggins se instalaram na casa que Mycroft preparou para eles e se colocaram em estado de espera.

Uma espera ativa, poderíamos dizer.

Sob um ou outro disfarce, o detetive e seu aprendiz foram descobrindo os movimentos de Crowley e sua corte. Às vezes um. Outras, o outro. Ocasionalmente, ambos. Mas, além de conversar com seu correspondente português, aquele poeta estranho, Crowley fez poucas coisas que seriam de interesse à dupla de investigadores.

O que, como Holmes disse, era em si muito interessante.

Porque um homem como Crowley não conseguia permanecer parado ou ocioso. Ele vivia para tramar, maquinar, lançar seus peões aqui e ali e supervisionar o estado do campo de batalha, para se mover sem ser visto, manipular isso ou aquilo, mover um peão ou sacrificar uma peça. Era algo que o próprio Holmes compreendia muito bem: a inatividade era tortura para o ocultista, assim como o era para o detetive.

E, no entanto, ele limitou-se a passear de um lugar para o outro, percorrendo Lisboa e seus arredores, assistindo a conversas inconsequentes com esses ou aqueles indivíduos, para então se deixar ver em público com sua corte de adoradores...

— Ele nada fazia — disse Holmes —, o que significava que estava fazendo alguma coisa.

Ou então esperando que algo acontecesse, meu amigo acrescentou mais tarde.

Não havia muito mais que ele ou Wiggins pudessem fazer além de controlar seus movimentos e ficar alerta quando a hora chegasse.

Naqueles dias, a melhora no humor de Wiggins estava se tornando cada vez mais evidente. Novamente ele voltava a ser vivaz, imparável, cheio de uma curiosidade insaciável e totalmente indisponível ao cansaço.

E, no entanto, ao mesmo tempo, havia um friso de escuridão no jovem, algo torcido que sua vivacidade não ocultava e que não passou despercebido a Holmes.

Mais de uma vez ele estave prestes a perguntar ao jovem sobre isso, mas, no último momento, sempre preferia manter o silêncio e respeitar a privacidade de seu pupilo. Wiggins falaria sobre isso quando fosse a hora, concluiu ele, e não tinha sentido forçar as coisas.

— Um erro, Watson — Holmes me disse, enquanto a manhã terminava sem pressa e a hora do almoço se aproximava. — Não foi o único que cometi na minha vida, como você sabe bem, mas foi sim um dos maiores.

Ele fixou o olhar na lareira.

— Apesar de pensar logicamente e saber que pouco poderia ter feito, me pergunto se eu não poderia, avaliando o todo, ter agido diferente. Se a escuridão na alma de Wiggins já não era grande demais naquele momento. Talvez eu tenha agido da única forma possível, ou ao menos da mais correta. Se Wiggins estava desfrutando dos últimos momentos de luz antes de se afundar completamente na noite, por que estragá-los com qualquer intromissão de minha parte? Melhor fazer o que fiz e lhe permitir gozar de alguma paz antes do final.

Ele sorriu e levantou o olhar. E, para minha surpresa, acabou evitando meus olhos.

— Mas seria eu dizendo isso, Watson, ou a minha culpa tentando eximir-se? É a lógica que dita minhas palavras ou é a esperança?

Eu não tinha resposta para lhe dar e nem acreditava que Holmes a esperasse.

— Nem mesmo eu posso saber tudo — seguiu falando. — Não, nem mesmo a formidável máquina de raciocinar, o detetive imbatível, o gênio da lógica dedutiva, é onisciente. Nossas vidas estão cheias de caminhos que não tomamos, e é impossível saber como teriam sido se tivéssemos transitado por eles. Impossível e frustrante, você não acha, velho amigo?

Eu dei de ombros.

— Ah, o bom Watson, prático antes de tudo. Você está certo. Especular sobre isso é perda de tempo. Então deixemos isso de lado e nos limitemos a dizer que Wiggins passou talvez os melhores dias de sua vida em Lisboa, dedicado a caçar e perseguir Crowley e seus seguidores. Ele foi irrefreável naqueles dias, Watson: parecia capaz de estar em todos os lugares ao mesmo tempo e mudar sua aparência com apenas um olhar esquivo, um encolher de ombros ou um gesto sombrio. Era como se ele tivesse nascido para se disfarçar, fingir ser outro, colocar-se na pele de homens inventados e fazê-los parecer reais. Creio que, até então, nunca tivera tanto orgulho dele.

Assim, os dias foram passando. E Holmes lentamente foi chegando a algumas conclusões. Era evidente que Crowley estava à espera de algo ou de alguém. Mas parecia evidente que, enquanto isso, ele estava se exibindo e Holmes não podia deixar de perguntar-se para quem.

Para o resto do mundo, talvez, como estava fazendo desde que se tornou uma figura pública. Ou talvez para ele e Wiggins. Por que não? Era razoável supor que, naquelas alturas, o homem suspeitasse quem era na realidade aquela dupla excêntrica que compartilhava uma passagem com ele e os seus até Lisboa, e não seria nada impróprio de Crowley se pavonear diante de seus espiões, numa espécie de desafio zombeteiro muito próprio dele.

Mas Holmes suspeitava que se tratava de alguma coisa a mais. Havia indícios, sutis, mas claros, para qualquer um que pudesse ou quisesse ver.

— Alguém está perseguindo esse homem, Sr. Holmes — disse Wiggins numa tarde, confirmando as próprias suspeitas do detetive.

No entanto, ao invés de concordar com seu pupilo, meu amigo perguntou:

— Por que você diz isso, Wiggins?

— Bem, é evidente. Eu acredito que ele sabe que o estamos vigiando e que é bem possível que ele até suspeite de nossa identidade. Pelo menos da sua. Para ele, devemos parecer... divertidos, o que não me parece muito lisonjeiro, já que deveríamos ser convincentes em nosso papel. Mas, ao mesmo tempo, acho que ele tem medo. É como se Crowley estivesse esperando por alguém e tivesse medo de que outros chegassem a ele antes.

A noite estava caindo em Lisboa e a cidade ia se povoando de sombras caprichosas que a iluminação pública não conseguia eliminar. Abaixo, a distância, o Atlântico se agitava inquieto.

— Sr. Holmes, eu segui você até aqui sem perguntar — Wiggins disse —, como sempre fiz, porque sei que, no final, tudo ficará claro e aquilo que agora me escapa será evidente para mim uma vez que você o resolva, como sempre aconteceu. No entanto...

— Sim?

— No entanto, eu me pergunto se isso é também verdade nesse caso.

Ele parou de repente, envergonhado, e desviou o olhar do detetive.

— Vá em frente, Wiggins. Se você teve a coragem de chegar até aqui, deve ir até o fim.

— Você tem razão, Sr. Holmes, como sempre. — Ele sorriu, mas seguiu sem se atrever a olhar meu amigo nos olhos. — Eu não posso deixar de me perguntar até que ponto dessa vez você tem toda a meada em sua mão, até que ponto todos os fios estão em seu poder.

— Uma pergunta legítima, rapaz, totalmente legítima.

— Você não tem ideia de quanto me custou fazê-la.

Holmes sorriu, paternal.

— Pelo contrário, acredito que tenho uma ideia bem clara. — Ele colocou a mão no ombro de Wiggins. — Nunca tenha medo de perguntar algo. E tampouco tenha medo das respostas. Você fez bem, garoto.

Wiggins quase soltou um suspiro de alívio. Seu corpo relaxou e ele foi capaz de olhar para o mestre pela primeira vez.

— Sim, tem razão. Há muitas coisas desse assunto que eu não sei. Suspeito de algo e tenho várias conjecturas. Mas isso, como eu ensinei a você, não é o suficiente. Nós buscamos fatos, não suspeitas ou conjecturas.

Assim, Holmes lhe atualizou dos poucos fatos que tinha reunido.

— De todos? — perguntei a ele.

— Quer saber se eu falei a ele sobre a sabedoria dos mortos, Watson?

— Exato.

— Um pouco. O suficiente para que fizesse ideia das circunstâncias que levaram ao meu primeiro encontro com Crowley. Não acreditei que fosse necessário que Wiggins soubesse mais sobre aquele assunto.

Mas Holmes o informou das suspeitas de Mycroft. Wiggins concordou com todas as explicações de seu mestre com um semblante impassível e, quando Holmes terminou, passou um longo tempo em silêncio, assimilando o que acabara de ouvir.

— Entendo — eu disse no final.

Meu amigo concordou. Sim, Wiggins compreendia, não havia dúvida alguma disso.

VII

Um passeio pela costa

— SERÁ ESTA NOITE — disse Wiggins a Holmes, alguns dias depois deste lhe ter revelado os reais motivos que o levaram à trilha de Crowley.

Holmes concordou. Ele esteve acompanhando o ocultista de longe, mas o que tinha visto nele e em sua trupe de adoradores corroborava as palavras de seu pupilo. Eles tentavam se comportar como se fosse outro dia qualquer, mas havia coisas que não escapavam a um olho treinado: a impaciência e a antecipação diante do que estava prestes a acontecer eram tão evidentes para quem soubesse ver que meu amigo, às vezes, não podia deixar de se perguntar como era que o resto do mundo não via isso.

— Os demais veem, mas não observam — disse eu, segurando um sorriso. — Você mesmo, com frequência, me fez notar isso.

— É verdade, velho amigo, muito verdadeiro.

Ele sorriu, mas vi que ficara chateado com minha interrupção. Sem dúvida, estávamos chegando ao ponto central de sua história, o momento da resolução do caso. E, como lembrei naquele momento, sempre houve muito de ator de Vaudeville em meu amigo, um comediante que odeia ser interrompido quando está prestes a oferecer seu melhor número.

Eu não podia fazer muito para remediar meu erro, além de parecer convenientemente envergonhado e implorar para que ele continuasse.

Foi o que fiz.

Wiggins poderia ter chegado à conclusão de que algo aconteceria naquela noite pelos mesmos motivos que Holmes, mas o detetive duvidava disso. Seu pupilo estava num estado de agitação evidente, como alguém que de repente descobriu algo inesperado, não como o raciocinador tranquilo que chega a uma conclusão inevitável depois de ter repensado todos os dados. Wiggins, de certo modo, acabava de ter uma revelação.

— É uma maneira de encarar o que aconteceu, Sr. Holmes — disse ele, quando o detetive o questionou sobre seu estado de espírito. — É verdade que, como você disse, havia pistas suficientes para que eu percebesse que hoje seria o dia. Mas confesso que... bom, minha atenção estava distraída.

— Então você viu a senhorita Jaeger de novo.

Wiggins concordou.

— A impaciência sempre foi meu maior defeito, você sabe disso. E, francamente, nos últimos dias...

— Eu sei. Eu percebi.

— Claro, como não. O fato é que esta manhã... bem, eu perguntei a mim mesmo por que não tirar Frederick Scott novamente do armário e ver o que poderia descobrir.

— Na verdade, Wiggins, eu estava me perguntando por que você demorou tanto a fazer isso.

Wiggins não se preocupou em dissimular sua surpresa.

— Bem, suponho que ainda seja um estudante lento — disse ele, com um meio sorriso. — Ocorreu-me que talvez eu pudesse pegar o inimigo desprevenido. Afinal, se eles sabiam que nós os espionávamos, a última coisa que eles esperariam era que aparecêssemos diante deles com um disfarce que já conheciam. E, ao mesmo tempo, eu pensei que...

— Que poderia ser uma boa oferta de paz. Foi isso, garoto? Uma maneira de dizer-lhes que não era necessário continuar fingindo, porque éramos todos parte da mesma farsa, por assim dizer.

— Sempre estarei um passo atrás de você, Holmes— disse Wiggins.

— Não, garoto. Você é apenas jovem. Os anos se encarregarão de resolver isso.

Wiggins sorriu, e o detetive não pôde deixar de notar que havia um pingo de amargura em seu sorriso. Afinal, Wiggins não era exatamente um rapazola, mas sim um homem maduro, com pés recém-plantados nos cinquenta anos. Mas, para Holmes, ele ainda era o menino sujo que tinha dirigido seus Irregulares da Baker Street. E sempre seria.

— Mas teremos muito tempo de sobra quando isso acabar para irrelevâncias como essas — disse o detetive. — Agora, é melhor que você me atualize.

Seu aluno não se fez de rogado.

Na verdade, sua ideia tinha a medida certa de simplicidade e audácia a ponto de ser brilhante. Caracterizado da mesma forma que no navio que os levara a Lisboa e sob a mesma suposta identidade, ele se aproximou da senhorita Jaeger no *lobby* do hotel.

Ela pareceu surpresa por um momento, antes de cumprimentá-lo com uma inclinação de cabeça e um sorriso desconfiado.

— Bem, Sr. Scott — disse ela, depois que apertou sua mão. — Não esperava vê-lo por aqui... pelo menos não desse modo.

Wiggins fingiu não saber do que ela estava falando, mas fez isso de uma maneira deliberadamente pouco crível.

— Eu nunca gostei de deixar as coisas pela metade, senhorita Jaeger. E, se bem me lembro, nossa conversa anterior terminou abruptamente.

— Isso não significa que não tenha acabado. Algumas coisas terminam assim.

— Outras não.

Uma rápida troca de inventividade verbal terminou num convite para dar um passeio pela costa. Ela hesitou um pouco antes de aceitá-lo.

Os dois passaram a maior parte do resto do dia juntos e falaram sobre praticamente todos os temas possíveis, exceto o único que compartilhavam: o Sr. Aleister Crowley e seus planos.

Ao ouvir essas palavras, Holmes levantou uma sobrancelha.

— Talvez ele não fosse o único assunto que tinham em mente — disse ele.

— Pode ser que não. Mas, como você mesmo disse, teremos tempo de sobra para irrelevâncias quando isso acabar.

— Verdade, garoto, continue.

Finalmente, depois de muitos rodeios, voltas atrás e falsos progressos, acabaram chegando a uma espécie de entendimento, a um tipo de código verbal em que nenhum deles falava a verdade, mas, ao mesmo tempo, mantinham ciência de que seu interlocutor reconhecia as intenções de suas mútuas mentiras. Wiggins nunca reconheceu ser um agente a serviço de Sua Majestade e Anni Jaeger não disse em nenhum momento que o plano de Crowley em Lisboa se realizaria naquela noite. Não foi necessário.

— Ela queria que soubéssemos — disse Holmes, como se falasse consigo mesmo. — Eu diria que sua presença nos serviu como uma luva.

— Penso o mesmo, Sr. Holmes.

Mas havia algo que Wiggins lhe ocultava, e isso não escapou ao detetive.

— É uma criatura fascinante, não é mesmo? Não, você não precisa responder, garoto. Eu sei muito bem como é desafiador quando a inteligência, a beleza e o caráter se combinam numa mesma pessoa. O perigo é mais do que evidente.

Wiggins não respondeu. Parecia desconfortável.

— Lamento, meu caro. Não é de minha incumbência. Eu sei que você não permitirá que seu fascínio pela senhorita Jaeger interfira no cumprimento de nossa missão. E o resto não é assunto meu. Reitero minhas desculpas.

— Não são necessárias, Sr. Holmes.

— Penso que sim, mas não discutamos por uma bobagem. Nesses momentos, o verdadeiramente importante é saber por que a senhorita Jaeger quer que estejamos presentes e, acima de tudo, se este é um desejo dela ou se apenas limitou-se a transmitir os desejos de Crowley.

Wiggins franziu a testa.

— Não seria igualmente importante saber onde o evento acontecerá? — perguntou ele. — Eu sei que será em algum lugar da costa, ao norte da cidade, mas isso é tudo que pude averiguar.

— Não se preocupe. Isso não será problema. A pista que temos é mais do que suficiente.

— Como?

— Ora, Wiggins, você não pensa que eu passei todos esses dias limitando-me a trocar de disfarce e seguir nossas presas sem fazer nada mais. Não, logo que ficou claro que eles estavam esperando por algo, eu deixei você cuidar da maior parte da vigilância e me dediquei a outras tarefas. Encontrar o lugar em que esse algo aconteceria, por exemplo.

— Holmes, asseguro-lhe...

— Ora, haverá tempo para você maravilhar-se com meu gênio — o detetive lhe interrompeu com um brilho malicioso em seu olhar. — Agora não é o momento. Embora desconheçamos a natureza exata dos planos do Sr. Crowley, sabemos várias coisas sobre ele. E talvez a mais interessante de todas tenha a ver com sua natureza exuberantemente teatral. Ele é um artista, Wiggins, e precisa do público para o que faz, sem dúvida, mas também do cenário adequado. Nos últimos dias, encontrei vários locais nos arredores de Lisboa que poderiam servir a seus propósitos. E agora, graças a você, acho que tenho um candidato firme.

— Graças a mim?

— Você disse que seria em algum lugar da costa, ao norte da cidade. E, se bem me lembro de suas primeiras palavras, acontecerá à noite. Existe apenas um cenário na minha lista que atende a todas essas condições. É ao norte e não muito longe, na mesma costa. E tem as conotações adequadas para que Crowley o tenha escolhido no lugar de outros.

Ele verificou a hora em seu relógio.

— Acredito que o melhor agora é que nos direcionemos para lá.

— Para onde?

— Para a *Boca do Inferno*. Para onde, senão lá? Que outro lugar Aleister Crowley escolheria como cenário para a sua grande performance, seja ela qual for?

VIII
"Lembre-se de que você é mortal"

— BEM, WATSON, tudo parecia se aproximar de um fim mais do que inevitável, certo? O palco estava preparado, os atores em seus lugares e a trama perto de seu clímax. E lá estaria eu, Sherlock Holmes, pronto para colher mais um sucesso numa vida cheia deles. Era isso que parecia, não?

Não disse nada, pois não parecia haver nada adequado para dizer.

— Agradeço sua discrição, meu amigo, mas não é necessária. Vamos, fale. Conte-me o que pensa.

— Eu lhe asseguro que neste momento eu não penso nada. Ou, pelo menos, não penso o que você acha que estou pensando.

O almoço havia passado há um bom tempo e uma tarde desagradável zombava de nós atrás das janelas. Era evidente que Holmes não acreditava em mim, apesar de minhas palavras serem verdadeiras. Parecia esperar algum tipo de reprovação minha. Mais ainda, ele parecia desejá-la. Mas como eu poderia reprovar o ser humano mais incrível que eu já conheci, o homem que tinha feito, em boa parte, com que minha vida valesse a pena ser vivida?

— Ah, Watson, você é um bom amigo. O melhor. E eu nunca agradeci o suficiente.

— Holmes, por favor.

Eu me senti desconfortável com seus elogios. Era como se aquele em minha frente não fosse Sherlock Holmes e sim algum tipo de estranho impostor. Claro, eu sempre soube que Holmes não era a máquina de raciocinar fria e desapaixonada que ele pretendia aos olhos do mundo e, às vezes, até para si mesmo. Na verdade, há muito suspeitava que ele era um homem apaixonado, com impulsos extremos e afetos e ódios instantâneos. Tudo o que sempre esteve abaixo da superfície, preso e amarrado por sua razão fria e por sua lógica implacável. Mas estava lá e eu vi essa paixão se mostrar por vezes suficientes.

Mas contemplar como tudo isso vinha à tona... de repente assistir ao modo como os remorsos pelos erros cometidos se adonavam do seu comportamento era mais do que eu poderia resistir. Eu sabia que tudo isso sempre esteve lá, que a paixão borbulhava embaixo da razão, que a compaixão era o que guiava sua lógica. Mas um Holmes de sentimentos desencadeados era tão inconcebível para mim, tão monstruoso quanto teria sido um de puro raciocínio.

— Meu amigo — disse eu, tentando fazer minha voz parecer tão serena quanto possível. — Este não é você, e você sabe disso.

— Talvez este seja eu, Watson, talvez sempre tenha sido. E só agora, no meu momento de fracasso, posso me dar ao luxo de reconhecê-lo. O raciocinador frio talvez fosse apenas um disfarce. Um entre tantos mais.

— É possível. Mas não somos por acaso a soma dos nossos figurinos? Não são eles parte de nós? Não são, talvez, o que nos define, nos fazendo ser este e não outro? Pense nisso, Holmes.

Eu o tinha ouvido rir antes, mas nunca do modo como fazia agora, como se todo seu desespero escapasse com aquela risada. Quando parou de rir, parecia um novo homem.

— Ah, Watson, Watson — disse ele, e foi como se estivesse acordando de um pesadelo —, você é incrível. Eu sou o raciocinador fino, o detetive, o homem das deduções. E, no entanto, você é capaz de colocar o dedo na ferida com uma única frase saída de seu coração. E faz isso sem nem mesmo se dar conta. Você tem um dom, meu amigo. Talvez maior do que qualquer outro.

Olhei para ele, tão perplexo como antes.

— Confesso que não lhe entendo, Holmes.

— Eu sei, Watson. Porque parte de seu dom não é saber que o possui. Certamente, isso não funcionaria de outra forma. Você não percebe o que fez, do paradoxo que lançou sobre mim? Você, John Hamish Watson, o homem de paixão e sentimentos, pediu-me, o cérebro andante, que pense. Quando meus remorsos me atormentavam e não me deixavam ver a situação com clareza, você desfez tudo com uma única palavra. Você me pediu para pensar.

Ele riu novamente, agora de forma breve e tranquila. Não pude deixar de me unir à sua risada.

— Bem, alguém tinha de fazê-lo — eu disse.

— Sim, e como sempre, esse alguém foi você. Ao longo da minha carreira, vi coisas extraordinárias, meu amigo, algumas lindas e outras horríveis, mas nenhuma é tão extraordinária quanto você, com sua fé em mim e sua amizade. O mundo seria um lugar muito vazio sem alguém como você, Watson.

Incomodado mais uma vez com o elogio, encolhi os ombros e disse:

— Isso poderia ser dito de qualquer pessoa.

— Mas no seu caso, é a pura verdade. — Antes que eu protestasse mais uma vez, ele fez um gesto com a mão, como se estivesse tirando a importância de seu comentário e continuou. — Mas você está certo. Os elogios estão demais. E se há algo que sempre me definiu foi meu sentido prático, você sabe bem disso.

— Isso e muitas outras coisas.

— Certo. Há alguns minutos, eu não passava de um boneco alquebrado pelo remorso. Não irei agradecer-lhe novamente, Watson. Você tem razão, não é necessário. Nossa conversa colocou-me no caminho certo e já é o suficiente. Eu falhei com Wiggins, é verdade, cometi erros e não soube ver o que estava acontecendo a tempo. Ou seja, sou humano e, portanto, falível. Sou responsável pelo que fiz e pelo que não soube como fazer, sem a menor dúvida. Responsável, sim. Mas não culpado.

As coisas voltaram ao curso desse modo. Algo havia mudado em Holmes, e acredito que para melhor. Não, meu amigo não se tornou uma pessoa governada por suas paixões, pois era a lógica, temperada pela compaixão, o que continuava a guiá-lo, mas, a partir daquele dia, havia algo novo nele, um certo olhar irônico sobre si mesmo, um olhar que não o abandonou nas vezes em que nos vimos novamente.

Quando um general romano celebrava um triunfo, ao lado dele, no carro no qual passeava pelas ruas de Roma, havia um escravo que segurava a coroa de louro sobre sua cabeça. Mas também sussurrava no seu ouvido algumas palavras: "Lembre-se de que você é mortal".

Suponho que, sem querer, fiz o mesmo com Sherlock Holmes naquela tarde: lembrei-o de que ele era humano, apesar de tudo.

IX
Boca do Inferno

UMA NOITE DESAGRADÁVEL caía sobre a costa portuguesa.

Era como se Crowley, além de ter escolhido o cenário mais adequado para o que faria, também, de alguma forma, tivesse convencido a natureza a ajudá-lo em seu propósito e lhe oferecesse um espetáculo de acordo com suas intenções. Ao longe, sobre mar, uma tempestade estava sendo gestada e, ao longo da noite, o vento a levaria até a costa.

Holmes e Wiggins levaram um bom tempo na Boca do Inferno. Tratava-se de um curioso acidente geográfico na costa atlântica, como se alguém tivesse dado uma mordida nas rochas e então as tivesse forçado a se fechar, criando assim um poço com paredes eriçadas por onde o mar escoava, rugindo e enfurecido. Parecia, realmente, a entrada para o inferno.

Logo eu soube que acidentes como esse não são muito infrequentes naquela parte da costa atlântica e que as *bocas do inferno* abundam, não só em Portugal, mas também no norte da Espanha.

— E se isso não passar de uma armadilha? — perguntou Wiggins de repente. — E se ela nos deu pistas suficientes para irmos a este lugar apenas para nos manter longe do lugar verdadeiro?

Na escuridão crescente, o sorriso de Sherlock Holmes era quase sinistro.

— Eles estarão aqui em breve, Wiggins — disse ele.

— Como você pode ter tanta certeza?

Holmes hesitou um momento.

— Se você fosse Watson, eu diria que você está de posse de todos os elementos ao seu alcance para chegar à conclusão por você mesmo.

Wiggins franziu a testa, tirou o cantil do casaco e deu um longo gole.

Em seguida, com um gesto concentrado, ficou em silêncio por vários minutos.

— Ela é um dos nossos? — Ele finalmente disse.

— Formidável, Wiggins. Confesso que temia que seu fascínio pela senhorita Jaeger o cegasse, mas estou feliz em ver que não foi o caso. Na verdade, antes de me enviar até aqui, Mycroft confidenciou que ele conseguiu colocar alguém perto de Crowley. Ele também me disse que essa pessoa não poderia agir abertamente. No máximo, seria capaz de nos dar algumas pistas, sempre sem comprometer seu disfarce.

Wiggins concordou.

— Compreendo. Mostrar que ela reconhecia meu disfarce pelo que era foi sua maneira de se identificar. Diante dos seus olhos, ao menos, já que não aos meus. No entanto, minha pergunta ainda é válida, temos certeza de que não é uma armadilha? Podemos confiar que a senhorita Jaeger seja leal?

— Mycroft não costuma cometer erros desse calibre. Nem de qualquer outro, já que estamos falando disso. No entanto, a possibilidade existe, não negarei a você. É impossível prever tudo, garoto, você deveria saber disso.

— Verdade, mas...

— Silêncio. Alguém está vindo.

Escondidos como estavam num pequeno oco entre as rochas, totalmente imóveis, com seus longos casacos marrons que cobriam quase todo o corpo, as mãos enluvadas e os rostos pintados com cortiça queimada, Holmes e Wiggins passaram completamente despercebidos na escuridão daquela noite. O grupo que agora se aproximava da Boca do Inferno não reparou em sua presença.

Eles se moviam pelo terreno com familiaridade, como se o tivessem visitado mais vezes. Do seu esconderijo, Holmes e Wiggins contaram pelo menos nove pessoas, incluindo Crowley e a senhorita Jaeger. Eles não pareciam preocupados em ocultar sua presença. Certamente eles não contavam com ninguém por perto numa noite como aquela.

Subiram o caminho torturado que serpenteava entre as pedras e, quando estavam no limite da Boca do Inferno, acenderam várias lanternas.

Nessa parte, o solo tornava-se especialmente perigoso, não só por causa da sua natureza irregular e acidentada, mas porque a umidade do oceano próximo e raivoso o tornava escorregadio.

Assim, agora eles estavam se movendo com cuidado. E com precauções extremas, três deles foram se posicionando ao redor do despenhadeiro. Holmes viu que Crowley ocupava a posição mais perigosa de todas, a mais próxima do mar aberto, que se localizava nas suas costas. Anni Jaeger, no entanto, estava mais atrás, junto do resto dos homens.

Meu amigo sinalizou para Wiggins e deixou o esconderijo. Meio agachados, meio rastejando, os dois se aproximaram até chegarem ao limite do escasso perímetro iluminado pelas lanternas.

A tempestade, cada vez mais perto, já era claramente audível e o mar golpeava com autêntica fúria o penhasco abaixo. As ondas entravam na Boca através de uma fenda na parede de pedra e, ao fazê-lo, era como se alguma criatura poderosa e sofredora pronunciasse um gemido de dor. Em seguida, abandonava aquele estranho poço criado pela natureza com um grito por meio do qual as palavras quase podiam ser reconhecidas.

As três pessoas que ficaram à beira da Boca levantaram os braços. Eles começaram a recitar algo em uníssono. Wiggins olhou para Holmes, confuso. Este balançou a cabeça.

Isso porque havia reconhecido as palavras, isso se fossem mesmo palavras. Embora nunca as tivesse ouvido antes, Holmes as tinha visto mais de uma vez, em todos os arquivos confusos e intermináveis que seu irmão havia compilado sobre o *Necronomicon*.

— *P'nglui mglw'nafh Cthulhu R'lyeh wgah'nagl fhtagn* — disse Holmes, repetindo na sala da minha casa o que ele tinha ouvido naquela noite na costa portuguesa.

Eu estremeci, como acredito que o pobre Wiggins deva ter estremecido quando as ouviu. Havia algo... ímpio naqueles sons, algo errado no fato de serem articulados por uma garganta humana.

Holmes tentou tranquilizar Wiggins, embora ele mesmo estivesse longe de se sentir tranquilo. Ouvir aquilo em voz alta despertou ecos estranhos em sua mente. No entanto, ele conseguiu afastar a sensação inquietante que insistia em se apoderar dele. O raciocinador prevaleceu sobre todo o resto: estavam lá com uma missão e o resto não importava.

A tempestade estava cada vez mais próxima. Agora, os trovões eram claramente audíveis acima do rugido do mar e os relâmpagos atravessavam o céu como chicotes enlouquecidos.

Holmes viu que Wiggins estava tremendo. Ele se aproximou do rapaz e, apesar do risco de serem descobertos agora que estavam tão perto, abriu o casaco do seu pupilo, extraiu o cantil com *brandy* e o forçou a tomar um longo trago. Os tremores cessaram quando o licor aqueceu seu corpo. Envergonhado por seu comportamento, Wiggins modulou um silencioso "sinto muito" que Holmes deixou de lado com um gesto de cabeça.

Adiante deles, iluminados pela tempestade, Crowley e os outros dois continuaram a cerimônia. Incompreensíveis sons escapavam de sua boca e, apesar do mar rugindo abaixo deles e da tempestade sobre suas cabeças, de alguma forma, o que diziam chegava aos ouvidos dos demais. Anni Jaeger e os outros formavam um pequeno grupo de espectadores a poucos metros de distância, à espera. Mas à espera do quê?

Eles então levantaram os braços. Logo depois os estenderam e fizeram signos que não tinham sentido algum. Uivaram. Riram. Choraram. O mar revolto parecia determinado a devorar o penhasco e a tempestade acima deles mostrava a raiva liberta de um deus moribundo.

As ondas explodiram com um rugido na Boca do Inferno. Um raio a atingiu, no meio dos três homens.

— Era como se o mundo tivesse acabado, Watson. Não gosto muito de descrições coloridas ou exageradas, mas lhe asseguro que foi como estou dizendo. A luz nos cegou e o barulho nos ensurdeceu. E, por um momento, nada existia, nem mesmo nós mesmos.

Então, algo saiu da Boca do Inferno. Uma coluna de água subiu uivante para o céu, um gêiser incrivelmente alto determinado a desafiar a gravidade e que, por um momento, parecia se congelar para sempre no tempo, cristalizar numa forma precisa cheia de cantos, com a espuma parada na metade do caminho em direção ao céu.

— *Ph'nglui mglw'nafh Cthulhu R'lyeh wgah'nagl fhtagn*! — Os três homens novamente gritavam. E novamente suas vozes conseguiam ser audíveis acima de tudo.

A impossível coluna feita de água finalmente quedou com um último rugido e os três homens ao redor da Boca do Inferno pareceram tropeçar. Crowley estava prestes a deslizar para a morte no abismo, mas ele se dobrou no último momento e caiu de joelhos. Em seu rosto, uma expressão que unia a dor e o êxtase, e ainda outra coisa que desafiava toda e qualquer descrição.

E não era o único.

No meio do grupo de homens, Anni Jaeger também cambaleou e teria caído no despenhadeiro se seus companheiros não a tivessem segurado.

Ao lado de Holmes, Wiggins se contorcia no chão, com suas feições se contraindo numa expressão bem parecida com a de Crowley, uma expressão que poderia ter sido um reflexo no espelho.

Naquele momento, meu amigo abandonou todo o interesse na missão. A única coisa que importava era Wiggins ao seu lado, contorcendo-se e uivando algo que não era totalmente dor para o céu enlouquecido.

— O dois! — ele gritou de repente. — O dois! Queima como ele disse que queimaria! Tudo queima!

Holmes, jogando-se sobre Wiggins, carregou seu corpo trêmulo em seus braços e começou a se afastar de lá. Os companheiros de Crowley se voltaram para ele, confusos, sem saber muito bem o que estava acontecendo.

Ao redor da Boca do Inferno, Crowley conseguiu se levantar e olhou em volta. Os dois homens que o acompanharam no cerimonial o contemplavam sem saber o que fazer, como se de repente tivessem perdido o rumo e não soubessem para onde se virar. Lentamente, Crowley começou a caminhar em direção à segurança da terra e do continente.

De repente, a tempestade parou.

O resto dos homens parecia indeciso entre perseguir Holmes e ajudar seu amo. Estavam conscientes de que algo aconteceu e que a cerimônia não terminou como deveria, mas eles não se atreveriam a fazer nada sem as instruções de seu mago.

Isso salvou Holmes e Wiggins, que conseguiram assim se afastar o suficiente para se perderem no escuro. O pobre rapaz ainda tremia nos braços de Holmes e continuava articulando incoerências sobre o dois e a forma como tudo queimava. Por sorte, sua voz havia se reduzido a um sussurro exausto, que era quase inaudível.

— Ele disse isso. Ele me disse quando me marcou. O dois. Como queima.

Julgando que, por enquanto, ele havia se afastado o suficiente, Holmes colocou seu pupilo no chão. Não havia muito o que pudesse fazer, exceto talvez deixar o cansaço vencer Wiggins, deixar que ele afundasse numa inconsciência reparadora.

Holmes estava vagamente consciente do tumulto que se formava ao longe, na costa. Logo a confusão passaria e eles começariam a segui-los. E Holmes não podia permitir que encontrassem o pobre Wiggins naquele estado. Eles tinham que sair de lá, e tinham que fazer isso já.

Por sorte, o corpo de Wiggins já não tremia. Na verdade, ele mal se movia. Holmes se inclinou sobre seu aprendiz e, nesse momento, uma mão pousou em seu ombro. Ele rapidamente se afastou, enquanto tirava o revólver do casaco, apontando para frente.

— Ele tem de voltar — disse uma voz tranquila e ligeiramente alegre. — Tem de voltar ou tudo será pior.

Em frente a Holmes, perfeitamente visível, apesar da intensa escuridão, havia um homem com cabelos loiros e feições angelicais. Ele sorria com um lado da boca, mas seus olhos pareciam arder.

— Tem de voltar. Ainda temos tempo.

Holmes baixou o revólver.

— De todas as pessoas que eu esperava encontrar aqui, você é a última — conseguiu dizer com uma voz cansada.

O recém-chegado acentuou seu sorriso.

— Mesmo? — ele perguntou. — Afinal, esta é a Boca do Inferno.

X

O senhor Shamael Adamson

ERA O ANO DE 1895 e Holmes e eu estávamos investigando o desaparecimento de um suposto explorador norueguês chamado Sigurd Sigerson. Nós logo descobriríamos que ele era um impostor e que se tratava de um americano chamado Winfield Lovecraft. Sob esse disfarce, ele se aproximou da Aurora Dourada para roubar o *Al Azif*, que naquele momento estava em seu poder.

Aquele foi o caso que chamei de "A sabedoria dos mortos" e, durante o ocorrido, conhecemos Shamael Adamson, aparentemente um inglês que havia sido contratado por Sigerson como seu secretário. Com o tempo, descobriríamos que Adamson era muito mais do que parecia. Que tinha sido, apesar de nunca o termos comprovado, o governante de um certo reino místico concebido para o sofrimento e que havia renunciado ao seu governo para viajar pela Terra como um homem. Ao menos foi isso que dissera a Holmes e a mim.

E agora, mais de trinta e cinco anos depois, Holmes e Adamson estavam de novo cara a cara, no último lugar no mundo onde o detetive teria esperado encontrá-lo.

Embora, como o próprio Adamson acabava de dizer, por que não? Afinal, aquele despenhadeiro era a Boca do Inferno.

Apesar de todas as perguntas que surgiram em sua cabeça, o detetive estava ciente de que, nesse momento, suas prioridades eram a de se afastar o mais rápido possível dali e colocar Wiggins em segurança.

— Ajude-me — disse ele a Adamson. — Nós dois podemos levá-lo mais rápido.

— Você não entendeu, não é mesmo? Você não deve levá-lo para longe daqui. Ao contrário, tem de levá-lo de volta à Boca do Inferno.

— Que absurdo é esse?

— Você tem de parar o que eles começaram, Holmes. Você deve devolvê-lo ao local que pertence.

— Não tenho tempo para isso, Adamson. Se você vai me ajudar, perfeito. Caso contrário, saia do meu caminho.

Adamson pensou por um momento. Ele olhou brevemente atrás dele e de repente pareceu tomar uma decisão.

— Receio que já não importe — disse ele. — O momento passou. Foram embora.

Holmes seguiu a direção de seu olhar. De fato, não havia mais ninguém na Boca do Inferno. Crowley e seus seguidores haviam partido.

— Vamos, eu vou ajudá-lo — disse Adamson, inclinando-se para Wiggins. — Eu tenho um carro perto daqui, vamos levá-lo para a cidade.

Holmes concordou. Entre os dois, trouxeram o corpo febril e meio inconsciente até o carro de Adamson. Holmes subiu na parte traseira, com Wiggins, enquanto Adamson se colocou atrás do volante.

Wiggins de repente abriu os olhos e olhou em volta, incapaz de entender onde estava.

— O dois — balbuciou. — Ele me marcou. Seus olhos de jade. O dois.

— Fique tranquilo, meu rapaz, tudo passou — disse Holmes.

Wiggins olhou para ele como se não o conhecesse.

— Eu fiz tudo. Caçador e presa. Assassino e juiz. O dois. Oh, meu Deus.

De repente, seu corpo caiu contra o assento e seus olhos se fecharam. Sua respiração logo se tornou um sussurro regular.

Adamson virou-se para Holmes.

— Não passou. Está apenas começando. E será pior, isso eu asseguro.

Mas Holmes o ignorou. Ele tirou o casaco e cobriu o corpo inconsciente de seu pupilo.

— Descanse, rapaz — sussurrou com ternura. — Descanse. Eu cuido de tudo.

Por um momento, um sorriso pacífico pareceu surgir no rosto inconsciente de Wiggins, mas logo ele foi substituído por uma testa franzida. Sob as pálpebras fechadas, seus olhos se moviam freneticamente.

Adamson seguia dirigindo o carro pela estrada escura e silenciosa. Logo chegaram a Lisboa e, algum tempo depois, à casa que Mycroft havia providenciado.

Deixaram Wiggins em uma cama e depois, sentados em frente de um fogo reparador, Holmes e Adamson se olharam silenciosamente por um longo tempo.

— Seu aparecimento esta noite não poderia ser mais oportuno... ou o contrário, dependendo de como você vê as coisas — disse finalmente o detetive. — Suponho que você era a pessoa que Crowley temia que chegasse antes que ele pudesse terminar sua representação.

— Exatamente — respondeu Adamson com um meio sorriso. — Mesmo sabendo que ele preparava algo, demorei para descobrir quando e, acima de tudo, onde. Cheguei a Lisboa esta tarde, e o tempo dificultou que eu alcançasse o lugar. De fato, cheguei tarde para impedir o que aconteceu.

— E o que aconteceu?

— Você realmente quer saber?

— Não perguntaria se não quisesse.

Adamson tirou uma cigarreira de prata elaborada e acendeu um cigarro. Ele ofereceu outro ao detetive. Este recusou com a cabeça.

— Como queira. Eu frustrei os planos de Crowley uma vez, há mais de trinta anos. Suponho que se lembre disso.

— Sim, você conseguiu fazer com que o livro de Al Hazrid, o Necronomicon, ficasse fora do seu alcance. Como poderia esquecê-lo? Especialmente considerando que, ao fazê-lo, você arruinou um dos meus melhores casos.

— Eu sinto muito. Tinha uma dívida com Winfield Scott Lovecraft e eu precisava pagá-la.

— Compreendo.

— Sim, compreende, embora não acredite em boa parte do que aconteceu.

Holmes encolheu de ombros.

— Ao contrário. Tudo o que aconteceu foi real. As explicações para isso, no entanto... Receio que, desde o momento em que adentramos o terreno do sobrenatural eu não as possa aceitar. Não há nada que seja sobrenatural, Sr.

Adamson. A própria palavra é um oxímoro evidente. Nada pode escapar às leis da natureza. Certamente há muito que não conhecemos ou entendemos, mas atribuir à categoria de "sobrenatural" aquilo que não sabemos ou compreendemos não passa de mera preguiça intelectual.

Adamson concordou.

— Talvez você se surpreenda, mas eu concordo com você. O problema é que talvez você e eu não estejamos definindo "natureza" de forma similar.

— É possível.

— Certamente para você o desaparecimento de Lovecraft no meio de um banco de névoa tenha causas... vamos chamá-las de tecnológicas? Talvez um submarino experimental que rapidamente tenha afundado o veleiro e o levado a bordo, de modo que, quando vocês chegaram onde ele estava, não havia nenhum vestígio de Lovecraft ou de seu barco. Da mesma forma, estou certo de que você justifique o fato de minha aparência ser exatamente a mesma de há trinta e cinco anos com alguma explicação que inclua métodos semelhantes aos que você usa. Sua... vamos chamá-la de "geleia real", assim como você a chama por falta de um termo melhor. Foi ela que permitiu que você interrompesse os efeitos do envelhecimento.

— As duas explicações me parecem perfeitamente razoáveis e lógicas.

— E são. Mas isso as torna verdadeiras?

— Quem sabe. Elas explicam os acontecimentos de um modo satisfatório para mim. Portanto, elas me bastam.

— Eu entendo. Portanto, temo que nada do que eu diga a respeito desta noite lhe será muito útil. Sem dúvida, para você, o que aconteceu na Boca do Inferno tem uma explicação simples e racional. E o que aconteceu com seu pupilo...

— Foi lamentável — disse Holmes —, mas evidente, uma vez que tudo veio à luz. De fato, eu confesso que deveria ter visto isso antes, se, neste caso, meus sentimentos por Wiggins não tivessem nublado minhas capacidades de raciocínio. Receio que até mesmo eu não esteja livre dos caprichos da emoção e, para a desgraça de Wiggins, foram eles que nublaram meu julgamento.

— Sim, não esperava que visse o ocorrido de outro modo. E tem razão, o que aconteceu com o seu discípulo era evidente para qualquer um que soubesse olhar. Mas há mais, Sr. Holmes, muito mais, e essa é a parte que receio que você não acreditaria se eu lhe contasse. Esta noite teve início algo terrível e sombrio que durará pelos próximos anos. Mas acho que você terá tempo para descobrir por si mesmo.

Ele jogou o cigarro na lareira, onde as chamas rapidamente o devoraram.

— Não há muito que eu possa lhe contar. Pelo menos não nesse momento, quando as explicações que poderia dar a você não se encaixam na concepção que você tem do universo — ele franziu a testa. — Não, isso não é precisamente verdade. Elas até se encaixam na sua concepção do universo, mas não na... realização concreta que você escolheu para essa concepção.

— É possível. Mesmo assim, me diga o que puder.

— Farei isso. O resto, eu receio, terá que ir descobrindo por si mesmo. Se estou certo de alguma coisa, é que sua intervenção neste assunto está longe de terminar, Sr. Holmes.

— Isso não me surpreende.

— Não, suponho que não. Vejamos, por onde começar. Há trinta e cinco anos, quando eu impedi que um artefato de poder caísse nas mãos de Aleister Crowley? Eu suponho que, a essas alturas, seu irmão já tenha lhe colocado a par de tudo e que você não ignore o fato de que, na realidade, o Necronomicon está dividido em três livros. Na verdade, em três exemplares diferentes do mesmo livro, três cópias que são necessárias para reconstruir o livro completo. O que Winfield Lovecraft roubou há trinta e cinco anos foi apenas uma parte do Al Azif, uma parte que eu enviei aonde ela poderia fazer menor dano, apesar da criatura que agora o tem nas mãos... Bem, isso é algo que você descobrirá por si mesmo, mais cedo ou mais tarde.

— Compreendo — disse Holmes.

Mas Adamson percebeu que o detetive estava escondendo algo dele.

— Ah, agora eu percebo. Mycroft não confia em você completamente, ele ainda não havia lhe contado essa parte da história. Você não sabia que o livro de Al-Hazrid estava escondido em três exemplares diferentes. Bom, tenho certeza de que seu irmão vai contar tudo em detalhes, suponho que você mesmo se certifique disso ao voltar para casa. Mycroft passou muitos anos tentando reconstruir o conteúdo do *Necronomicon* com base no que outros escreveram sobre ele. E chegou a algumas conclusões surpreendentes. E corretas. Pergunte-lhe sobre elas quando reencontrá-lo.

— Farei isso.

— Como eu dizia, era importante para mim manter Crowley longe dessa fonte de poder. Infelizmente, seu fracasso em obter o livro de Al-Hazrid não fez mais do que estimular sua ambição. Ele criou o personagem público que todos conhecemos, essa espécie de mago corrupto e depravado, essa espécie de criatura de vaudeville que se exibe pelo mundo como se este fosse seu cenário.

Ele tirou um novo cigarro da cigarreira. Dessa vez, Holmes aceitou a oferta de um deles.

— E, enquanto fazia, estava em busca de outras fontes de poder. Ele fez um acordo. Poderíamos dizer que um trato com o demônio, exceto que... bom, você não acredita nessas coisas. Não importa, ele fez um pacto para obter o poder, e o ritual desta noite foi um passo necessário nesse pacto. Na verdade, era o passo que poderíamos chamar de definitivo. Depois disso, não há retorno possível. Crowley está comprometido. Já não poderá mudar de ideia. Eles não permitirão isso. Em vista disso, ele continuará sua jornada.

— Para onde?

— Em direção à loucura, ao caos e à escuridão. Buscando a destruição do mundo como você o conhece. Sendo mais mundano, mais prático, se você assim deseja. Digamos que seus planos imediatos passam pela recuperação e reconstrução do *Necronomicon*, tal como foi concebido por seu autor. Em seguida... em seguida ele criará a situação certa para usá-lo. E ele, ou um dos outros dois, acabará por finalmente usá-lo.

Holmes concordou, lembrando-se da maneira como Crowley e seus dois acompanhantes se posicionaram em torno da Boca do Inferno.

— Quanto ao seu pupilo — continuou Adamson —, sei que tentará salvá-lo, mas receio que ele tenha iniciado um caminho do qual não há retorno.

— Isso eu não posso aceitar.

— Eu sei que não. Assim como sei que acredita que ainda pode recompor a mente dividida de Wiggins. E talvez, se alguém ainda possa ter êxito nessa tarefa, esse seja você. Mas como lhe disse, esse não é o verdadeiro problema de seu discípulo.

Mais uma vez, um silêncio desconfortável caiu entre eles.

— Eu entendo que você não confie em mim, Sr. Holmes, e você certamente faz bem em não confiar. Eu tenho meus próprios planos e eles não precisam coincidir com os seus. Mas digamos que, pelo menos neste caso, somos aliados. Estou tão interessado quanto você em que Aleister Crowley e seu grupo não tenham sucesso. Certamente nos veremos novamente e espero ajudá-lo no futuro. Enquanto isso... bem, eu nunca gostei de colocar todos os ovos na mesma cesta, então eu estou tomando outros caminhos, caso o seu fracasse.

— Parece-me razoável.

Adamson se levantou.

— Não acredito que tenhamos algo mais a dizer. Quando você voltar à Inglaterra, acredito que seu irmão terá muitas coisas interessantes a lhe contar sobre tudo isso. Ele sabe muito mais do que disse até agora, isso posso lhe assegurar.

Holmes levantou uma sobrancelha.

— Estou errado em supor que parte do que ele sabe é obra sua?

Adamson reprimiu um sorriso.

— Parece uma dedução acertada — disse por fim.

— Elementar.

— Claro. Como não seria?

Adamson pegou seu casaco, suas luvas e seu chapéu.

— Tenho muito trabalho a fazer. E você também, Sr. Holmes. Para o bem do mundo, como você o conhece e como eu o aprecio, espero que não fracasse. Mas se o fizer... então eu terei de resolver o assunto, como sempre fiz. Boa noite.

— Boa noite, Sr. Adamson.

XI
Recapitulações

A TARDE RAPIDAMENTE ia se tornando uma noite triste e fria.

Holmes e eu permanecemos em silêncio um na frente do outro. Há vários minutos, ele havia terminado de me contar sobre o encontro com Adamson e eu ainda tentava assimilar sua história.

Havia uma pergunta que me queimava a garganta, mas não conseguia fazê-la.

— O que aconteceu com Wiggins? — eu disse, finalmente.

Holmes concordou, como se tivesse esperado longamente por minhas palavras.

— Se me pergunta onde ele está, eu não sei, Watson. Eu não quis acreditar no que Adamson me dizia, que Wiggins estava além de toda a ajuda humana possível, mas temo que tivesse razão.

— Não entendo, Holmes.

— É muito simples, Watson. Wiggins acordou na manhã seguinte. E o que havia em seus olhos... tinha caído no abismo. E quando este lhe devolveu seu olhar, Wiggins descobriu que estava olhando para si mesmo.

Durante muito tempo, uma suspeita terrível se infiltrou no meu coração e, embora as palavras de Holmes a confirmassem, fingi não entender o que ele estava dizendo.

— Havia uma sombra na alma de Wiggins, Watson. Desde quando? Desde trinta e cinco anos, desde o momento em que o mandarim com olhos de jade marcou seu rosto com o número dois.

Eu concordei. Lembrei-me das cicatrizes duplas que atravessavam o lado de seu rosto.

— O número dois — Holmes continuou. — Tudo parece remeter várias vezes ao mesmo momento, não é? Na primavera de 1895, enfrentamos Lovecraft, não conseguimos impedi-lo de roubar o Necronomicon e conhecemos Shamael Adamson. Pouco antes, no mesmo ano, Wiggins foi marcado indelevelmente por um demônio em forma humana. Você acredita em coincidências, Watson?

— Eu não sei — respondi, desconfortável comigo mesmo.

— Eu também não. Se há uma mente por trás de tudo isso, se houver um relojoeiro cuja vontade projetou este maravilhoso artefato que é o universo, às vezes eu penso que tal ser tem um senso de humor completamente tortuoso. E se não há... qual é o sentido de tudo então?

Não gostava do que as palavras de meu amigo implicavam. Eu percebi que estava novamente escorregando no abismo da culpa e da dor e isso era algo que eu não queria consentir. Então eu disse, embora não tivesse certeza de que minhas palavras fossem verdadeiras:

— Por acaso isso importa, Holmes? Nós damos sentido às nossas vidas, damos sentido ao que acontece ao nosso redor, ao nosso universo. O resto não importa.

— Tem razão, como sempre, Watson. Obrigado novamente.

Eu dei de ombros.

— Mas sim, naquela terrível noite em Limehouse, Wiggins foi marcado por aquela criatura malévola. Ela fez mais do que marcar seu rosto: deixou cicatrizes em sua alma. E, ao contrário das feridas do corpo, elas nunca se curaram. Sua mente... partiu.

Mais uma vez, aquela suspeita terrível. E novamente eu me recusava a acreditar.

— O que você está dizendo é que...

— Que Wiggins era o causador dos crimes que ele mesmo investigava. Ele era o assassino do dois, Watson. Ou uma parte dele, pelo menos.

Eram aquelas palavras que eu temia escutar. E, embora não quisesse acreditar nelas, uma parte de mim as sabia verdadeiras. Isso queria dizer que, em todo esse tempo, eu não suspeitava que a mente de Wiggins nunca tinha se curado do seu encontro com o mandarim? Que eu não tinha repetido a mim mesmo algumas vezes que, por mais que seu rosto se curasse, havia outras partes dele que não tinham feito isso? Eu sabia disso, de certo modo, eu sabia, durante todo esse tempo, que havia algo retorcido dentro de Wiggins. Eu apenas não queria vê-lo. E eu entendi que o mesmo acontecera com meu amigo.

— Não posso acreditar, Holmes —falei, como se esse pensamento terrível não se tornasse real enquanto eu não o concretizasse em voz alta.

— Eu também não pude por muito tempo, Watson. E, no entanto, suponho que eu tivesse conhecimento disso; que, na parte mais profunda do meu ser, eu suspeitasse. Um olhar frio e desapaixonado para o que estava ocorrendo teria me feito perceber com clareza que as pistas não podiam apontar para outro lado. Mas receio que quando se trata de Wiggins, meu olhar era tudo, menos frio e desapaixonado. Eu me enganei, suponho, desviei o olhar, não vi o óbvio.

— Holmes...

— Você sabe que estou certo, meu amigo. E as palavras de Wiggins naquela noite foram a confirmação do que eu precisava. Sua mente estava partida em duas, dividida, separada em duas personalidades opostas: policial e criminoso, caçador e assassino. Acredito que, por um longo tempo, nenhum dos lados sabia o que o outro estava fazendo. O detetive não sabia que ele estava perseguindo a si mesmo. O criminoso, por sua vez, ignorava que a sombra que estava em seus calcanhares era tão somente a sua. Então... veio o colapso. Suponho que Wiggins estivesse prestes a descobrir a verdade sobre si mesmo. Porém, como ele não poderia aceitar o que estava prestes a ver, ele fechou os olhos e caiu numa crise nervosa, tentando desesperadamente negar o que ele quase descobriu. Charlie colocou-o na clínica e me pediu para ajudá-lo. E eu... eu fracassei.

— Holmes... — repeti.

— Não, meu amigo. Como disse anteriormente, eu sou o responsável por meus atos, mas não o culpado. É assim que ainda me sinto. Mas não vou fechar os olhos para a verdade. Fracassei em ajudar Wiggins. Certamente, ninguém poderia tê-lo ajudado. Como Adamson disse, ele estava além de toda a ajuda. É verdade que, por um tempo, ele pareceu melhorar. Eu o levei comigo para a Inglaterra e pensei que colocá-lo de volta ao trabalho seria a melhor terapia. E, no início, certamente foi. Ao menos até aquela noite terrível na Boca do Inferno. Eu não tenho certeza do efeito que a cena teve na mente de Wiggins, mas pude ver os resultados: as duas metades de sua mente se enfrentaram, miraram uma a outra. Por isso que disse que o abismo lhe devolveu o olhar e ele descobriu que ninguém estava no abismo além de si mesmo.

Tentei dizer algo, qualquer coisa, mas percebi que era inútil e então fiquei em silêncio. Holmes olhou para mim com um sorriso triste e cansado e sentou-se no sofá. Ele percorreu o quarto algumas vezes, olhou pela janela e, finalmente, aproximou-se de mim.

— Tirei Wiggins de Portugal como pude. Mycroft me ajudou. E também me ajudou a interná-lo numa clínica. Ele esteve lá até recentemente. Embora eu estivesse cada vez mais certo de que Adamson tinha razão e que ninguém poderia ajudá-lo. Por um tempo, me permiti alimentar a esperança de que poderia não ser assim. A equipe da clínica teve sucesso em aspectos que muitos outros teriam fracassado. E o ambiente calmo e tranquilo da Nova Inglaterra talvez pudesse fazer algo por sua alma torturada, ou ao menos era no que eu acreditava. Mas... há um mês, Wiggins desapareceu. Ele fugiu da clínica.

— Você o procurou?

— Não fiz outra coisa, Watson, mas não há nenhum sinal dele. É como se tivesse evaporado, como se não estivesse mais neste mundo. Eu vou encontrá-lo, sim, eu sei que, mais cedo ou mais tarde, eu o encontrarei, ou ele vai me encontrar, e então... eu farei a única coisa que posso fazer.

Mordi o lábio, porque pressentia o que Holmes estava prestes a dizer, e isso me pareceu atroz.

— O quê? — consegui perguntar, depois de um tempo.

— Darei descanso a sua alma, o que mais? De uma forma ou de outra, eu lhe darei o descanso que sua alma torturada merece. Não posso fazer outra coisa, Watson.

Todo meu ser se rebelava contra o que acabava de ouvir. No entanto, não pude deixar de dizer:

— Eu sei.

— É tarde. É melhor que nos recolhamos, meu amigo.

Mostrei-me de acordo.

— Com a luz da manhã, talvez vejamos as coisas com mais clareza — disse-lhe.

— Tenho medo de que já as esteja vendo com suficiente clareza.

Não lhe respondi.

XII
De volta à noite

NO DIA SEGUINTE não falamos muito.

Holmes dormiu a noite inteira e uma boa parte da manhã, e, quando ele se levantou, parecia ser o mesmo novamente: frio e reservado, uma máquina de raciocínio em perfeito estado, sem cair em fraquezas emocionais de qualquer tipo.

Obviamente, ele não me enganou por muito tempo. O mago do pensamento dedutivo poderia estar de volta ao controle, mas eu sabia que, bem debaixo da superfície, todas aquelas emoções ainda estavam lá.

Compreendi, no entanto, que era melhor não insistir. Holmes desabafou, tinha aberto sua alma para mim e, agora, livre da culpa e de seus encargos emocionais, voltava a ser o mesmo de sempre. Não totalmente, eu logo percebi. Como já disse, a partir daquele dia, ele tinha contemplado a si próprio com uma ironia ligeiramente alegre que nunca mais o abandonaria.

Suponho que o "lembre-se de que você é mortal" tenha funcionado, apesar de tudo.

Enquanto estávamos almoçando, Holmes amarrou os últimos fios de sua história. Vários dias depois do que aconteceu naquela noite, houve um pequeno escândalo na cidade de Lisboa. Aparentemente, Crowley foi dado por morto. Na verdade, falou-se de um suicídio na mesma Boca do Inferno, e Fernando Pessoa, o correspondente português de Crowley, afirmava ser uma das testemunhas do ocorrido.

Holmes, no entanto, logo descobriu que Crowley ainda estava vivo. Anni Jaeger ainda estava com ele, mas meu amigo suspeitava que Mycroft a tinha perdido como agente, pois muito tempo fazia desde que ela enviara seu último relatório.

— Ela certamente passou para o outro lado — disse Holmes. — Ou talvez sempre estivera nele.

Holmes suspeitava que o fingido suicídio de Crowley fora apenas uma maneira de esfriar a trilha do seu perseguidor, Shamael Adamson. Não sabia se ele ou algum dos seus o tinha visto naquela noite, mas é claro que tinham visto Holmes e Wiggins e pensado que estavam ao serviço de Adamson.

— Ele aparecerá novamente. Alguém como Crowley não pode ficar muito tempo distante dos holofotes públicos. Sua vida é um espetáculo coreografado para os outros e, sem um público, ela não tem sentido.

Depois do almoço tardio, passamos a tarde recordando os velhos tempos. Começava a anoitecer quando ele me disse que estava partindo.

— Você terá que me desculpar com a encantadora senhorita Chase — disse ele. — Tenho certeza de que você conseguirá fazer isso sem problemas.

— Ela ficará desapontada — respondi. Mas acredito que saberei como lidar com isso.

— Tenho certeza disso, Watson.

Ele rapidamente preparou sua pequena bagagem. Sempre viajava com pouca coisa.

— Não sei quando nos veremos novamente, Watson. Vou tentar visitá-lo sempre que puder, mas...

— Eu sei. Não é necessário que o diga.

Ele sorriu.

— Watson, a única constante num mundo em constante mudança. Siga assim, meu amigo.

— Não sei como seguir de outra forma.

Ele deixou repousar a pequena mala de viagem e olhou indeciso para mim por alguns momentos.

— Isso é pouco apropriado — disse ele —, mas para o diabo com os costumes.

E de repente, para minha surpresa, ele estava me abraçando. Atordoado, desconfortável, emocionado, devolvi o abraço o melhor que pude.

Ele separou-se de mim, olhou-me como se quisesse ter certeza de que eu ainda estava ali e então disse:

— Boa noite, Watson, até que voltemos a nos encontrar.

— Até a vista, meu amigo.

E ele se foi, de volta à noite de outono, que o engoliu rapidamente.

Mais tarde, como eu supunha, Violet veio me ver. Ela não parecia desapontada por não encontrar Holmes, como se já contasse com sua ausência.

Eu lhe fiz um resumo do que o detetive me contou, embora eu tenha omitido muitos detalhes. Como sempre ocorria quando eu lhe contava uma história, ela parecia fascinada.

— Ficará bem? —perguntou-me quando eu terminei.

Eu pensei sobre isso por um momento.

— Sim. Ele é o homem mais forte que já conheci. Na verdade, agora ele é ainda mais forte do que antes, porque entendeu que também é frágil, como todos nós. Sim, querida, creio que sim. De uma maneira ou de outra, ele ficará bem.

Passei boa parte da noite revisando manuscritos antigos que nunca foram publicados, entre eles minha narrativa ainda inacabada sobre o caso da sabedoria dos mortos. Perguntei-me se aquele seria o momento certo para divulgar mais essa aventura de Sherlock Holmes, deixando o mundo saber, finalmente, o que aconteceu naquela primavera fria de 1895.

Depois de ponderar, decidi que ainda não. Mas também sabia que não demoraria muito.

O amanhecer e Violet me encontraram revisando casos antigos, sorrindo nostálgico diante de uma perigosa réplica de Holmes ou de um gesto teatral seu que despistaria a polícia.

— Revisitando o passado? — Violet me perguntou.

— Sempre — eu disse.

Mas também pensando no futuro, embora ainda não tenha dito isso em voz alta.

Holmes tinha retornado à noite. Eu não sabia quanto tempo passaria antes de voltarmos a nos ver, mas tinha certeza de que, quando o fizéssemos, ele teria algo interessante para me contar, como sempre.

AVEC
EDITORA

www.aveceditora.com.br

Este livro foi composto em fontes Dante e impresso
em papel polen soft 80g, em julho de 2019.